grafit

Chemnitzer Str. 31, D-44139 Dortmund
E-Mail: info@grafit.de
Internet: http://www.grafit.de

Umschlagzeichnung: Peter Bucker
Druck und Bindearbeiten: Fuldaer Verlagsanstalt
ISBN 3-89425-073-9
4. 5. 6. 7. / 2004 2003 2002 2001

Jürgen Kehrer

Das Kappenstein-Projekt

Kriminalroman

grafit

Der Autor

Jürgen Kehrer wurde 1956 geboren. Er lebt und arbeitet als freiberuflicher Schriftsteller in Münster.

Das Kappenstein-Projekt ist mittlerweile der achte Krimi mit Georg Wilsberg. Seit 1990 läßt Kehrer den Privatdetektiv in der guten und weniger guten Gesellschaft der katholischen Bischofsstadt Münster schnüffeln. Bisher erschienen sind: *Und die Toten läßt man ruhen* (1990; vom ZDF verfilmt), *In alter Freundschaft* (1991), *Gottesgemüse* (1992), *Kein Fall für Wilsberg* (1993), *Wilsberg und die Wiedertäufer* (1994), *Schuß und Gegenschuß* (1995) und *Bären und Bullen* (1996). Außerdem schrieb Jürgen Kehrer die Kriminalromane *Killer nach Leipzig* (1993) und *Spinozas Rache* (1995; alle Bücher bei GRAFIT) sowie Sachbücher über realen Mord und Totschlag in Münster vom 16. bis zum 20. Jahrhundert (*Mord in Münster; Schande von Münster*).

Vorbemerkung

Da jetzt wieder der eine oder die andere behaupten werden, ich hätte von der Wirklichkeit abgekupfert, möchte ich betonen, daß alles, aber auch fast alles in diesem Roman erfunden ist, insbesondere die Personen und die Handlung. Nur Münster in Westfalen habe ich nicht erfunden, das hat schon jemand 1200 Jahre vor mir getan.

Für das Team von PEGASUS und den Privatdetektiv Schröder danke ich den Kollegen Reinhard Junge und Conny Lens.

»Dein Fehler, Martin, ist, daß du den falschen Beruf hast. Zur falschen Zeit. Im falschen Teil der Welt. Im falschen System.«

»Das wäre alles?«

»Ungefähr. Ich fange an. Dann sage ich X. X wie in Marx.«

(Sjöwall/Wahlöö: Die Terroristen)

Grüner Ratsherr brutal ermordet – Zweiter Gewaltakt innerhalb von einer Woche

(Münstersche Nachrichten – Eigener Bericht) Gestern abend wurde der 43jährige Studienrat und ehrenamtliche Stadtrat Martin Hennekamp auf dem ehemaligen britischen Militärgelände an der Loddenheide ermordet aufgefunden. Hennekamp hinterläßt eine Frau und zwei Kinder. Er ist bereits der zweite Grünenpolitiker, der einem Mordanschlag zum Opfer fiel, nachdem vor acht Tagen das Planungsausschußmitglied Berthold Dietzelbach ermordet wurde. Vermutungen, zwischen den beiden Gewalttaten könnte ein Zusammenhang bestehen, wurden vom Leiter der Mordkommission, Hauptkommissar Klaus Stürzenbecher, bestätigt: »Wir gehen davon aus, daß es sich um den selben Täter handelt.« Näheres wollte Stürzenbecher nicht sagen: »Im Hinblick auf die laufenden Ermittlungen ist es noch zu früh, über den genauen Tathergang zu sprechen.«

Stürzenbecher verriet jedoch, daß Hennekamp mit »einem Messer oder einem messerähnlichen Gegenstand« erstochen worden ist.

Der Planungsexperte Dietzelbach war vor einer Woche auf der Uferpromenade des Dortmund-Ems-Kanals mit einer Schnur erwürgt worden. Anschließend hatte der Täter die Leiche in den Kanal geworfen. Einziges erkennbares Verbindungsglied zwischen den beiden Opfern ist ihre Mitgliedschaft in der Grünen Partei und ihre ehrenamtliche Mitarbeit in der kommunalen Selbstverwaltung. Hauptkommissar Stürzenbecher zu unserer Zeitung: »Die Parteizugehörigkeit ist nur ein Indiz unter mehreren.«

Die Suche nach dem Täter gestaltet sich indes äußerst schwierig. Ähnlich wie im Fall Dietzelbach, gab es auch bei dem gestrigen Mord keine Augenzeugen. Hinweise auf eine politisch motivierte Tat wollte die Polizei weder bestätigen noch dementieren. Stürzenbecher: »Bis jetzt sind keine Bekennerschreiben oder -anrufe eingegangen.« Der Hauptkommissar hofft darauf, daß sich noch Zeugen melden werden. Insbesondere möchte die Polizei wissen: »Wer hat gestern abend zwischen 19 und 21 Uhr einen blauen Opel Vectra in der Nähe der Loddenheide gesehen?«

Im Hinblick auf einen möglichen politischen Hintergrund der Taten ist damit zu rechnen, daß die münstersche Mordkommission bald Unterstützung bekommen wird. Wie aus unterrichteten Kreisen zu erfahren war, hat sich das Landeskriminalamt bereits in die Ermittlungen eingeschaltet.

Direkt nach dem zweiten Mord wurden auch Befürchtungen laut, in Münster könnte ein Serienkiller sein Unwesen treiben. Hauptkommissar Stürzenbecher: »Es besteht kein Grund zur Panik. Allerdings raten wir der Bevölkerung, übertriebene Risiken zu meiden und beispielsweise auf nächtliche Spaziergänge in abgelegenem oder unüberschaubarem Gelände zu verzichten.«

I

Ich legte die Zeitung beiseite und goß mir eine Tasse Kaffee ein. Es war bereits die vierte, aber das leichte Kribbeln im Bauch konnte auch von dem Umstand herrühren, daß mir Martin Hennekamp kein Unbekannter war. In meinem früheren Leben als Rechtsanwalt hatte ich ihn vor Gericht verteidigt. Als Gegendemonstrant bei einer Versammlung von Rechtsradikalen war er den um das leibliche Wohl der Neonazis besorgten Polizeikräften dadurch aufgefallen, daß er einen Erdklumpen in Richtung der specknackigen Hitlerjünger geworfen hatte. Der Staatsanwalt hielt dies seinerzeit für eine versuchte Körperverletzung. Mit einem fulminanten Plädoyer schaffte ich es, die von der Staatsanwaltschaft geforderte Geldstrafe von 3000 DM auf 2500 DM zu reduzieren. Als ich jedoch die Bezahlung des Anwaltshonorars anmahnte, appellierte Hennekamp an meine politische Solidarität. Das dämpfte damals meine Begeisterung, eine Karriere als politischer Anwalt einzuschlagen. Kurz darauf erledigten sich meine Überlegungen von selbst, weil man mir die Anwaltslizenz entzog. Martin Hennekamp hatte ich in den letzten Jahren gelegentlich in der Innenstadt gesehen. Wir nickten uns zu und gingen weiter, wie man das bei Leuten macht, deren Gesicht einem irgendwie bekannt vorkommt. Trotzdem berührte es mich, daß jemand »ein Messer oder einen messerähnlichen Gegenstand« in ihn hineingestoßen hatte.

Im Zimmer nebenan stieß Corinna einen Schrei aus. Ein unbefangener Zuhörer hätte ihn für einen Schmerzensschrei halten können. Ich war jedoch alles andere als unbefangen. Seitdem ich ein Zimmer meiner geräumigen Kreuzviertel-Wohnung an den Publizistik-Studenten Jan vermietet hatte, untermalten Geräusche dieser Art meinen Alltag.

Seine Zeit mit Corinna ging bereits in die dritte Woche, aber noch immer verbrauchten die beiden mehr Kraft im Bett als zur Bewältigung ihrer sicherlich nicht allzu schweren Aufgaben an der Uni. Streng genommen verließen sie die IKEA-Spielwiese nur zur Nahrungsaufnahme, zum Duschen und für ihre abendlichen Streifzüge durch Münsters Unterhaltungsgastronomie. Vielleicht hätte ich das Lotterleben als hormonelle Krise namens »frisch verliebt« entschuldigt, wenn mich meine dreimonatige Erfahrung als Jans Zimmervermieter nicht gelehrt hätte, daß ein studierender Schönling es durchaus als Dauerzustand mit wechselnden Partnerinnen führen kann.

Zwei kurze Schreie hintereinander, der letzte mit einem kleinen Kiekser, erinnerten an ein Tennisspiel zwischen Monica Seles und Anke Huber kurz vor dem Matchball. Hinzu kam jetzt ein brummendes Röhren. Der zweite Geschlechtsverkehr an diesem Vormittag näherte sich seinem Höhepunkt. Mit dem Kaffeelöffel dirigierte ich bis zum finalen Duo-Keuchen. Jenseits der Vierzig kann man sich auch an kleinen Dingen erfreuen.

Kurz darauf öffnete sich eine Tür, und Jan schlenderte in Boxershorts in die Küche.

»Bringst du mir einen O-Saft mit, Schnuffi!« rief Corinna ihm nach.

»Mach ich, Bärchen!« brüllte er zurück. Und zu mir: »Du bist ja immer noch da.«

Seine schweißnassen Füße klebten an den Bodenfliesen und lösten sich bei jedem Schritt mit einem quietschenden Plop.

»Der Mittelteil war etwas monoton, aber gegen Ende kam wieder Drive rein«, sagte ich.

Er beugte sich in den Kühlschrank. »Du redest wie ein Tattergreis.«

»Ich bin ein Tattergreis«, korrigierte ich ihn.

»Rubbish.« Er zog einen Karton mit Orangensaft heraus. »Nur weil dir deine Frau weggelaufen ist, ist das Leben nicht zu Ende. Es gibt genügend fesche Ladies im mittleren Alter.«

»Die sind bis zur Unkenntlichkeit verheiratet.«

»Oder schon wieder geschieden.«

»Dann haben sie drei Kinder.«

»Na und? Einen kleinen Haken gibt's überall.«

»Schnuffi, was machst du so lange?« tönte Corinnas

Stimme aus den Tiefen der Wohnung.

»Schnuffi.« Ich ließ den Namen auf der Zunge zergehen.

Jan schüttelte seine goldblonde Mähne. »Klingt scheiße, ich weiß. Aber sie findet's geil. Mußt du heute nicht arbeiten?«

»Erst heute nachmittag.«

Saugend, quietschend und ploppend machte sich Schnuffi auf den Weg zu Bärchen.

Der überraschende Auszug meiner Ehefrau Imke und die Unterhaltszahlungen für meine Tochter Sarah hatten mich gezwungen, ein Zimmer zu vermieten. Allein konnte ich mir die Miete für die Vierzimmer-Wohnung nicht mehr leisten. Jan bezahlte 500 Mark und durfte dafür die Küche und das Bad mitbenutzen. Er nannte das Mietwucher, aber immerhin bot ich ihm beste Kreuzviertel-Lage, ein Erker-Zimmer, das doppelt so groß war wie eine normale Studentenbutze, und einen toleranten Privatdetektiv als Vermieter.

In Gedanken überschlug ich meinen Tagesplan. Er bestand aus einem einzigen Punkt. Am Nachmittag wollte ich zu der Computerfirma *Network & Co* an der Siemensstraße, um unter den Angestellten den Dieb ausfindig zu machen, der regelmäßig Computerplatinen klaute. Die auf den Platinen befindlichen Chips ließen sich auf dem Schwarzmarkt teuer verkaufen. Ein Job, den ich im Auftrag des Detektivbüros *Security Check* erledigte. Nichts Aufregendes, keine intellektuelle Herausforderung, eben ganz normale, langweilige Detektivarbeit.

Bis dahin blieben mir noch ein paar Stunden, und ich hatte mich gerade zu einem Spaziergang in die Innenstadt entschlossen, als das Telefon klingelte.

Eine dunkle, selbstbewußte Frauenstimme sagte: »Mein Name ist Jutta Rausch.« Sie sagte das in einem Ton, der die Überzeugung verriet, daß jede weitere Erklärung überflüssig sei. So wie sich auch Helmut Kohl kaum mit dem Satz melden würde: »Mein Name ist Helmut Kohl, und ich bin von Beruf Bundeskanzler.«

»Und mein Name ist Georg Wilsberg«, antwortete ich.

Sie lachte. »Entschuldigen Sie, Herr Wilsberg, vielleicht

kennen Sie mich nicht.« Das klang schon ein bißchen weniger überheblich.

»So ist es«, bestätigte ich.

»Nun, ich bin die Kämmerin der Stadt Münster. Sagt Ihnen das etwas?«

»Die Finanzministerin unserer kleinen, netten Stadt. Prüfung bestanden?«

»Bestanden«, lobte sie mich. »Weswegen ich anrufe ...«

»Das wäre meine nächste Frage gewesen«, verriet ich ihr.

»Ich möchte wissen, ob Sie heute abend schon etwas vorhaben.«

Eine gute Frage, die ich mir fast jeden Tag stellte. Ich war zu alkoholgefährdet, um in Kneipen herumzustehen, zu alt, um mich in Discos herumzutreiben, und nicht reich und berühmt genug, um sexuell ausschweifende Parties auf einer Yacht im Mittelmeer zu feiern. Also hatte ich abends meistens nichts vor.

»Nein«, sagte ich.

»Dann würde ich Sie gerne zum Essen einladen. Im *Tempel von Kyoto*. Paßt Ihnen zwanzig Uhr?«

»Sie zahlen?«

»Selbstverständlich.« Wieder dieses kurze, eigentlich ganz sympathische Lachen.

»Dann komme ich.«

Die Siemensstraße im Gewerbegebiet Süd würde nie in einem Reiseführer erwähnt werden, obwohl es hier eine ganze Reihe von zweckmäßigen Bauten und viele weitflächige Parkplätze gab. Das Gebäude von *Network & Co* und sein davor gelegener Parkplatz machten da keine Ausnahme. Ich stellte meinen Wagen ab, nickte Herrn Juventrup, dem Pförtner, zu und fuhr mit dem Aufzug in die vierte Etage, wo die Geschäftsführung residierte.

Leider hatte ich Dr. Kaminsky, einem der beiden Geschäftsführer, wenig Erfreuliches zu berichten. Er trug Jeans und Turnschuhe, wahrscheinlich weil er dachte, daß sich das für einen Computermanager so gehört. Ansonsten besaß er soviel Ähnlichkeit mit Bill Gates wie ein Abakus mit einem Pentium-Prozessor.

Kaminsky kraulte seinen grauen Bart: »Gestern sind schon wieder drei Platinen verschwunden. Wenn das so weitergeht ...«

»Es wird nicht so weitergehen«, beruhigte ich ihn.

Kaminsky bewegte seinen Oberkörper nach vorne. Es sah aus, als hätte er Probleme mit der Bandscheibe. »Was bringt Sie zu der Überzeugung?«

»Ich fühle es.«

»Aha. Berufliche Intuition also.«

»So könnte man es ausdrücken, Herr Doktor.«

Er zuckte. »Nur Kaminsky, bitte! Wir sind eine moderne Firma.«

»Okay. Also, dann mach ich mich mal an die Arbeit.«

»Was haben Sie heute vor?«

»Ich werde die Mitarbeiter kontrollieren, wenn sie das Gebäude verlassen.«

»Das haben Sie doch schon vorgestern getan.«

»Und trotzdem sind zwei Platinen gestohlen worden. Folglich werde ich heute auf Verstecke achten, die ich vorgestern übersehen habe.«

Man konnte sehen, wie die Schaltkreise in seinem Gehirn arbeiteten. Und auch das Ergebnis war vorhersehbar: ein Anruf bei meiner Chefin mit einer gepfefferten Beschwerde über die laxe Arbeitshaltung ihres Angestellten Wilsberg.

Es sei denn – ich würde heute Erfolg haben.

Ich machte einen kurzen Rundgang durch die Fertigungshalle und sah zu, wie die Kult- und Statusobjekte unserer http://–@www-Gesellschaft aus billigen Metallteilen zusammengeschraubt wurden. Dann ging ich langsam zum Personalausgang. Bei einem Turnschuh-Geschäftsführer verstand es sich von selbst, daß die Mitarbeiter gleitende Arbeitszeiten hatten. Ab fünfzehn Uhr gaben die ersten ihren persönlichen Abgangscode in den Time-Controlling-Computer ein.

Seit dem Beginn des Platinenklaus hatte sich das lockere, kreative Betriebsklima allerdings ein wenig verdüstert. Der gute Dr. Kaminsky sah sich gezwungen, auf einen geradezu archaischen kapitalistischen Brauch zurückzugreifen: er hatte zwei Sicherheitsleute eingestellt, die in ihren schwarzen Uniformen vor allem abschreckend wirken sollten.

Ich seufzte, als ich sah, daß sich der dümmere von beiden am Ausgang postiert hatte. Sein Intelligenzquotient lag nur knapp über der Demenzgrenze, und ein Gespräch mit ihm war so interessant wie eine Dressurnummer mit Stofftieren.

»Hallo!« begrüßte ich ihn.

Er warf mir einen giftigen Blick zu. »Wat wollen *Sie* denn hier?«

»Was glauben Sie wohl? Den Platinendieb ausfindig machen.«

Er stellte die Beine breit und schob den Bauch nach vorne. »Die Taschen kontrolliere ich.«

»Keine Angst, ich mach Ihnen Ihren Job nicht streitig.«

»Das will ich meinen.« Der rechte Daumen hakte sich in den Gürtel. Die perfekte Sheriff-Imitation.

Da ich inzwischen sicher war, daß niemand etwas in Tragetaschen nach draußen schmuggelte, suchte ich nach raffinierteren Verstecken. Während der schwarze Sheriff mit leeren Augen die Tascheninhalte abrasterte, bat ich um das Lüften von Jacken oder tastete bauschige Hosen ab. Den Leuten auf die Pelle zu rücken, entsprach nicht meiner Idealvorstellung von Detektivarbeit, zumal ich eine Menge hämischer Bemerkungen gratis kassierte, aber, wie Jimmy Connors seinerzeit nach dem Gewinn der US-Open sagte: Der Job mußte getan werden.

Nach anderthalb Stunden kam es zu einem kleinen Fachgespräch mit meinem Kollegen.

»Da kommt nix bei rum«, faßte er unsere Bemühungen zusammen.

»Und was schlagen Sie vor?« erkundigte ich mich.

»Sie müssen dat irgendwie anders anpacken.«

»Ach.«

Ein deutscher Rasta mit Zottelbart und einer übergroßen Wollmütze, unter der er seine Locken versteckte, schlenderte heran. Mit breitem Grinsen hielt er uns seine hanfblattbedruckte Leinentasche unter die Nasen.

»Würden Sie bitte Ihre Mütze abnehmen!« sagte ich.

»Wozu, Mann?«

»Ich möchte sehen, was drunter ist.«

»Haare, Mann. Was glaubst du?« Er wollte an mir vorbei.

Der schwarze Sheriff nestelte bereits an seinem Pistolenhalfter.

»Lassen Sie die Pistole stecken!« sagte ich scharf und riß dem Rasta die Mütze vom Kopf. Außer dicken, fetten Zöpfen rieselten auch zwei Platinen zu Boden.

»Scheiße, Mann«, sagte der Rasta.

Der *Tempel von Kyoto* war eins von zwei japanischen Restaurants in Münster. Ich war erst einmal dort gewesen, nicht, weil das Essen so schlecht geschmeckt hatte, sondern weil ein Menü im *Tempel* preislich ungefähr fünfzehn Hauptgerichten bei *Ali Baba's Grill*, meiner bevorzugten Imbißbude, entsprach.

Wir hatten kein Erkennungszeichen ausgemacht, allerdings war der Gastraum des *Tempels* nur so groß wie ein gutbürgerliches Wohnzimmer, und ich traute mir zu, eine Stadtkämmerin ohne Begleitung auf Anhieb zu identifizieren. Ich schaute mich suchend um.

»Kann ich Ihnen helfen?« fragte eine lächelnde japanische Kellnerin.

»Ich bin verabredet – mit einer Dame.«

»Frau Rausch?« Sie betonte das »R«. So wie Niederrheiner manchmal beweisen wollen, daß sie ein »ch« aussprechen können.

Ich nickte.

»Hier, bitte!« Sie geleitete mich zu einem Tischchen in der Ecke. »Frau Rausch hat angerufen. Sie möchten sie entschuldigen. Sie wird durch einen dringenden Termin aufgehalten.«

Das fing ja gut an. Erst tat sie geheimnisvoll, dann ließ sie mich sitzen. Das hatte ich davon, daß ich mich mit einer Politikerin einließ. Ich bestellte einen grünen Tee und schaute dem Koch zu, der mit einem riesigen Messer Kunststückchen vollbrachte. Er arbeitete an zwei großen Herdplatten in der Mitte des Raumes. Links und rechts davon erhob sich jeweils eine Art Podest. Die Gäste, die dort oben saßen, konnten ihrem Essen beim Garen zusehen.

Zehn Minuten später betrat Frau Rausch den *Tempel*. Sie trug ein schwarzes, flatterhaftes Kleid. Trotz ihrer hell- bis dunkelgrau changierenden Haare, die mit Ausnahme von zwei Schläfensträhnen am Hinterkopf hochgesteckt waren, schätzte ich sie auf Anfang Vierzig. Zielstrebig steuerte sie auf meinen Tisch zu.

»Herr Wilsberg, nehme ich an.«

»Richtig.« Ich erhob mich. Ihr längliches, eher schmales Gesicht wurde dominiert von einer kräftigen, leicht nach unten gebogenen Nase. Rund um die grauen Augen und den breiten Mund zeigten sich scharfe Falten, die von dem dezenten Make-up nicht verdeckt wurden. Auf den Lippen schimmerte es dunkelrot bis violett. Sie sah aus wie eine Frau, die sich gut hinter einer spöttischen Souveränität verbergen konnte.

»Tut mir leid, daß Sie warten mußten. Die Sitzung des Finanzausschusses hat sich unerwartet in die Länge gezogen. Sie glauben gar nicht, was diesen Rathauspolitikern alles einfällt, um sich zu profilieren.«

»Ich kann's mir vorstellen«, sagte ich, stellte es mir aber lieber nicht vor.

Schon hatte uns die lächelnde Kellnerin zwei Speisekarten untergeschoben.

Die Auswahl fiel nicht besonders schwer. Es gab nur drei verschiedene Menüs, und die wiederum waren größtenteils identisch. Die günstige Gelegenheit beim Schopfe ergreifend, bestellte ich das teuerste. Meine Einladerin schloß sich kommentarlos an und gönnte sich zusätzlich eine Steingutkaraffe Reiswein.

»Sie trinken keinen Alkohol?« fragte sie mit Blick auf meine Teekanne.

»Nein, nicht mehr.«

»Schlechte Erfahrungen?«

»Man könnte es so nennen.«

Genauso wie man unsere Unterhaltung ohne Umschweife als zäh bezeichnen konnte, aber schließlich war das ihre Party, und ich fand, daß sie mich lang genug hatte zappeln lassen.

Die Kellnerin stellte zwei wunderschön geformte Tellerchen mit frischem Meerrettich und anderen Leckereien ab.

»Sushimi«, kommentierte Frau Rausch. Menschen ihrer Gehaltsklasse gingen sicher einmal in der Woche zum Japaner.

Sie drehte sich um. »Am liebsten sitzte ich ja auf dem Tatami.«

»Tatami?«

»Die Sitzfläche neben dem Herd. Allerdings nicht so geeignet für ein Gespräch unter vier Ohren.«

»Aha.« Mit einem Spritzer Sojasoße schmeckte der Meerrettich ausgezeichnet. »Lassen Sie mich raten! Sie hatten heute Langeweile, und da haben Sie mit geschlossenen Augen ins Telefonbuch gegriffen. Zufällig blieb Ihr Zeigefinger auf meinem Namen liegen.«

Sie stieß das bekannte, kehlige Lachen aus. »Ganz so war es nicht. Ich habe Erkundigungen über Sie eingezogen. Sie waren einmal ein stadtbekannter linker Anwalt.«

»Vor dem Vietnamkrieg.«

»Sie übertreiben. Haben Sie nicht sogar Martin Hennekamp verteidigt?«

»Das ist richtig«, gab ich zu. »Er hatte mit einem Grasbüschel nach einem Rechtsradikalen geworfen. Der Staatsanwalt hielt das für versuchte Körperverletzung. Trotzdem muß ich Sie enttäuschen. Falls Sie einen Anwalt suchen, kann ich Ihnen nicht dienen. Man hat mir die Lizenz entzogen.«

»Auch das ist mir bekannt. Sie haben Mandantengelder unterschlagen, nicht wahr?«

Die Kellnerin ersetzte die leeren Tellerchen durch neue Schalen, auf denen mit Reis gefüllte Röllchen lagen. Mein kulinarisches Halbwissen langte diesmal, um in ihnen die bliebte japanische Vorspeise Sushi zu erkennen.

»Ihr Informant versteht seine Arbeit.«

Die Kämmerin angelte sich ein Röllchen aus der Schale. »Warum haben Sie das getan?«

»Soll das ein Bewerbungsgespräch werden?«

»So etwas ähnliches, ja.«

»Dann wüßte ich gerne, um welchen Job es sich handelt.«

»Ich suche einen Leibwächter.«

Ich verschluckte mich und bekam einen Hustenanfall.

»Lachen Sie nicht! Das ist mein Ernst. Und ich möchte keinen muskelbepackten Bodyguard mit Spatzenhirn. Ich brauche einen Leibwächter, mit dem ich auch mal über Kultur und Politik reden kann. Sie sind Privatdetektiv und haben sich früher politisch engagiert. Mit anderen Worten: der ideale Anwärter für den Job.«

Ich wackelte skeptisch mit dem Kopf. »Mein politisches Engagement ist so verbraucht wie die SPD-Kanzlerkandidaten. Je älter ich werde, desto mehr komme ich zu der Überzeugung, daß es sich beim politischen Geschäft im eigentlichen Sinn um Volksbetrug handelt.«

Sie zog ihre schwarzgefärbten Augenbrauen in die Höhe. »Sie wollen mich nicht verstehen. Sie sollen mir ja nicht nach dem Mund reden. Es reicht mir, wenn Sie in der Lage sind, einen ZEIT-Artikel zu verstehen.«

»Ich hab's schon lange nicht mehr versucht. In der ZEIT gibt's nämlich keine Sportseiten. Wozu brauchen Sie eigentlich einen Leibwächter? Haben Sie Ihren Ehemann betrogen? Sinnt er auf Rache?«

»Ich bin Mitglied der Partei der Grünen.«

»Seit wann ist das lebensgefährlich?«

»Sie lesen wohl wirklich keine Zeitung?«

»Falls Sie auf die beiden Morde anspielen – das habe ich mitgekriegt. Die Opfer waren zufällig Grüne, na und? Das heißt doch nicht, daß in Münster ein Killer herumläuft, der alle Grünen umbringen will.«

»Nicht alle. Einige.«

Ich forschte in ihrem Gesicht nach einer Regung. Bis jetzt hatte ich das Ganze für einen Scherz gehalten. Aber in ihren Augen war Besorgnis zu lesen, vielleicht sogar eine Spur Angst. Sie wußte etwas, das nicht in der Zeitung gestanden hatte.

»Sagt Ihnen das Kappenstein-Projekt etwas?«

Ich überlegte. »Der geplante Vergnügungspark im Norden Münsters.«

»Der amerikanische Medienkonzern *Global Artists* möchte einen Themenpark auf die grüne Wiese setzen, ungefähr in der Mitte zwischen den münsterschen Stadtteilen Sprakel und Gelmer. Die zehn Häuser, die dort im Weg stehen, nennen sich Kappenstein. Kappenstein hat weder eine Kirche noch einen Lebensmittelladen, aber die Leute hängen natürlich an ihrer Scholle. Wie bei allen Großprojekten dieser Art gibt es Befürworter und Gegner. Das Kappenstein-Projekt ist eine gewaltige Investition, die Hunderte von Arbeitsplätzen bringt, aber auch mit mehr Verkehr, Lärm und Umweltbelastung verbunden ist. Zum Glück gibt es kein Wasserreservoir in der Nähe, und auch das Vogelschutzgebiet ist weit weg. Trotzdem sind die Umweltschützer dagegen, die Anwohner sowieso. Zu den Befürwortern zählen die CDU, die SPD, die Industrie- und Handelskammer und die Gewerkschaften.«

»Bleiben noch die Grünen«, sagte ich. Die Kellnerin hatte inzwischen rohen Fisch aufgetischt, und meinen Teil nahmen bereits die Magensäfte in Angriff. »Lassen Sie Ihren Fisch nicht alt werden!«

Die Kämmerin erwies sich als geschickte Stäbchenesserin, fischte einen Brocken aus der Schale und kaute unkonzentriert darauf herum. »Genau. Die Grünen sind gespalten. Einerseits können wir die Umweltschützer nicht vergraulen, andererseits ergibt sich nur alle zehn Jahre die Chance für eine solche Investition. Als Stadtkämmerin müßte ich ja mit dem Klammerbeutel gepudert sein, wenn ich das Projekt in Bausch und Bogen ablehnen würde. Einige in der Fraktion sehen das ähnlich.« Sie schluckte. »Langer Rede kurzer Sinn: Dietzelbach und Hennekamp haben sich für das Kappenstein-Projekt stark gemacht. Glauben Sie immer noch an einen Zufall?«

»Sie meinen also, daß ein politisches Motiv hinter den Morden steckt?«

»Das steht für mich fest.«

»Haben Sie Hauptkommissar Stürzenbecher Ihre Überlegungen mitgeteilt?«

»Er weiß es. Deshalb ist ja das Landeskriminalamt eingeschaltet. Ich hatte das Gefühl, die Sache wächst ihm über den Kopf.«

Während ich an Stürzenbechers Magengeschwüre dachte, servierte die Kellnerin Hummer und Gemüse.

Rausch schaute mich erwartungsvoll an. »Nehmen Sie den Auftrag an?«

»Falls sich wirklich ein paar eiskalte Killer auf Münsters Straßen tummeln, sind Sie mit einem muskelbepackten Spatzenhirn besser bedient. Es gibt da nämlich ein Problem.«

»Und das wäre?«

»Ich weiß nicht, ob ich mein Leben für Sie aufs Spiel setzen würde. Von einem guten Leibwächter kann man das verlangen. Außerdem beherrsche ich weder Karate, noch besitze ich eine Schußwaffe, geschweige denn einen Waffenschein.«

»Was das letztere angeht, habe ich schon alles arrangiert.«

Sie fing an, mich zu verblüffen. »Sie haben was?«

»Sie bekommen vom Polizeipräsidium einen zeitlich begrenzten Waffenschein, eine Pistole und ein Kurztraining im Schußwaffengebrauch.«

Die Verblüffung schlug in Ärger um. »Der Gedanke, daß ich ablehnen könnte, ist Ihnen wohl nicht gekommen?«

»Ich habe Ihren Namen nicht erwähnt.« Sie lächelte. »Vergessen Sie nicht, daß ich eine kommunale Spitzenbeamtin bin. Eine solche Position ist mit einigen Privilegien verbunden.«

Ich dachte nach. Rechtmäßig standen mir noch drei Wochen Jahresurlaub bei der *Security Check GmbH* zu. Der Network-Fall war gelöst, ansonsten hatte ich nur noch ein paar Routineaufträge, die auch eine von Sigis Nachwuchskräften erledigen konnte. Da ich sowieso nicht in Urlaub fahren wollte, war der Leibwächter-Job eine günstige Gelegenheit, mein Konto aufzubessern.

»Lassen Sie uns ein paar Bedingungen klären«, begann ich. »Dreihundert Mark am Tag plus Spesen.«

»In Ordnung.«

»Schwarz.«

»Nein.« Rausch beugte sich vor und zischte: »Sind Sie wahnsinnig? Ich bin die Stadtkämmerin. Wenn ich jemanden schwarz beschäftige, ist das ungefähr so, als ob der Papst Unzucht mit Abhängigen treibt.«

»Quatsch. Amerikanische Justizministerinnen leisten sich

auch puertoricanische Hausangestellte ohne Sozialversicherung.«

»Die Frau ist gar nicht erst ernannt worden.«

»Leibwächter zählen zu Luxusausgaben, die nicht versteuert werden müssen.«

»Ich sagte: nein.«

»Dann vergessen Sie's.«

Sie schnaufte. »Okay. Ich akzeptiere. Haben Sie noch eine Bedingung?«

»Ja. Meine Tätigkeit beschränkt sich nicht darauf, neben Ihnen herzulaufen. Ich stelle eigene Ermittlungen an, um den Mörder zu finden.«

»Wozu das?«

»Das andere wäre mir zu langweilig. Wenn Sie in Ihrem Büro sind, muß ich ja nicht auf Ihrem Schoß sitzen. Sobald Sie das Stadthaus verlassen, bin ich an Ihrer Seite. Ansonsten habe ich freie Hand. Kriminalwissenschaftlich könnte man es als präventive Leibwächterarbeit bezeichnen.«

Widerwillig schob die Kämmerin ihren angeknabberten Hummer zur Seite. »Mal angenommen, ich erkläre mich auch dazu bereit: Sagen Sie dann zu?«

»Ich verspreche, daß ich darüber nachdenken werde.«

»Und wann kriege ich Ihre Entscheidung?«

»Morgen früh.«

»Wünschen Sie jetzt Ihr Dessert?« fragte die lächelnde Kellnerin.

Wir wünschten. Es gab Obstsalat mit Eis.

»Wissen Sie, daß Sie ganz schön schwierig sind?« maulte Rausch mit vollem Mund.

»Sie haben mich gewollt, und ich bin nun mal nicht billig. Übrigens, vielen Dank für das vorzügliche Essen.«

»Gern geschehen. Sie haben mir übrigens immer noch nicht verraten, warum Sie die Unterschlagung begangen haben.«

»Ich brauchte dringend Geld, und mein Mandant hatte reichlich davon. Dummerweise sind die reichsten Menschen auch die geizigsten. Ich schlug ihm vor, die Summe drei Monate später zurückzuzahlen. Er wollte nicht warten und zeigte mich an. Das war mein Ende als Rechtsanwalt.«

»Das war sehr dumm von Ihnen.«

»Ja, damals habe ich es auch bereut. Das Kapitel gehört nicht zu den glücklichsten in meinem Leben. Aber heute bin ich froh, daß ich nichts mehr mit Paragraphen zu tun habe.«

»Sie sind zufrieden mit Ihrem Leben als Privatdetektiv?«

»Im großen und ganzen. Es ist ein Beruf, bei dem man im Trockenen sitzt, sich körperlich nicht allzu sehr anstrengen muß und viel Zeit zum Nachdenken hat.«

Wir nahmen italienischen Espresso. Die Japaner wissen, daß sie den Italienern beim Kaffee nichts vormachen können. Anschließend packte ich einen Zigarillo mit Cherry Flavour aus und steckte ihn genüßlich in Brand.

Die große grauhaarige Frau schnüffelte. »Rauchen Sie auch bei der Arbeit?«

»Da richte ich mich völlig nach meinen Auftraggebern.«

»Schön zu erfahren, daß selbst Sie zu Kompromissen bereit sind.«

Wir lächelten uns an. Sie war eine interessante Frau, aber nicht unbedingt mein Typ.

Nachdem sie mit einer vergoldeten Kreditkarte bezahlt hatte, standen wir auf der Straße.

»Ich erwarte Ihren Anruf«, sagte die Kämmerin zum Abschied.

»Passen Sie auf sich auf!« zitierte ich einen deutschen Fernsehpfarrer. Irgendwie wäre ich mir schuldig vorgekommen, wenn ihr in dieser Nacht jemand aufgelauert hätte.

II

Die *Security Check GmbH* residierte in einem der Patrizierhäuser an Münsters Prachtstraße Prinzipalmarkt. Meine frühere Sekretärin Sigi Bach war Alleingesellschafterin der Detektei, und sie führte den Laden erfolgreicher, als er unter meiner Ägide je gelaufen war. Inzwischen gab es sogar Filialen in so netten münsterländischen Marktflecken wie Coesfeld, Burgsteinfurt und Borken.

Mit dem Abschlußbericht im Fall *Network & Co* in der

Hand betrat ich die Büroräume. Aische, die Sekretärin, nickte mir zu. »Hallo, Georg! Wie geht's deiner Tochter?«

Seitdem ich Sarah mal bei ihr vergessen hatte, interessierte sich Aische für das Wohlergehen meiner Erstgeborenen.

»Gut«, antwortete ich, da ich nicht in der Stimmung war, meine Familienprobleme auszubreiten.

»Sigi telefoniert gerade. Du mußt dich einen Moment gedulden.«

Also nahm ich auf einem der Besuchersessel Platz und wartete darauf, daß mir die Chefin der *Sec Check*, wie wir einfachen Angestellten den Laden nannten, eine Audienz gewährte.

Nach fünf Minuten war es soweit.

»Herzlichen Glückwunsch, Georg!« strahlte Sigi. »Wie ich hörte, hast du den Network-Fall gelöst.«

»Habe ich.« Ich überreichte ihr den Abschlußbericht. »Letztlich war es gar nicht so schwierig.«

»Seit wann bist du so bescheiden? Der Geschäftsführer, dieser Dr. Kaminsky, war von dir äußerst angetan.«

»Nur Kaminsky, bitte!«

»Was?«

»Network & Co ist eine moderne Firma. Kaminsky besteht darauf, mit Herr Kaminsky angeredet zu werden.«

»Ach ja?« Sigi ging zu ihrem Schreibtisch und suchte nach einem bestimmten Papier. »Hier habe ich etwas Ähnliches. In Emsdetten. Eine Firma, die landwirtschaftliche Geräte herstellt. Es verschwinden immer wieder Ersatzteile. Natürlich ein Angestellter.«

»Sigi«, sagte ich.

»Genau das richtige für dich, wenn ich an deine finanziellen Verpflichtungen denke. Es sitzt nämlich eine saftige Prämie drin, und bei deiner Erfahrung ...«

»Sigi!« unterbrach ich sie sanft. »Ich will nicht nach Emsdetten.«

»Warum nicht?«

»Weil es ein langweiliges Kaff ist. Und weil mich landwirtschaftliche Geräte nicht interessieren.«

»Aber ...«

»Ich mache dir einen anderen Vorschlag: Mir stehen noch

drei Wochen Urlaub zu, und die würde gerne ab heute antreten.«

Sigi guckte mich entgeistert an. »Du willst Urlaub machen?«

»Ich weiß, es paßt nicht in die heutige sozialpolitische Landschaft. Aber bevor die Bundesregierung den Jahresurlaub auf drei Wochen kürzt, nutze ich noch mal schnell den alten Tarifvertrag.«

»Red keinen Quark, Georg! Selbstverständlich hast du Anspruch auf sechs Wochen. Doch im Moment kommt mir das äußerst ungelegen. Ich habe Riesenbeck, dem Besitzer der Firma in Emsdetten, versprochen, daß ich einen erfahrenen Mann schicke. Und außer dir ist zur Zeit niemand verfügbar.«

»Das ist Pech.«

»Georg, du kannst mich nicht so hängen lassen! Und wo willst du überhaupt hin?«

»Ich weiß noch nicht. Ich muß einfach mal ausspannen.«

»Jetzt im Herbst? Willst du nicht lieber in den Weihnachtsferien wegfahren?«

»Dann machen die Familien die Preise kaputt. Nein, ich denke, ich werde mich nach einem Last-Minute-Angebot umschauen.«

Wir stritten noch eine Weile herum, aber schließlich gab Sigi nach. Der alten Zeiten wegen, wie sie sagte. Ich schluckte die Bemerkung hinunter, daß ich es in den alten Zeiten nicht nötig gehabt hätte, um ein paar Wochen Urlaub zu betteln.

Zwischen dem Büro der *Security Check* und dem Büro der Stadtkämmerin lagen nur ungefähr hundert Meter Luftlinie. Ich überquerte den Prinzipalmarkt, bog um zwei Ecken, stieg die luftige Treppe des im quadratisch-praktisch-langweiligen 60er-Jahre-Stils erbauten Stadthauses hoch – und schon stand ich in ihrem Vorzimmer.

»Frau Rausch hat eine Besprechung mit ihrem Referenten«, eröffnete mir die Sekretärin.

Ich hätte mir noch einen Termin bei meinem Zahnarzt geben lassen sollen, so sehr gewöhnte ich mich bereits an das Herumsitzen in Vorzimmern. Wo pflegten sich eigentlich Leibwächter aufzuhalten, wenn es nichts zu leibwächtern gab? Eine Frage, die wir in unserem Detektiv-Fernstudium nicht durchgenommen hatten.

Eine Viertelstunde später – mir war gerade eingefallen, daß ich noch eine spiegelnde Sonnenbrille kaufen mußte – stürmte ein dynamischer Jüngling aus dem Büro der Kämmerin. Er trug eine teure Kaschmir-Jacke neben den obligatorischen Jeans, rote Bäckchen und eine verwegen gefönte Frisur. Bei meinem Anblick stockte er nur kurz und rannte dann wortlos weiter. Kein Zweifel, er hatte sofort erkannt, daß ich nicht zu den tausend wichtigsten Persönlichkeiten Münsters zählte.

»Und?« begrüßte mich Jutta Rausch formlos. Heute war sie in ein beiges Managerinnen-Kostüm gewandet, das gut zu ihrem nußholzgetäfelten Arbeitszimmer paßte.

»Ich bin bereit.«

»Schön.« Sie wirkte fahrig und unkonzentriert. »Entschuldigen Sie, aber ich habe gleich eine Dezernentensitzung. Deshalb in aller Kürze das wichtigste ...« Sie wühlte auf ihrem Chefschreibtisch. »Hier ist der Name des Beamten, an den Sie sich im Polizeipräsidium wenden sollen: Kommissar Knellbusch. Er wird Ihnen einen Waffenschein, Pistole und so weiter besorgen. Heute abend ist eine Mitgliederversammlung der Grünen. Ich bleibe bis neunzehn Uhr im Büro und fahre dann direkt dorthin. Haupttagesordnungspunkt ist das Kappenstein-Projekt. Es reicht, wenn Sie um Viertel vor sieben hier sind. Ach ja, und bringen Sie gleich Ihre Sachen mit, Zahnbürste und was Sie sonst noch brauchen.«

»Ich soll bei Ihnen übernachten?« fragte ich überrascht.

Zum ersten Mal schaute sie mich länger als eine Zehntelsekunde an. »Was dachten Sie denn? Nachts bin ich doch am meisten gefährdet. Ich wohne allein, mein Mann hat unsere Wohnung in Paderborn behalten.« Sie lächelte kurz. »Keine Angst, ich werde Sie nicht vernaschen.«

Mir fiel auf, daß ich nicht allzu viel über sie wußte. »Leben Sie getrennt von Ihrem Mann?«

»In der Woche, ja. Ach so, Sie denken ... Nein, die Grünen

haben mich erst vor einem halben Jahr nach Münster geholt. Davor war ich Beigeordnete in Paderborn. Mein Mann arbeitet immer noch in Detmold, und er hängt an seinem Beruf. Von daher haben wir uns entschlossen, zwei Wohnungen zu mieten. Das ist zwar ein bißchen teuer, aber wir können es uns ja leisten.«

»Kinder?«

»Nein. Am Wochenende fahre ich nach Paderborn, oder mein Mann kommt nach Münster. Dann haben Sie übrigens frei.«

»Sehr erfreulich.«

»Nicht wahr?« Sie sortierte einen Stapel Akten. »Jetzt muß ich aber wirklich ...«

»Eine Frage noch: Der junge Mann, der aus Ihrem Büro kam ...«

»Axel Feldhaus, mein persönlicher Referent. Ich habe ihn aus Paderborn mitgebracht.«

»Sie vertrauen ihm?«

»Absolut. Er arbeitet seit drei Jahren für mich. Er betet mich an.«

»Platonisch?«

Das Telefon klingelte. »Sie haben eine schmutzige Phantasie, Herr Wilsberg.« Sie schnappte sich den Hörer: »Ich komme.« Und zu mir: »Ich erwarte Sie um Viertel vor sieben. Pünktlich. Ich hasse Unpünktlichkeit.«

Ich fuhr zum Polizeipräsidium am Friesenring und fragte mich zu Kommissar Knellbusch durch. Der hatte sofort Zeit für mich, was darauf schließen ließ, daß er eine ruhige Kugel schob. Er sah auch aus wie eine, als zusätzliche Attraktion hatte er sich ein kaum verbreitertes Hitler-Bärtchen wachsen lassen. Die Krawatte, die an seinem qualligen Kopfansatz baumelte, leuchtete schwarzrotgelb.

»Daß wir uns richtig verstehen«, polterte er sofort los, »wenn es nach mir ginge, würden Sie von uns keine Pistole kriegen. Wir sind doch nicht dazu da, um die Leibgarden von irgendwelchen lesbischen Emanzen zu bewaffnen.«

Das mußte ich mir von diesem Ochsenfrosch nicht bieten lassen. »Falls Sie von mir und der Kämmerin sprechen ...«

»Von wem denn sonst?«

»... dann passen Sie mal auf, Sie Arsch mit Hitlerbart: Noch ein Wort, und ich drücke Ihnen eine Dienstaufsichtsbeschwerde ins Kreuz.«

Er warf den Kopf in den Nacken, was bei seinem nichtvorhandenen Hals gar nicht so einfach war. »Das ist Beamtenbeleidigung. Ich werde Sie anzeigen.«

»Ach ja? Die Kämmerin hat gute Kontakte zum Innenminister. Hatten Sie vor, irgendwann mal Oberkommissar zu werden?«

Er zwinkerte und versuchte, den Realitätsgehalt meiner Worte abzuschätzen. Offensichtlich reichte es nicht für den Beweis des Gegenteils. »Ich habe nicht gesagt, daß Sie den Schein und die Pistole nicht bekommen.«

»Na schön. Dann rücken Sie beides endlich raus, und ich vergesse, daß ich Ihnen jemals begegnet bin.«

»Zuerst müßte ich allerdings feststellen, ob Sie vorbestraft sind. Könnte ich Ihren Personalausweis sehen?«

Ich reichte ihm meinen Ausweis hin, und er begann, den Zahlencode in seinen Computer einzugeben.

»Ich bin vorbestraft. Als Rechtsanwalt habe ich Mandantengelder veruntreut.«

»Verdammt, warum sagen Sie das nicht gleich?«

»Außerdem habe ich eine kriminelle Vereinigung unterstützt, die Anschläge auf kirchliche Einrichtungen geplant und durchgeführt hat. Das brachte mir eine zweijährige Gefängnisstrafe ein.«

Empört schob Knellbusch meinen Ausweis zurück. »Dann können wir die Sache vergessen. Wir hatten vor Jahren mal so einen Fall. Ein Minister mit Wohnsitz in Münster wollte unbedingt einen Ex-Zuhälter als Leibwächter. Drei Wochen später schießt der Kerl auf die Kinder der Nachbarn. Behauptete, die Gören hätten seinen Mittagsschlaf gestört.«

»Meine Nachbarn haben keine Kinder.«

Er glotzte mich an. »Sie wollen mich wohl nicht verstehen, wie?«

»Rufen Sie den Polizeipräsidenten an, wenn Sie in meinen Vorstrafen ein Problem sehen!«

Auf den Speckrollen in seinem Gesicht bildete sich ein Schweißfilm. »Haben die Grünen schon die Macht, heh? Was Sie verlangen, ist Rechtsbeugung.«

»Seien Sie froh, daß wir uns für Leute wie Sie kein Berufsverbot einfallen lassen.«

Mit hochrotem Kopf und hörbarem Zähneknirschen füllte er den Waffenschein aus. Dann öffnete er einen Metallschrank und drückte mir eine Pistole samt Schulterhalfter in die Hand. »Hier ist der Sicherungshebel. Sie können nur schießen, wenn der Hebel oben ist. Besser, Sie lassen ihn unten. Sonst machen Sie Bekanntschaft mit den Kollegen von der Mordkommission.«

Ich verriet ihm nicht, daß Kriminalhauptkommissar Stürzenbecher, der Chef der Mordkommission, zu meinem engeren Bekanntenkreis gehörte.

»Unten im Keller können Sie ein paar Übungsschüsse abgeben. Da ist auch jemand, der Ihnen zeigt, wie Sie die Pistole halten müssen.«

»Munition?«

Er reichte mir ein Reservemagazin. »Die Pistole ist geladen. Was Sie im Übungskeller verschießen, bekommen Sie ersetzt.«

Ich gab Knellbusch einige Autogramme, und dann verabschiedeten wir uns so, wie wir uns begrüßt hatten, nämlich wortlos.

Die Zielscheibe in den Katakomben des Polizeipräsidiums sah aus wie ein flüchtender Langhaariger. Ein freundlicherer Kollege von Knellbusch setzte mir einen Kopfhörer auf und demonstrierte die aus *Miami Vice* bekannte Schußhaltung: Beine breit und leicht in die Hocke, beide Hände an die Waffe. Nach dem ersten Schuß wußte ich auch warum – der Rückstoß war erheblich stärker, als ich gedacht hatte.

Mit dem dritten Schuß schaffte ich eine Zwölf, ich durchlöcherte das Herz des Flüchtenden. Zum Schluß huldigte ich dem Atombombenversuchsopfer John Wayne mit zwei Schüssen aus der Hüfte. Er hatte immer getroffen, ich schrammte nur die Seitenwand.

Als ich aus dem Verlies wieder ans Tageslicht zurückkehrte, lief mir Hauptkommissar Klaus Stürzenbecher über den Weg. Er sah besser aus als bei unserer letzten Begegnung, das heißt, seine Gesichtsfarbe war weniger gelblich und ein Magendurchbruch schien auch nicht unmittelbar bevorzustehen.

»Was machst du denn hier?« fragte er aufgeräumt. »Hast du falsch geparkt?«

Ich lüpfte mein Jackett und zeigte ihm meine neue Pistole. »Habe ich von deinem Kollegen Knellbusch. Vor dir steht der Leibwächter der Stadtkämmerin Rausch.«

»Leibwächter? Du?« amüsierte sich Stürzenbecher. Dann war auch der Rest des Satzes in seinen Gehirnwindungen angekommen, und etwas nachdenklicher setzte er hinzu: »Bei der Stadtkämmerin Rausch? Das ist ja interessant. Komm, laß uns in der Kantine einen Kaffee trinken!«

Bevor ich widersprechen konnte, schob er mich in den Aufzug. Stürzenbecher grinste anzüglich. »Knellbusch und du, ihr habt euch sicher prächtig unterhalten?«

»Lieber würde ich einen ganzen Tag die Herrentoilette im Hauptbahnhof schrubben.«

»Der gute Knelli ist schon ein Problem. In einigen Abteilungen hat er sich als völlige Niete erwiesen. Jetzt darf er irgendwelche Innendienst-Lappalien erledigen.«

»Ihr solltet ihn zur nächsten Schießerei mit der polnischen Mafia als Schutzschild mitnehmen.«

Stürzenbecher lachte. »Das wäre einigen im Haus gar nicht so unrecht.«

Wir betraten die Kantine und zogen uns jeweils eine Tasse Kaffee.

»Du trinkst Kaffee?« staunte ich.

»Ja, meinem Magen geht's ausgezeichnet. In meinem Privatleben hat sich einiges verändert.«

»Du hast dich mit deiner Frau ausgesöhnt?«

Er errötete. »Nein.«

»Also eine Freundin?«

Er errötete stärker. »Nicht so laut, Wilsberg!« Flüsternd fügte er hinzu: »Sie ist meine Sekretärin. Ich hätte nicht gedacht, daß ich mich noch einmal so verlieben kann.«

»Ich war schon immer der festen Überzeugung, daß es einen Sex jenseits der Fünfundvierzig gibt.«

Wir setzten uns an einen blankgeputzten Tisch mit Chrombeinen. Von der Kantine des Polizeipräsidiums aus hatte man einen hervorragenden Blick auf Marienthal, die größte psychiatrische Klinik der Stadt.

»Dafür, daß du einen Doppelmord aufzuklären hast, machst du einen ganz entspannten Eindruck«, konstatierte ich.

»Man hat mir die Leitung der Ermittlungen weggenommen. Seit heute morgen ist LKA-Oberrat Lewandowski der Chef der Sonderkommission. Er hat ein paar von seinen taffen Jungs mitgebracht. Weißt du, diese LKA-Typen kommen sich unheimlich toll vor. Ein Provinz-Hauptkommissar ist allenfalls dazu gut, belegte Brötchen heranzuschaffen.«

»Ärgert dich das nicht?«

»Überhaupt nicht. Das ist einer der schofelsten Fälle, mit denen ich je zu tun hatte. Da gibt's zwar eine Menge Lorbeeren zu ernten, aber genauso schnell kann es dir passieren, daß du gesteinigt wirst. Und diese Rolle überlasse ich lieber Lewandowski.« Stürzenbecher beugte sich vor und senkte die Stimme: »Meiner Meinung nach ist der Täter ein Spinner, vollkommen verrückt. Der kann noch ein paarmal zuschlagen. Und was dann? Dann will die Öffentlichkeit einen Sündenbock opfern. Und tschüs, Herr Lewandowski!«

»Und was meint Lewandowski dazu?«

»Lewandowski ist ein Politiker. Der denkt nach dem alten Bürgerkriegsschema. Für ihn ist klar, daß die Täter linke Terroristen sind, Revolutionäre Zellen oder so was. Die killen Grünen-Realos, weil sie sie für Verräter halten.«

»Wäre doch möglich, oder?«

»Möglich schon, aber wenig wahrscheinlich. Politische Täter sind mediengeil. Die können niemanden umbringen, ohne hinterher auf mindestens zehn Seiten herumzusülzen, warum es notwendig war, daß das Opfer sein Leben vorzeitig beenden mußte. Und hier? Kein Bekennerschreiben, kein Anruf, nicht einmal eine mit Blut geschriebene Nachricht neben den Opfern.«

»Und was ist mit dem Kappenstein-Projekt? Rausch hat dir doch davon erzählt.«

»Ja. Und ich hab's Lewandowski erzählt. Das war natürlich Wasser auf seinen Mühlen. Trotzdem, ich bin davon überzeugt, daß es sich um einen Einzeltäter handelt.«

»Warum seid ihr eigentlich so sicher, daß zwischen den Morden ein Zusammenhang besteht? Es könnte purer Zufall sein, daß beide Opfer Mitglieder der Grünen waren.«

»Wegen des MO.«

»Was ist das?«

»Der *modus operandi* des Mörders. Ein besonderes Merkmal, das nur der Täter und wir kennen. Vom MO erfahren die Medien nichts. Mal angenommen, ein Serientäter hat die Angewohnheit, seinen Opfern ein Kreuz auf die Brust zu ritzen. Stoßen wir auf eine frische Leiche mit geritztem Kreuz, wissen wir mit an Sicherheit grenzender Wahrscheinlichkeit, daß unser Mann wieder zugeschlagen hat. Auf diese Weise lassen sich falsche Geständnisse und Trittbrettfahrer aussortieren.«

»Und was ist der MO bei Hennekamp und Dietzelbach?«

»Darf ich dir nicht sagen.«

»Komm schon!« drängte ich.

Stürzenbecher schüttelte den Kopf. »Keine Chance, Wilsberg. Falls Lewandowski erfährt, daß ich dir den MO verraten habe, versetzt er mich als Aufbauhelfer nach Bosnien.«

»Gibt es noch etwas anderes, das ich für meine Arbeit als Leibwächter wissen müßte?«

»Nein. Der Täter hat schnell und professionell zugeschlagen. Die Kraft, die dabei angewendet wurde, spricht für einen Mann, falls es sich um einen Einzeltäter handelt. Er hat seine Opfer nicht gequält, nicht vergewaltigt und auch nach ihrem Ableben kein Gemetzel veranstaltet. Er scheint damit zufrieden zu sein, daß sie tot sind. Offensichtlich benutzt er Handschuhe, denn wir haben keine Fingerabdrücke entdeckt. Im Fall Hennekamp gibt es in der Nähe des Tatortes einen verwischten Fußabdruck, der von einem Turnschuh stammen könnte. Aber andererseits ist die Loddenheide eine finstere Gegend, in der sich alles mögliche Gesindel herumtreibt.«

»Hat der Täter seinen Opfern aufgelauert, oder hat er sie zum Tatort gelockt?«

»Beides. Dietzelbach pflegte des öfteren am Kanal zu spazieren, so auch am Abend des Mordes. Hennekamp dagegen erhielt vor seinem Tod einen Anruf. Seine Frau sagt, daß er danach verunsichert gewirkt habe. Wir schließen daraus, daß er den Täter möglicherweise kannte.«

»Widerspricht das nicht Lewandowskis Theorie?«

»Ich sage ja, Lewandowski sagt nein. Viele Grüne, so auch Hennekamp, kommen aus der linken Ecke. Da gab es in der Vergangenheit vielleicht eine Schnittmenge mit Leuten, die in den Linksterrorismus abgerutscht sind. Oder der Anrufer hat Hennekamp brisante politische Informationen angeboten. Dummerweise hat der Ratsherr seiner Frau gegenüber behauptet, daß sich kurzfristig ein politischer Termin ergeben habe. Da das häufiger vorkam, hat sich seine Frau nichts dabei gedacht. Tatsache ist jedoch, daß Hennekamp definitiv keinen Partei-Termin wahrnehmen sollte. So wie es aussieht, muß der Mörder ihn zur Loddenheide bestellt haben.« Der Hauptkommissar schaute auf seine Armbanduhr. »War nett, mit dir geplaudert zu haben. In fünf Minuten ist Große Lage. Lewandowski legt Wert auf die Präsenz seiner Fußtruppen.«

Wir stellten die leeren Tassen auf das Transportband.

»Ich hoffe, du weißt, warum ich dir das erzählt habe«, sagte Stürzenbecher.

»Du wolltest mich warnen.«

»Richtig. Kann durchaus sein, daß die Stadtkämmerin gefährdet ist. Und ohne dir zu nahe zu treten: Ich halte dich für einen lausigen Leibwächter. Es würde mir jedenfalls keinen Spaß machen, deine Leiche einzusammeln.«

»Ich glaube, ich würde mir als Leiche auch keinen Spaß machen.«

»Dann sei vorsichtig! Das ist ein eiskalter Hund.«

Eines mußte man Stürzenbecher lassen: Er schaffte es, einem Angst einzujagen.

III

»Martin Hennekamp ist von seinem Mörder angerufen worden. Seien Sie also vorsichtig, wenn Sie jemand in eine Tiefgarage oder auf einen Hinterhof bestellt. Selbst wenn Sie den Anrufer kennen.«

»Hatte ich auch vor.« Die Kämmerin wirkte angespannt, als wir in ihrem Wagen zum Bürgerzentrum Süd fuhren, wo die Mitgliederversammlung der Grünen stattfinden sollte.

»Fühlen Sie sich nicht wohl?«

»Bingo.«

»Möchten Sie darüber reden?« erkundigte ich mich.

»Sie sind ein Scherzkeks, Wilsberg. Was denken Sie, was da gleich passieren wird? Man wird versuchen, mich am Ring durch die Manege zu führen. Bei Mitgliederversammlungen dominieren die Fundis. Ich bin zwar der Überzeugung, daß die große Mehrheit der Grünen realpolitisch denkt, nur kommt diese Mehrheit nicht zu irgendwelchen Versammlungen. Auf der unteren Funktionärsebene, bei den Aktiven und ehrenamtlich Tätigen, herrscht der blanke politische Idealismus. Erst auf der höheren Funktionärsebene und bei den Parlamentariern sieht es wieder anders aus. Die müssen sich nämlich mit politischen Konstellationen, mit nationalen und internationalen Zusammenhängen beschäftigen. Da reicht es nicht, die Lobby für Bürgerinitiativen und Umweltverbände zu sein.«

»Mir scheint, Sie haben diese Wandlung schon hinter sich.«

Sie lachte kurz und trocken. »Das bringt mein Amt so mit sich. Ich trag nun mal – so blöd das klingt – die Verantwortung für die städtischen Finanzen. Die kann ich nicht an der Garderobe abgeben und revolutionäre Reden schwingen.«

»Und was werden Sie tun?«

»Was das Kappenstein-Projekt angeht? Den geordneten Rückzug antreten. Etwas anderes bleibt mir nicht übrig. Die Befürworter waren schon in der Vergangenheit in der Minderheit. Und zwei von ihnen sind jetzt tot, wie Sie wissen.

Also werden wir eine Zeitlang argumentativ dagegenhalten und uns dann dazu breitschlagen lassen, mit der SPD neu zu verhandeln. Dabei kommt ohnehin nicht viel herum. Letztlich wird die SPD das Kappenstein-Projekt mit der CDU durchziehen. Ich hoffe nur, daß es darüber nicht zum Bruch der Koalition kommt. Ich möchte nämlich in der Verwaltung nicht isoliert werden.«

Rausch hielt auf dem Parkplatz vor dem Bürgerzentrum. »Tun Sie mir einen Gefallen!«

Ich schaute sie an.

»Erzählen Sie niemandem, daß ich Sie als Leibwächter engagiert habe! Das könnte auf einige komisch wirken. Spielen Sie einfach den politisch interessierten Bürger!«

»Ich werde mir Mühe geben.«

Wir gingen zum Eingang des modernen Mehrzweckgebäudes.

»Wer gehört eigentlich, außer Ihnen, zu den Befürwortern des Kappenstein-Projekts?«

»In der Ratsfraktion?«

»Ja.«

»Warum wollen Sie das wissen?«

»Wenn Ihre Theorie richtig ist, daß es der Killer auf Kappenstein-Anhänger abgesehen hat, gehören sie zu den potentiellen Opfern.«

»Natürlich. Daran habe ich gar nicht gedacht.« In der spiegelnden Tür kontrollierte die Kämmerin den Sitz ihrer Frisur. »Es sind nur noch zwei übrig: Conny Guttweller und Dirk Holthausen.«

»Conny Guttweller?«

»Sie kennen sie?« Jutta Rausch grinste. »Sie werden ja verlegen.«

Vor einigen Jahren hatte ich mit Conny eine kurze Affäre gehabt. Mehr oder weniger war das von ihrer Seite die Rache dafür gewesen, daß ihr Ehemann fremdging. Aber über Politik hatten wir nie gesprochen.

Etwa fünfzig Grüne hatten sich im Konferenzraum II versammelt, in dem man leicht hätte schneeblind werden können. Nicht nur die Wände, die Decke und das Licht waren schmucklos weiß, auch die zwei parallelen Tischreihen, die die Längsachse des Raumes durchmaßen, glänzten kunststoffarblos. Einige Anwesende waren in die Lektüre von Flugblättern und Papieren vertieft, die haufenweise auf den Tischen herumlagen, die meisten standen plaudernd in kleinen Grüppchen zusammen. Viele Gesichter kamen mir bekannt vor, aber das war in Münster, wo jeder jedem dauernd über den Weg läuft, nicht weiter verwunderlich.

Ich machte mich auf die Suche nach Conny. Schließlich entdeckte ich sie in einer Vierergruppe.

»Hallo, Conny!«

Sie lief puterrot an und zog mich ein paar Schritte zur Seite. »Georg, das ist aber eine Überraschung! Was machst du denn hier?«

»Ich dachte, auf meine alten Tage könnte ich mich noch mal politisch engagieren.«

»Bist du bei uns Mitglied geworden?«

»Noch nicht. Wie ich hörte, sitzt du im Stadtrat.«

»Schon seit drei Jahren.«

»Die Kommunalpolitik ist ziemlich an mir vorbeigelaufen«, entschuldigte ich meine Unkenntnis. »Ich muß mit dir reden, Conny.«

Sie verzog den Mund zu einem wehmütigen Lächeln. »Ich habe jetzt zwei Kinder. Wir sind so etwas wie eine glückliche Familie.«

»Die will ich gar nicht gefährden. Mein Anliegen ist mehr beruflich: das Kappenstein-Projekt.«

»*Du* bist in das Kappenstein-Projekt involviert?«

»Indirekt. Ich bin Privatdetektiv, wie du weißt. Und ich habe einen Auftrag, der ... nun ...« Ich suchte nach den richtigen Worten. »Es geht um Hennekamp und Dietzelbach.«

Sie nickte. »Komm morgen nachmittag um drei vorbei! Unsere Wohnung kennst du ja.«

»Es tut mir leid, Conny!«

»Muß es nicht. Ich war im ersten Moment ein bißchen überrascht, aber eigentlich finde ich es ganz schön, mal wieder mit dir zu quatschen.«

Ich sagte ihr, daß ich das auch fände. Und dann bat ich sie, mir Dirk Holthausen zu zeigen.

»Er stand vorhin neben mir.« Sie zeigte auf einen Mann in Motorradlederjacke, der sein grauschwarzes Haar als Afrokrause trug. Holthausen und die anderen beiden taten so, als seien sie in ein Gespräch vertieft, schielten dabei aber unentwegt in unsere Richtung.

»Darf ich euch bitten, euch hinzusetzen!« rief ein schlaksiger Jüngling, der hinter zwei quergestellten Tischen an der Stirnseite des Raumes Aufstellung genommen hatte. »Wir wollen anfangen.«

Der Jüngling und zwei Frauen, die ihn umrahmten, leiteten die Sitzung. Offensichtlich gehörten sie zum Vorstand der münsterschen Grünen.

Zunächst wurde eine Schweigeminute für die beiden ermordeten Mitglieder eingelegt. Dann verlas eine der Vorstandsfrauen mit schleppender Stimme jede Menge Termine, die wichtig seien und die das zahlreiche Erscheinen der Anwesenden erforderten. Eine Demo gegen das Atommüllager in Ahaus war ebenso dabei wie ein Aktionstag gegen eine geplante Müllverbrennungsanlage und ein Kongreß *Ökologisches Bauen*. Als sie endlich den letzten Termin verkündet hatte, durfte jemand von der Sitzung eines Gremiums berichten, das zwischen den Parteitagen tagte und in dem, wollte man dem Redner glauben, geradezu bahnbrechende und zukunftsweisende Richtungskämpfe tobten.

So war glücklich eine Dreiviertelstunde vergangen, bevor der Tagesordnungspunkt aufgerufen wurde, der alle Anwesenden am meisten interessierte: das Kappenstein-Projekt.

Die Kämmerin, die mir schräg gegenübersaß, hatte die ganze Zeit in ihren Unterlagen geblättert und sich Notizen gemacht. Jetzt klopfte sie die losen Blätter auf der Tischplatte zu einem ordentlichen Stapel zusammen und lehnte sich zurück. Sie sah entspannt und selbstsicher aus, nur der Finger, mit dem sie ihre graue Schläfensträhne umwickelte, verriet ihre Nervosität.

Heiner Kleine-Langen, der Fraktionsvorsitzende der Grünen im Stadtrat, ergriff als erster das Wort. Er skizzierte den Werdegang des Kappenstein-Projekts von der ersten Anfrage des *Global Artists*-Konzerns bis zum jetzigen Planungsstand. Die SPD habe aus ihrer Befürwortung des Projekts nie einen Hehl gemacht, deshalb sei der Themenpark ein zentraler Punkt der Koalitionsverhandlungen gewesen. Schließlich habe man sich auf einen Kompromiß geeinigt: nur wenn alle ökologischen Bedenken ausgeräumt, eine friedliche Einigung mit den Kappenstein-Anwohnern erreicht und eine umweltverträgliche Verkehrsplanung möglich seien, dürfe in die konkrete Planungsphase eingestiegen werden. Heute, zwei Jahre später, habe sich jedoch das genaue Gegenteil herausgestellt. Ökologische Gutachten hätten ergeben, daß der Themenpark eine gravierende Schädigung der Boden- und Luftqualität in der näheren Umgebung mit sich brächte. Zudem würde das etwa zwei Kilometer entfernte Vogelschutzgebiet durch die Lärmbelästigung gestört. Die zu erwartenden Publikumszahlen machten eine vierspurige Straßenanbindung notwendig, die den Grüngürtel in Münsters Norden durchschneiden und zu einem enormen Abgasausstoß führen würde. Dies widerspreche dem Klimabündnis, dem Münster beigetreten sei und das eine Verringerung des CO^2-Ausstoßes beinhalte. Und, nicht zuletzt, sei es *Global Artists* nicht gelungen, sich mit den Anwohnern von Kappenstein zu einigen. Die Mehrheit der Kappensteiner lehne den Themenpark ab und wolle ihre Grundstücke nicht freiwillig verkaufen.

Kleine-Langen machte eine Pause und warf sich in die Brust. »Nach dem Koalitionsvertrag ist die Lage also eindeutig: das Kappenstein-Projekt muß abgelehnt werden.«

Zustimmendes Klopfen an den beiden Tischreihen.

»Doch was sagt die SPD?« donnerte der Fraktionsvorsitzende. »Sie will den Park trotzdem genehmigen. Die Koalitionsvereinbarung sei von der wirtschaftlichen Entwicklung überholt worden. Die finanzielle Situation der Kommune und das Problem der Arbeitslosigkeit ließen nicht zu, auf eine solche Investition zu verzichten. Dies, liebe Parteifreunde, ist ein klarer Bruch des Koalitionsvertrages.«

Erneutes Klopfen.

»Und es kommt noch schlimmer«, grollte Kleine-Langen. »Für den Fall, daß wir dem Kappenstein-Projekt nicht zustimmen, hat die SPD bereits signalisiert, daß sie es zusammen mit der CDU durchsetzen wird. Damit provoziert sie bewußt ein Ende der rotgrünen Koalition in Münster. Dieser Herausforderung müssen wir uns stellen. Ihr wißt, wie sehr ich ein Ende der Koalition bedauern würde. Gemeinsam mit der SPD haben wir einiges erreicht – ich erinnere nur an die Verkehrsberuhigung in der Innenstadt –, aber in diesem Fall nachzugeben hieße, daß wir uns für die Zukunft erpreßbar und zum willigen Anhängsel der SPD machen würden. Aus Rücksicht auf unsere Wähler und um unserer Identität willen dürfen wir nicht nachgeben. Jetzt ist Konsequenz gefordert.«

Kleine-Langen setzte sich, begleitet von heftigem Beifall.

Nach dem rhetorischen Bravourstückchen des Fraktionsvorsitzenden hatte der erste Befürworter des Kappenstein-Projektes, nämlich Dirk Holthausen, naturgemäß einen schweren Stand. Auch er kritisierte den Opportunismus der SPD, verwies allerdings darauf, daß *Global Artists* einige Zugeständnisse gemacht habe. So sei die Fläche des Themenparks, gegenüber der ursprünglichen Planung, um etliche Hektar verringert worden. Durch hohe Lärmschutzwälle wolle man die Beeinträchtigung der Anwohner in Grenzen halten. Und schließlich sei die Schaffung von dreihundert Arbeitsplätzen, die *Global Artists* zugesichert habe, nicht einfach mit einem Handstrich vom Tisch zu wischen.

An dieser Stelle wurde Holthausens Rede durch wütendes Zischen unterbrochen, nur wenige Anwesende klopften Beifall.

»Das wichtigste aber«, fuhr Holthausen fort, »ist der Fortbestand der Koalition. Nach fünfzig Jahren CDU-Regierung ist es uns erstmals gelungen, im schwarzen Münster eine neue Mehrheit zu schaffen. Auch Heiner hat erwähnt, daß wir bereits einiges umgesetzt haben. Und wir haben uns noch eine Menge vorgenommen. Soll das alles an einem einzigen Punkt scheitern? Wenn wir die SPD in eine große Koalition mit der CDU treiben, werden viele hoffnungsvolle Ansätze zunichte gemacht. Bürgerinitiativen, Kulturinitiativen, Sozial- und Bildungszentren, Selbsthilfegruppen setzen große Erwartungen in die neue Mehrheit. Das ist unsere Basis, der wir verpflichtet sind. Eine große Koalition bedeutet, daß die kulturellen und sozialen Nischen wieder geschlossen werden, der Mainstream-Geschmack wird nicht nur im *Global Artists*-Park dominieren. Eine große Koalition bedeutet, daß Verkehrspolitik nach dem Gusto der Kaufmannschaft gemacht wird. Ganz abgesehen davon, daß wir in der Verwaltungsspitze keinen Fuß mehr in die Tür bekommen.«

»Und was schlägst du vor?« rief eine Frau vom unteren Ende des Saales.

»Ich schlage vor«, sagte Holthausen, »daß wir mit der SPD ernsthaft verhandeln. Auch wir haben in der Koalitionsvereinbarung Zugeständnisse gemacht. Der SPD muß klar werden, daß sie unsere Zustimmung zum Kappenstein-Projekt nur teuer erkaufen kann. Aber wenn uns die SPD tatsächlich substanzielle Kompensationen in anderen Bereichen anbietet, sollten wir über unseren Schatten springen.«

Pfiffe und vereinzelte Buh-Rufe signalisierten, daß Holthausen mit seinem Vorschlag keine Mehrheit finden würde. Immer mehr Versammlungsteilnehmer meldeten sich zu Wort, und fast alle Rednerinnen und Redner lehnten das Kappenstein-Projekt ab. Gegeißelt wurde nicht nur die Umweltbelastung durch den Themenpark, sondern auch seine Hollywood-Kultur.

»Reicht es denn nicht, daß unsere Kinos mit diesem Schund überschwemmt werden?« ereiferte sich eine Frau in grüner Hose und orangefarbenem Pulli, die neben mir saß. »Ich möchte, daß meine Kinder friedliebend aufwachsen und nicht irgendwelche schießenden und prügelnden Helden als Vorbilder vorgesetzt bekommen. Und außerdem gibt's bei *Global Artists* bestimmt nur diesen fürchterlichen amerikanischen Junk Food, Hamburger, Cheeseburger und Hot Dogs bis zum Erbrechen.«

Eine andere Frau schlug vor, anstelle des Themenparks, wenn auch auf erheblich verkleinerter Fläche, einen deutschen Märchenwald zu errichten. Zusätzlich könne es Erlebnis-Spielplätze für Kinder mit natürlichen Baustoffen und ökologischen Spielgeräten geben.

Die Stimmung gegen das Kappenstein-Projekt spitzte sich zu, und einige Aufgebrachte forderten bereits das sofortige Ende der Koalition.

Die Kämmerin hatte bis dahin schweigend zugehört, aber jetzt hielt es sie nicht mehr auf ihrem Stuhl. »Liebe Freunde ...«, begann sie.

»Und Freundinnen«, kam ein Zwischenruf.

Rausch lächelte. »Liebe Freundinnen und Freunde, wie ihr wißt, bin ich nicht Mitglied dieses Kreisverbandes. Ich spreche daher nur als Gast. Doch in meiner Arbeit als Stadtkämmerin bin ich auf eure Unterstützung angewiesen. Für viele ist Finanzpolitik trockene Erbsenzählerei. Ich sehe das ganz anders. Für mich ist Finanzpolitik gestalterische Politik. Was wir in fünf oder zehn Jahren erreichen wollen, muß heute finanzpolitisch vorbereitet werden. Und – ich erzähle euch da nichts Neues – die finanziellen Spielräume der Kommunen werden immer enger. Die gesetzlich festgeschriebenen Sozialausgaben wachsen ständig, aufgrund der Sparpolitik des Bundes und der anhaltend hohen Arbeitslosigkeit. Die Einnahmeseite hält da nicht mit, wir können die städtischen Steuern nicht beliebig erhöhen und sind gezwungen, das Vermögen anzugreifen, wie man so schön sagt: das Tafelsilber zu veräußern.«

»Zur Sache!« forderte ein Zwischenrufer.

Die Kämmerin warf ihm einen eisigen Seitenblick zu. »Ich komme sofort zur Sache. Der *Global Artists*-Konzern würde eine Menge Geld in die Stadtkasse bringen.«

Empörtes Aufheulen.

»Ich weiß«, fuhr Rausch unbeirrt fort, »daß das in diesem Kreis eine unpopuläre Position ist. Nur möchte ich euch bitten, die Kehrseite eurer Entscheidung zu bedenken. Ich bin dann nämlich diejenige, die es ablehnen muß, die Projekte von sozialen, kulturellen und Umwelt-Initiativen zu fördern, von Gruppen, denen ihr im Wahlkampf großzügige Unterstützung versprochen habt. Mir ist es relativ egal, von *wem* ich das Geld bekomme, wenn ich damit vernünftige Politik machen kann.«

»Aber zu welchem Preis?« maulte der Zwischenrufer von vorhin.

»Wir fragen auch in anderen Fällen nicht, woher das Geld kommt. Mir ist jedenfalls nicht bekannt, daß die Grünen alle Industriebetriebe von der Stadtfläche Münsters vertreiben wollen. *Global Artists* haben angekündigt, daß sie, falls es in Münster zu schwierig wird, notfalls nach Rheine gehen werden. Der dortige Stadtrat hat ihnen ein großzügiges Angebot gemacht.«

»Sollen sie doch!« rief eine Frau.

»Ja. Und was ist der höhere Nutzen für die Umwelt, wenn das, was wir ablehnen, vierzig Kilometer von hier entfernt stattfindet? Ich möchte nicht wissen, wie viele von euch dann sonntags mit dem Auto nach Rheine fahren werden.«

Wütendes Geheul.

»Ich gebe zu, das war etwas unfair«, lenkte die Kämmerin ein. »Trotzdem, ich bleibe dabei: Wir können nicht einfach die oberzentrale Funktion von Münster negieren. Das bringt, unter Umständen, Belastungen mit sich. Wohlgemerkt, auch ich bin dafür, noch einmal mit der SPD zu verhandeln. Die Beeinträchtigungen für Natur und Anwohner sollten so gering wie möglich gehalten werden. Aber dann, wenn die Sache ausgereizt ist, sollten wir zustimmen oder uns wenigstens enthalten. Und«, sie hob die Stimme, um das anschwellende Gemurmel zu übertönen, »einen letzten Punkt möchte ich noch ansprechen, bevor ich aufhöre. Es ist bereits erwähnt worden, was eine große Koalition von SPD und CDU für unsere Position in der Verwaltungsspitze bedeutet. Ich will hier nicht mit Rücktritt drohen, das ist nicht meine Art. Aber eines muß euch klar sein: Bei der dann anstehenden Neuverteilung der Dezernate würde mir die Feuerwehr oder ein ähnlich wichtiges städtisches Amt zugewiesen werden.«

Nachdem die Kämmerin geendet hatte, war es im Saal merklich ruhiger geworden. Mit ihrer wohlüberlegten Rede hatte sie die Anwesenden mehr beeindruckt, als es den Hardlinern der Ablehnungsfraktion lieb war. Heiner Kleine-Langen, der sich noch einmal zu Wort meldete, vermied es, Öl ins Feuer zu gießen. Er schlug vor, die Diskussion über ein Ende der rotgrünen Koalition auf einen späteren Zeitpunkt zu verschieben und vorerst die Verhandlungsoption wahrzunehmen.

So kam es, wie Jutta Rausch vor der Veranstaltung prophezeit hatte. Bei nur vier Gegenstimmen und fünf Enthal-

Sie sich doch!« Sie schob eine CD in den Player. »Ich bin gleich wieder da.«

Sie verschwand in einen nebengelegenen Raum, das Schlafzimmer, wie ich vermutete. Mindestens dreißig Jahre alter Jazz plätscherte aus den Lautsprechern, und eine rauchige Frauenstimme sang *Thanks For The Memory*.

Als Rausch zurückkam, war sie völlig verändert. Das konservative Kostüm hatte sie gegen Jeans und Sweatshirt getauscht, die lang herabfallenden grauen Haare bedeckten ihren halben Oberkörper. In den Händen hielt sie eine Flasche Rotwein und zwei Gläser.

»Feierabend«, grinste sie. »Jetzt möchte ich kein Wort mehr vom Kappenstein-Projekt hören. Und vor allem brauche ich einen Schluck Rotwein. Sie nehmen doch sicher auch ein Glas? Ach!« Sie zuckte zurück. »Das habe ich ganz vergessen. Sie trinken ja keinen Alkohol. Was darf ich Ihnen anbieten?«

»Einen Saft, falls Sie einen im Haus haben, oder ein Glas Wasser.«

Sie brachte mir ein Glas Apfelsaft und nahm einen tiefen Schluck aus ihrem Glas. »Ah! Es gibt nichts Schöneres. Entschuldigen Sie!«

»Ich verstehe das durchaus«, sagte ich. »Das Problem ist nur: Ich würde sofort die ganze Flasche austrinken.«

»Dafür ist der Tropfen wirklich zu edel.« Sie hob ihr Glas. »Prost!«

Wir stießen an.

Sie lächelte. »Ich bin ein bißchen sarkastisch, ich weiß. Das habe ich häufiger nach solch langen Tagen. Und es gibt viele lange Tage in meinem Job. Wie hat Ihnen denn Ihr erster Arbeitstag gefallen?«

»Der Unterhaltungswert von politischen Diskussionen hält sich in Grenzen. Ich hoffe, ich muß mir nicht dauernd so etwas anhören.«

»Oh, da muß ich Sie enttäuschen. Morgen früh fahren wir nach Kappenstein. Da wird es ähnlich heiß hergehen wie heute abend. Aber bei Gelegenheit nehme ich Sie mal mit auf einen Empfang, zu Sekt oder Orangensaft und Kanapees. «

Ich schnitt eine Grimasse. »Eine fantastische Aussicht. Hauptsache, Ihnen macht das Spaß.«

»Spaß ist vielleicht nicht der richtige Ausdruck. Die Arbeit einer Kämmerin besteht zu fünfzig Prozent aus Aktenstudium, dreißig Prozent nehmen Konferenzen und Empfänge ein, fünfzehn Prozent meiner Arbeitszeit gehen für Personalprobleme drauf, und in den restlichen fünf Prozent darf ich kreativ sein und eigene Ideen entwickeln.«

»Aber Sie haben es so gewollt.«

»Ich habe es so gewollt, ja.« Sie schlürfte genüßlich den Wein. »Und ich beklage mich nicht. Die viele Arbeit ist der Preis für ein gutes Gehalt und das Gefühl, ein bißchen an der Macht zu schnuppern.«

»Wie wird man eigentlich Kämmerin?« fragte ich.

»Vor allem muß man eine Frau sein«, sagte sie spöttisch. »Gegner der Grünen behaupten, daß das schon ausreicht. Ist natürlich Quatsch. Auf der anderen Seite haben Frauen, die vor einer größeren Versammlung ohne zu stottern eine Rede halten können und die auch noch Sachkenntnis besitzen, die besten Chancen, bei den Grünen die Karriereleiter hinaufzufallen. Bei gleicher Qualifikation werden Frauen und Behinderte bevorzugt, wie es so schön heißt. Und ich habe einen Hochschulabschluß in Volkswirtschaft. Außerdem kann ich meinen Mund aufmachen, wie Sie gemerkt haben. Um ehrlich zu sein: Ich habe diese Karriere seit langem geplant. Man braucht bei den Grünen nämlich noch etwas anderes: die richtige Vergangenheit.«

»Und wie sieht die aus?«

»Anti-Atom-Bewegung, Friedensbewegung, Parteiarbeit. Ich habe vor dem Schnellen Brüter in Kalkar demonstriert und am Zaun der geplanten Wiederaufbereitungsanlage in Wackersdorf gerüttelt. Auf den Marschwiesen vor Brokdorf habe ich mir den kalten Wind um die Ohren pfeifen lassen, als Jo Leinen, der es immerhin zum saarländischen Umweltminister gebracht hat, auf dem Container stand und per Megaphon zur Mäßigung aufrief. Ich habe mich an Menschenketten, an Ostermärschen und an Sitzblockaden vor Kasernen beteiligt. Ich bin wie viele andere wegen Nötigung verurteilt worden und habe das Urteil wie einen Orden getragen. Mit fünfhunderttausend Gleichgesinnten habe ich im Bonner Hofgarten gestanden, als Willy Brandt und Heinrich Böll redeten. Die Promis sonnten sich im Scheinwerferlicht, ich war die Basis. Ich habe Flugblätter verteilt, Busse gechartert, Ordner gespielt. Aber ich kannte viele Leute, und viele Leute kannten mich – als aufrechte Kämpferin für das Gute und gegen das Böse. Und als die Partei gegründet wurde – die Grünen, meine ich – war ich eine Frau der ersten Stunde. Wieder machte ich das, was ich konnte: Büchertische organisieren, Aktionstage, Wahlkämpfe. Und ich lernte, vor Versammlungen zu reden. Der Rest war Formsache: Mitglied der grünen Ratsfraktion in Paderborn, Landtagskandidatin, allerdings zu tief auf der Reserveliste, Beigeordnete in Paderborn, schließlich, vor einem halben Jahr, Stadtkämmerin in Münster.«

»Und was kommt als nächstes?«

»Ministerin in einem rotgrünen Landeskabinett, wer weiß.« Sie lachte. »Die Alt-68er sind inzwischen damit beschäftigt, ihre Rentenanträge auszufüllen. Und die *Generation X* hat zu lange in *McJobs* rumgegammelt, um uns heute schon gefährlich zu werden. Meine, die namenlose Generation ist zur Zeit am Ruder, und das will ich ausnutzen.« Sie wurde ernst. »Falls der verdammte Killer meine Karriere nicht vorzeitig beendet.«

»Was ich zu verhindern wissen werde«, gelobte ich.

»Auf meinen Leibwächter!« In ihren Augen glitzerte es. Sie wirkte jetzt entspannt und locker.

Wir plauderten noch eine Weile, und sie leerte, auch ohne meine Hilfe, die ganze Flasche Rotwein.

Als sie beim letzten Tropfen angelangt war, sagte sie: »Ich finde, wir könnten mit dem blöden Sie aufhören. Ich meine, im Büro und wenn andere dabei sind, müssen wir die Form wahren. Aber unter uns ...«

»Gerne. Ich heiße Georg.«

»Und ich Jutta.«

Und dann war der Abend auch schon vorbei. Das heißt, ich ging zum Abschluß in die Küche, schmierte mir zwei Butterbrote, weil ich inzwischen einen Heißhunger verspürte, trug die Brote zum Schlafsofa im Wohnzimmer zurück, das mittlerweile wie ein richtiges Bett aussah, und verzehrte genüßlich die Stullen. Dann kratzte ich mich ein bißchen, cremte meine gereizte Haut mit einer Fettsalbe ein, vergewisserte mich, daß die Pistole unter dem Kopfkissen lag, wie sich das für einen richtigen Leibwächter gehörte, und schlief ein.

IV

Am nächsten Morgen gabelten wir Axel Feldhaus, Juttas persönlichen Referenten, auf und fuhren zusammen Richtung Norden. Bei der Gebietsreform von 1975 waren der kreisfreien Stadt Münster etliche Dörfer und Weiher zugeschlagen worden, die auch heute noch nichts von ihrem ländlichen Charme und ihrer Langeweile eingebüßt hatten.

Sobald wir den Schiffahrter Damm verließen, lag eine dünne Nebelschicht über den Wiesen und Feldern. An manchen Stellen dampfte es regelrecht, da die Frühherbstsonne noch kräftig genug war, den Dunst aufzulösen. Rinder und Pferde starrten uns an, und handgemalte Schilder annoncierten günstige Gelegenheiten zum Kartoffelkauf. Hier war die Welt noch in Ordnung, von der Überdüngung der Felder und dem rapiden Verfall der Rindfleischpreise abgesehen.

»Wir sollten noch einmal die Argumentation durchgehen«, sagte Axel Feldhaus. Er hatte ein aufdringliches Aftershave aufgelegt, das das gesamte Wageninnere ausfüllte.

»Ich halte mich zurück«, antwortete die Kämmerin. Sie blickte gedankenverloren auf die vorbeirauschende Einöde.

»Die Oberbürgermeisterin wird versuchen, dich in die Pflicht zu nehmen.«

»Ja, das wird sie«, sagte Jutta Rausch langsam. »Deshalb hat sie mich ja herbestellt. Sie möchte die Prügel nicht alleine beziehen, und nichts wäre für sie im Moment günstiger als eine Grüne, die die Position der SPD vertritt. Aber den Gefallen tue ich ihr nicht. Heiner Kleine-Langen ist auch da, und er vertritt den offiziellen Standpunkt der Grünen. Und ich werde einen Teufel tun, mich von ihm zu distanzieren.«

»Du willst umschwenken?« fragte Axel Feldhaus erstaunt. »Das wird unsere Lage in der Dezernentensitzung nicht verbessern.«

»Das habe ich nicht gesagt.« Sie räusperte sich. »Meine Rede wird sein: Ja, ja, nein, nein. Weder Fisch noch Fleisch. Oder zu gut deutsch: Bla bla.«

»Was ist mit dir los?« Feldhaus warf mir einen Seitenblick zu. »Ist dir die Killergeschichte auf die Nieren geschlagen?«

Rausch lachte. »Keine Sorge, Axel. Mein Leben ist in besten Händen.«

Die roten Flecken auf Feldhaus' Wangen wurden intensiver. »Wird Herr Wilsberg jetzt immer bei unseren Gesprächen zugegen sein?«

»Sehen Sie darin ein Problem?« schaltete ich mich in das Gespräch ein.

»Es ist nicht meine Aufgabe, die Entscheidungen der Kämmerin zu kommentieren«, sagte er zickig.

»Axel, Axel!« tadelte ihn Rausch. »Herr Wilsberg ist in Ordnung. Das kannst du mir glauben. Und im Stadthaus werden wir weiterhin Gespräche unter vier Augen führen. Nur bei auswärtigen Terminen möchte ich ihn dabeihaben.«

»Wie du meinst«, knurrte er verbissen.

Ein Schild mit gelber Schrift auf grünem Grund zeigte an, daß wir uns Kappenstein näherten. An einem normalen Morgen hätte man die fünfzehn Häuser nach ein paar Sekunden Autofahrt schon wieder hinter sich gelassen, doch an diesem Freitag morgen war nichts wie sonst. Parkende Autos säumten die Straße, und der Parkplatz des einzigen Gasthofes, der sein Hauptgeschäft offenbar mit sonntäglichen Ausflugsgästen machte, war restlos überfüllt. Ein Polizist, der den Dienstwagen der Kämmerin erkannte, winkte uns zu einer reservierten Parkbucht. Neben uns standen etliche Nobelkarossen mit Essener Kennzeichen.

»Manager von *Global Artists Deutschland*«, sagte die Kämmerin, als wir ausstiegen. »Die wollen heute Flagge zeigen.«

Ein Transparent, aufgehängt zwischen zwei Bäumen auf dem Parkplatz, hielt dagegen: *Kein Hollywood in Kappenstein!*

Zwei Hostessen in rotweißen Unformen flankierten die

Treppe, die zum Eingang des Gasthofes hinaufführte, und verteilten Prospekte. Ich ließ mir eines geben, was die Hosteß zu einem überschwenglichen Dank für mein Interesse bewegte. Auf dem Deckblatt des Prospekts tummelten sich bunte Zeichentrickfiguren und bekannte Filmstars in einem Vergnügungspark. Darüber stand: »*Global World*. Die Welt der Zukunft.«

Im großen Saal der Wirtschaft brodelte die Volksseele und sonderte giftige Nikotinschwaden ab. Wir bahnten uns einen Weg durch die Menge und kamen an vielen jungen Menschen in Lederjacken, Latzhosen und gestreiften Sweatshirts vorbei. Gegenüber den angereisten Umweltaktivisten waren die eingeborenen Kappensteiner wohl in der Minderheit. Ein ebenfalls anwesendes Team des Regionalfernsehens tauchte die Szenerie in kaltes Scheinwerferlicht.

An der holzvertäfelten Stirnseite des Saales war eine Art Podium mit Mikrofonen aufgebaut. Dahinter scherzte die Oberbürgermeisterin mit zwei Anzugträgern. Der elegantere von ihnen, ein Mann in stahlblauem Maßanzug und mit buntem Schlips, trug ein rotgoldenes *Global Artists*-Abzeichen, den anderen konnte ich nicht einordnen. Nach seinem grauen Anzug und dem Dackelblick zu urteilen, vertrat er die CDU.

Während die Kämmerin die Oberbürgermeisterin und die beiden Männer begrüßte, stellte ich mich an die Seitenwand. Von hier aus hatte ich sowohl das Podium als auch das Publikum gut im Blick, obwohl ich nicht glaubte, daß ich meine leibwächterischen Fähigkeiten unter Beweis stellen mußte.

Dann eröffnete die Oberbürgermeisterin die Versammlung. Sie machte das recht geschickt, indem sie die Besorgnis der Kappensteiner berechtigt nannte und versicherte, daß man nichts über ihre Köpfe hinweg entscheiden werde. Anschließend stellte sie die übrigen Podiumsteilnehmer vor. Der blaue Anzug erwies sich als Richard Steffenhagen, Planungs- und Investment-Manager von *Global Artists Deutschland*, der graue als Kurt Kentrup, stellvertretender Fraktionsvorsitzender der CDU im münsterschen Stadtrat. Auch Heiner Kleine-Langen, der bislang mit einigen Leuten

tungen lehnte die große Mehrheit das Kappenstein-Projekt ab. Die grüne Stadtratsfraktion wurde beauftragt, mit der SPD darüber zu verhandeln. In einigen Wochen sollte dann eine neue Mitgliederversammlung über das Ergebnis der Verhandlungen beraten.

Beim Hinausgehen sprach ich Dirk Holthausen an. Ich sagte ihm, was ich von ihm wollte, und nach kurzem Zögern willigte er ein, mich am nächsten Abend zu treffen.

Die Kämmerin stand schon neben ihrem Auto.

»Sie sollen mich beschützen und nicht herumquatschen. Der Killer hätte mich längst erledigen können.«

»Der Killer liebt es einsamer. Hier laufen zu viele Menschen herum.«

»Sind Sie sicher?«

Ich war nicht sicher, aber das behielt ich für mich.

»Eine beeindruckende Rede«, lobte ich sie, während wir zu ihrer Wohnung fuhren.

»Danke. Sie hat leider nicht viel genutzt.«

»Sagen Sie das nicht. Sie haben die Stimmung beruhigt. Zeitweilig sah es nach einer Kurzschluß-Handlung aus.«

»Na ja, man tut, was man kann.« Sie verfiel in Schweigen, und den Rest der Fahrt betrachteten wir gedankenversunken das nächtliche Münster.

Rausch hatte eine Wohnung an der Promenade gemietet. Von ihrem Balkon aus konnte sie auf die baumbestandene geschleifte Stadtmauer blicken, die heute als Fahrradweg diente.

Das Wohnzimmer war spartanisch eingerichtet, wirkte aber nicht ungemütlich. Zwei Ledersessel und ein Schlafsofa standen auf dem Parkettboden herum, gedimmte Deckenstrahler verbreiteten ein warmes Licht. Ein Fernseher, ein niedriger Glastisch und ein Regal mit überschaubarem Bücherangebot komplettierten die Ausstattung.

Skeptisch betrachtete ich zwei abstrakte blutrote Gemälde.

»Gefallen sie Ihnen?« fragte die Kämmerin.

»Sie könnten ein bißchen blauer sein.«

Sie lachte. »Moderne Kunst ist wohl nicht Ihr Fall? Setzen

im Saal diskutiert hatte, schwang sich jetzt hinter ein Mikrofon.

Steffenhagen bekam als erster das Wort erteilt, was vom Publikum mit einigen Übungs-Buhrufen quittiert wurde. Der *Global Artists*-Manager beteuerte artig, daß er von der Schönheit der Landschaft im Norden Münsters überrascht gewesen sei. »Sie haben hier wirklich eine Idylle«, heuchelte er Begeisterung, »und ich verstehe, daß Sie diese Idylle erhalten wollen.«

Höhnischer Beifall der Zuhörer. Unbeirrt lächelnd fuhr Steffenhagen fort: »Wir werden alles daransetzen, Sie so wenig wie möglich zu belästigen. Ich glaube allerdings, daß ein Großteil des Unbehagens und der Skepsis gegenüber der geplanten *Global World* auf Mißverständnissen beruht. Ich lade Sie schon jetzt auf unsere Kosten zu einem Besuch der *Global World* in Essen ein, die am nächsten Montag eröffnet wird.«

»Darauf können wir verzichten«, rief ein Mann.

»Nur die, die wollen, natürlich«, lächelte Steffenhagen. »Doch lassen Sie mich vorab skizzieren, was *Global World* eigentlich ist. In Münster gibt es, wie ich hörte, den Send, ein mehrmals im Jahr stattfindendes Volksfest vor dem Schloß. *Global World* hat eine gewisse Ähnlichkeit mit dem Send, oder der Kirmes, wie wir im Ruhrgebiet sagen. Auch bei *Global World* erlebt man simulierte und echte Abenteuer zu Wasser, auf dem Land und in der Luft, Fahrten auf Wasserkanälen, Geister- und Achterbahnen, Erlebniswelten für die Kleinen und Nervenkitzel für die Großen. Nur«, der Manager machte eine Pause, »*Global World* ist mehr. Alles dreht sich um den Film. Die Fahr- und Simulationsbetriebe sind jeweils einem berühmten Film der Filmgeschichte zugeordnet, einem von *Global Artists* produzierten Film, versteht sich. Die Kinder begegnen ihren Lieblings-Comic-Figuren, die Erwachsenen Marilyn Monroe, John Wayne und Robert Redford, um nur einige zu nennen. Wir werden eine komplette Western-Stadt aufbauen und ein New Yorker Wolkenkratzerviertel, es wird Stunt-Shows mit echten Stunts und ein Studio geben, in dem wir zeigen, wie Spezialeffekte produziert werden. Wer sich zwischendurch erholen will, hat dazu in verschiedenen Restaurants und Cafés Gelegenheit. Und, um den nächsten Einwand gleich vorwegzunehmen, *Global World* ist nicht durch und durch amerikanisch. Selbstverständlich müssen wir denen, die die traditionelle amerikanische Küche genießen wollen, das heißt Holzfällersteaks und Hamburger, dazu die Möglichkeit bieten, aber geplant ist auch ein deutsches Restaurant mit original münsterländischer Küche.«

Steffenhagen malte noch eine Zeitlang die Attraktionen von *Global World* aus, wobei er sich durch Zwischenrufe nicht davon abbringen ließ, in gleichbleibend freundlichem Ton und mit eingemeißeltem Lächeln im Gesicht zu reden. Schließlich kam er zu den finanziellen Aspekten des Unternehmens: »Meine Damen und Herren, bitte bedenken Sie die Bedeutung von *Global World* nicht nur für die Stadt Münster, sondern für die gesamte Region. Der Investitionsrahmen beträgt dreihundertfünfzig Millionen Mark. Ich wiederhole: dreihundertfünfzig Millionen Mark. Eine gewaltige Summe, die den Erwerb der Grundstücke, die Errichtung der Gebäude und die komplette technische Installation beinhaltet. Wir schaffen dreihundert Dauerarbeitsplätze, nicht gerechnet die Arbeitsplätze, die bei den Zulieferbetrieben aus der Region während der Bauphase und auch während des laufenden Betriebes entstehen. Wir erhalten keine nennenswerten Zuschüsse von der Stadt, vom Land oder von der Europäischen Union. Das einzige, was wir von der Stadt Münster erwarten, ist die Schaffung der nötigen Infrastruktur. Meine Damen und Herren, ich möchte noch einmal betonen, daß ich Ihre Bedenken verstehe. Wir werden uns bemühen, Ihre ländliche Ruhe und Abgeschiedenheit so wenig wie möglich zu stören. Aber, bitte, legen Sie diesem zukunftsweisenden Projekt keine Steine in den Weg!«

Steffenhagen setzte sich und suchte den Blickkontakt mit drei ähnlich gestylten Herren in der ersten Reihe, die ebenfalls *Global Artists*-Anstecker an ihren Reversen trugen und ihm aufmunternd zunickten. Anscheinend waren sie mit dem Auftritt ihres Vormannes zufrieden.

Die Oberbürgermeisterin dankte dem Manager für seine

Ausführungen und bat die Kämmerin, die Auffassung der Stadtverwaltung darzulegen.

Jutta Rausch zog das Mikro näher zu sich heran und begann, in uninspiriertem Fachchinesisch das Planungsverfahren zu erläutern. Im Saal machte sich Unruhe breit, weil viele nicht verstanden, worum es ging.

Die Oberbürgermeisterin kräuselte mißmutig die Stirn und schnappte sich das Mikro: »Wenn Sie vielleicht ein wenig konkreter werden würden, Frau Rausch!«

»Tut mir leid, Frau Oberbürgermeisterin, die wasser-, bau- und planungsrechtlichen Bedingungen sind nun einmal etwas kompliziert. Ich muß auch gestehen, daß ich mich in Bezug auf das Kappenstein-Projekt mit der Mehrheit der Dezernenten im Dissens befinde. Ich denke, die Einwände der Anwohner und der Umweltverbände sollten ernster genommen werden. Hier besteht noch Nachholbedarf.«

Zum ersten Mal brandete im Saal Beifall auf.

»Aber als Kämmerin müßten Sie sich doch über die zusätzlichen Einnahmen freuen, nicht wahr?« hakte die Oberbürgermeisterin bissig nach.

»Ja, natürlich, als Kämmerin bin ich für alle Einnahmen dankbar, die den städtischen Haushalt entlasten. Meine Vorbehalte liegen auf einer anderen Ebene. Allerdings ist es Aufgabe der Parteipolitiker und der Mehrheit des Stadtrates, hier zu einer Entscheidung zu kommen. Die Verwaltung führt nur die Vorgaben der Politik aus.«

»Danke«, giftete die Oberbürgermeisterin, »das ist eine gute Überleitung, um die Herren auf der anderen Seite des Podiums ins Spiel zu bringen.«

Ich verlagerte mein Körpergewicht von einem Bein aufs andere und ließ den Blick zum dreiundzwanzigsten Mal über das Publikum schweifen. Doch noch immer machte niemand Anstalten, eine Pistole oder eine Handgranate unter dem Anorak hervorzuziehen.

So blieb mir Kurt Kentrup von der CDU nicht erspart, dessen Rede genauso blaß blieb wie er aussah. Im wesentlichen lief sein vernuscheltes Statement darauf hinaus, daß er den Themenpark für gar nicht so schlecht hielt und daß seine Partei, jedenfalls im großen und ganzen und im wohlverstandenen öffentlichen Interesse, nichts dagegen haben würde.

Eine bessere Vorbereitung für seinen Auftritt hätte sich Heiner Kleine-Langen von den Grünen nicht wünschen können. Die Zustimmung der Zuhörer auf seiner Seite wissend, gab er sich als Volkstribun und wetterte gegen die sich abzeichnende große Koalition im Stadtrat. Dann wiederholte er die Argumente gegen das Kappenstein-Projekt, die ich schon am vorherigen Abend gehört hatte, unterbrochen von heftigen Beifallsstürmen. Unterdessen tuschelte die Oberbürgermeisterin erregt mit der Kämmerin, die ihrerseits nur stumm den Kopf schüttelte.

Als die Podiumsrunde zu Ende war, eröffnete die Oberbürgermeisterin die allgemeine Diskussion. Zunächst drängten sich die angereisten Umweltaktivisten vor. Steffenhagen, der am häufigsten angegriffen wurde, antwortete professionell freundlich und zurückhaltend. Er betonte, man werde alle Auflagen erfüllen, nach Möglichkeit ökologische Baustoffe und Verfahren anwenden und beispielsweise die Fahrbetriebe in riesige Hallen verbannen, um die Lärmbelästigung so gering wie möglich zu halten.

Dann erhob sich ein mittelalterlicher, korpulenter Mann, der eine Stoffhose und einen eierschalenfarbenen Blouson trug. »Ich bin Kappensteiner«, sagte er, womit er gleich für Stimmung sorgte, »und ich vertrete die Bürgerinitiative *Kein Hollywood in Kappenstein!*« Er wartete, bis sich der Beifall gelegt hatte. »Sie haben gesagt, daß es in Münster den Send gibt.« Sein Finger zeigte auf Steffenhagen, der eifrig nickte. »Und wir sind zufrieden mit unserem Send. Es gibt den Frühjahrs-, den Sommer- und den Herbstsend. Und das reicht. Wir brauchen nicht das ganze Jahr über Send. Das ist ja verrückt. Wir hier draußen können feiern. Wir haben das Schützenfest und das Pfarrfest. Die dauern ein, zwei oder drei Tage. Und dann ist es vorbei, dann wird wieder gearbeitet. Vergnügungssucht das ganze Jahr über ist ja nicht normal.«

Langsam redete er sich in Rage. Einige Leute um ihn herum riefen: »Richtig, Tönne, gib's ihnen!«

Steffenhagen nickte, jetzt ernster und gefaßter.

»Sie haben einige von uns über den Tisch gezogen«, fuhr Tönne fort. »Sie haben mit den dicken Geldbündeln gewinkt, und etliche konnten dem nicht widerstehen. Ich kann es ihnen nicht mal übel nehmen. Wir Bauern müssen uns nach der Decke strecken, es sind magere Jahre, und wer würde nicht gern ein schönes Sümmchen für eine Weide mitnehmen? Aber«, sein Oberkörper zitterte vor Erregung, »von uns anderen kriegen Sie nichts. Wir haben uns zusammengesetzt und beschlossen: Wir verkaufen keinen Quadratmeter an Global Dingsbums.«

Das Publikum lachte und klatschte Beifall.

»Da können Sie sich auf den Kopf stellen. Freiwillig rükken wir nichts heraus. Wir lassen es auf Prozesse und alles mögliche ankommen. Soll die Stadt doch versuchen, uns zu enteignen.« Er beruhigte sich etwas. »Das wollte ich nur mal gesagt haben. Halten Sie ruhig schöne Reden, was alles in Ihrer Opel Wörld zu sehen ist. Unsere Bürgerinitiative können Sie nicht überzeugen. Die wird bis zum letzten für unser gutes altes Kappenstein kämpfen.«

Das Publikum johlte, die Oberbürgermeisterin schlug moderate Töne an, der *Global Artists*-Manager verteidigte sich. So plätscherte die Diskussion noch eine Weile dahin, bis auch das allerletzte Argument zum dritten Mal wiederholt worden war. Gegen Mittag verließen alle den Saal mit dem Gefühl, es den anderen gezeigt zu haben.

Als wir die Treppe hinabstiegen, hielt die Reporterin des Regionalfernsehens der Kämmerin ein Mikro unter die Nase: »Hat Sie die Versammlung hier in Kappenstein in Ihrer Meinung bestärkt, oder sehen Sie Veranlassung, noch einmal über das Projekt nachzudenken?«

Jutta Rausch lächelte ein nichtssagendes Politikerlächeln in die Kamera: »Die Verwaltung macht nur Vorschläge, die Entscheidungen werden von den politischen Kräften im Rat getroffen. Und hier besteht meines Erachtens ein Nachholbedarf an Diskussion.«

Der bullige Mann, den sie Tönne genannt hatten, schob sich neben die Kämmerin: »Die Politik will uns doch bloß verarschen. Das ist alles längst entschieden. Geben Sie das doch ruhig zu!«

»Was Sie behaupten, trifft nicht zu«, redete Rausch in Richtung Kamera. »Das letzte Wort über das Kappenstein-Projekt ist noch nicht gesprochen. Und jetzt entschuldigen Sie mich bitte!«

»Nur weg aus diesem beschissenen Kaff!« raunte sie Axel Feldhaus und mir zu, während wir zu ihrem Dienstwagen eilten. Aus den Augenwinkeln sah ich, wie Stürzenbecher und drei seiner Paladine zur anderen Seite des Parkplatzes hasteten. Sehr wahrscheinlich waren sie nicht zu einem Fortbildungslehrgang in Basisdemokratie gekommen. Oberrat Lewandowski und seine SoKo glaubten wohl, daß sich der Grünen-Killer unter das Publikum mischen würde.

»Das wird Ärger geben«, maulte Axel Feldhaus, während wir nach Münster zurückfuhren.

»Die Oberbürgermeisterin hat ihn mir schon angekündigt«, bestätigte Jutta Rausch.

»Und warum hast du dich so defensiv verhalten? Unsere Haltung zum Kappenstein-Projekt ist eindeutig pro.« Der Jüngling schnappte nach Luft. »Hast du etwa doch Angst vor diesem Killer?«

»Und wenn es so wäre, mein Sohn«, mischte ich mich ein, »dann hättest du auch nicht einen Mucks daran auszusetzen. Du bist schließlich nicht in Gefahr, dir deine hübsche Kaschmir-Jacke blutig zu machen.«

»Nun hört auf, alle beide!« kommandierte die Kämmerin. »Ich kann dich beruhigen, Axel. Es war nicht die Angst vor dem Killer, es war Strategie. Man muß über den Tag hinaus denken. Für meine weitere Karriere wäre es sicherlich nicht förderlich, wenn ich in den Ruf geriete, mich gegenüber der Partei illoyal zu verhalten. In der momentanen Situation ist es taktisch erforderlich, daß ich mich ein Stück zurücknehme. Bis sich die Stimmung gegen das Kappenstein-Projekt beruhigt hat.«

Conny Guttweller wohnte in einem rosafarbenen Jugendstil-Haus am Rande des Südparks. Als sie die Tür öffnete, begann im Hintergrund ein Baby zu schreien. Ich kannte die Situation aus meiner jüngsten Vergangenheit. Wie oft hatte ich versucht, gleichzeitig Sarah zu beruhigen und ein Gespräch mit einem anderen Erwachsenen zu führen? Es war fast immer zwecklos.

Conny schlug vor, einen Spaziergang durch den Südpark zu machen. Im rollenden Kinderwagen würde Jana, so hieß das Baby, hoffentlich einschlafen.

Wir mußten nur die Straße überqueren, und schon waren wir in der gut zwei Fußballfelder großen Grüninsel, die einer schlafwandlerischen Eingebung der Stadtplaner zufolge noch nicht bebaut worden war. Dominik, der dreijährige Sohn von Conny, hatte einen kleinen Fußball mitgenommen, und solange ihn seine Schußversuche nicht völlig frustrierten, hatten wir eine gute Chance, ein paar Sätze zu wechseln.

»Wie geht's dir eigentlich?« fragte Conny

»Man schlägt sich so durch«, antwortete ich.

»Wie ich hörte, hast du auch Nachwuchs bekommen.«

»Meine Frau und ich leben getrennt. Sarah ist zur Zeit bei meinen Schwiegereltern.«

»Bist du deswegen traurig?«

Ich seufzte. »Ich habe schon glücklichere Zeiten erlebt.«

Ihre grünen Augen lächelten mich an. Hinter ihnen schimmerte ein Gefühl, das auch ich vom ersten Moment an gespürt hatte, als ich sie wiedersah. Wir beide hatten es in einer Kiste für erledigte Fälle abgelegt. Und wahrscheinlich würde es jetzt überhaupt nicht mehr zu uns passen, wenn wir es ausgraben würden.

»Ich hole sie manchmal am Wochenende ab, Sarah, meine ich, und dann spielen wir ein bißchen zusammen.«

Conny nickte.

»Und wie geht es dir, abgesehen davon, daß du ein glückliches Familienleben führst?« spielte ich den Ball zurück.

»Das Dasein als Hausfrau und Mutter ist nicht besonders aufregend. Die Gespräche am Spielplatzrand drehen sich immer nur um drei Themen: Kinder, Kinder, Kinder.«

»Du hast die Politik.«

»Ja, und es macht mir auch Spaß. Trotzdem fehlt mir der Beruf.« Sie warf den Kopf in den Nacken. »Du wolltest mit mir über Martin und Berthold reden.«

»Ja. Hast du eine Ahnung, warum sie ermordet wurden?«

»Ich?« Sie schaute mich erstaunt an. »Wie kommst du darauf?«

»Sie waren Befürworter des Kappenstein-Projekts. So wie du.«

»Das stimmt. Daran habe ich überhaupt noch nicht gedacht.«

»Conny, denk einmal genau nach: Ist dir in den letzten Tagen oder Wochen irgend etwas Merkwürdiges aufgefallen? Hattest du das Gefühl, verfolgt zu werden? Hast du Anrufe bekommen, die du nicht einordnen konntest, vielleicht sogar Drohungen, Drohbriefe oder ähnliches?«

»Nein.« Sie schüttelte spontan den Kopf. »Nichts.«

Dominik kam heulend zu uns gerannt. »Der Junge hat mir meinen Ball weggenommen.«

Nach kurzer Überzeugungsarbeit ergatterte ich das Objekt der Begierde.

Conny verstaute den Ball unter dem Kinderwagen, in dem Jana friedlich schlief. »Willst du nicht zum Spielplatz rüberlaufen?« fragte sie Dominik. »Wir kommen gleich nach.«

Dominik guckte mich schräg an. Kleine Jungs mögen keine fremden Männer neben ihrer Mama. Aber dann siegte die Lust, in einem Stangenelefanten herumzuklettern, über die Eifersucht.

Wir folgten ihm auf dem roten Ascheweg.

»Was hast du von Hennekamp und Dietzelbach gehalten?« wollte ich wissen.

»Menschlich oder politisch?«

»Beides.«

»Wir hatten nicht viel miteinander zu tun. Daß wir in der Kappenstein-Frage übereinstimmten, war purer Zufall. Ich habe die beiden eher für Opportunisten gehalten, die die Kommunalpolitik als Sprungbrett ansahen.«

»Und warum bist du für die schöne neue *Global World*?«

Sie lachte. »Du kennst dich ja aus.«

»Ich war heute morgen in Kappenstein, zusammen mit der Kämmerin.«

»Mit der Rausch?«

»Sie hat mich als Leibwächter engagiert. Aber behalte das bitte für dich!«

»Was?«

»Die Polizei glaubt übrigens auch, daß es der Mörder auf Anhänger des Kappenstein-Projektes bei den Grünen abgesehen hat.«

»Aber das heißt ja ...«

»Daß du ebenfalls gefährdet bist. Genau das heißt es.«

Dominik winkte uns vom Kopf des Elefanten aus zu.

»Du hast meine Frage nicht beantwortet«, erinnerte ich.

»Ach, da steckt eigentlich nichts Großes dahinter. Mein Mann war vor einiger Zeit arbeitslos, ein halbes Jahr lang. Seitdem weiß ich, wie wichtig ein Arbeitsplatz ist. Ich denke, heute, bei vier Millionen Arbeitslosen, darf man nicht mehr so rigide sein wie noch vor zehn Jahren. *Global World*, mag sie auch noch so beschissen sein, bringt immerhin ein paar hundert Leuten Geld und Beschäftigung. Das ist alles.«

Wir schauten zu, wie Dominik bei dem Versuch, vom Elefanten zu klettern, in den Sand fiel.

»Sei bitte vorsichtig!« sagte ich. »Und wenn ich dir einen Rat geben darf: Ändere deine Position zum Kappenstein-Projekt! Zumindest so lange, bis dieses miese Schwein gefaßt ist.«

»Ich werde darüber nachdenken«, antwortete sie leise.

Ich strich ihr über das blonde Stoppelhaar und machte mich auf den Weg.

V

Jutta war sauer, weil ich sofort wieder gehen wollte, nachdem ich sie zu ihrer Wohnung gebracht hatte.

»Ich habe Penne und Pesto gekauft, marinierte Lammsteaks, Salat und Tiramisu zum Nachtisch. Glaubst du, ich hätte mir die Mühe gemacht, wenn ich gewußt hätte, daß du mich damit alleine sitzen läßt?«

»Tut mir leid. Ich bin in spätestens anderthalb Stunden wieder zurück. Wenn du dann schon gegessen hast, wärme ich mir die Nudeln und das Fleisch nochmal auf.«

»Na toll! Wo willst du überhaupt hin?«

»Ich habe eine Verabredung mit Dirk Holthausen.«

»Ist das so wichtig? Immerhin bist du *mein* Leibwächter und nicht seiner.«

»Es ist wichtig. Außerdem haben wir abgemacht, daß unser Arrangement nur von Montag bis Freitag gilt. Das Wochenende sollte zu meiner freien Verfügung stehen.«

»Mein Mann kommt dieses Wochenende nach Münster. Dummerweise hat ihn heute abend der Heimatverein in Bad Meinberg zu einem Vortrag eingeladen. Er soll über die Bedeutung der Extern-Steine bei den Germanen reden. Deshalb will er erst morgen früh losfahren.«

»Okay, ich bewache heute nacht deinen Leib. Und jetzt laß mich meine Arbeit machen.«

Sie zog eine Schnute, verzichtete aber auf weitere Proteste.

Dirk Holthausen zeigte der Kellnerin gerade sein leeres Bierglas, als ich in *Carlos' Café* an der Hafenstraße ankam. Carlos hieß in Wirklichkeit Jannis und war Grieche. Er war nach Münster gekommen, um Physik zu studieren. Kurz vor seinem Hochschulabschluß hatte ihn seine Mutter überzeugt, daß er einen richtigen Beruf ausüben und es seinen männlichen Verwandten gleichtun müsse. Daraufhin hatte Jannis eine Kneipe eröffnet.

Ich war schon lange nicht mehr hier gewesen, doch nach dem ersten Augenschein zu urteilen, hatte sich in den letzten fünf Jahren wenig verändert. Vielleicht war die Plastikpalme in der Mitte ein wenig krummer und grauer geworden. Jannis stand hinter der Theke und winkte mir behäbig zu. Sein Bauch hatte ein paar neue Jahresringe abgelagert. Ich winkte zurück und setzte mich zu Holthausen an ein kleines Marmortischchen.

Er musterte mich mit trübem Blick. »Ich habe nicht ganz verstanden, was Sie von mir wollen. Sie sind ein Bekannter von Conny, nicht?«

»Conny und ich kennen uns von früher. Ich bin Privatdetektiv, ich untersuche die Morde an Hennekamp und Dietzelbach.«

Seine Augenbrauen bildeten ein ironisches Dreieck. »Wollen Sie die Polizei arbeitslos machen?«

»Die Kämmerin hat mich engagiert. Aber das bleibt bitte unter uns.«

Er pfiff durch eine Zahnlücke. »Die Rausch hat wohl zuviel Geld, wie? Wovor hat sie denn Schiß?«

»Können Sie sich das nicht vorstellen?«

Er wich meinem Blick aus. »Nein.«

»Hennekamp und Dietzelbach haben sich für das Kappenstein-Projekt eingesetzt. Genau wie Jutta Rausch – und wie Sie.«

Die Kellnerin brachte sein Bier, ich bestellte ein Wasser.

Er nahm einen tiefen Schluck. »Mögen Sie keinen Alkohol?«

»Der Arzt hat ihn mir verboten.«

»Ich würde den Arzt wechseln.«

»Ein guter Tip. Um auf das Kappenstein-Projekt zurückzukommen ...«

»Ich weiß wirklich nicht, wie ich Ihnen da helfen kann.«

»Wie war Ihr Verhältnis zu Hennekamp und Dietzelbach?«

»Wir haben häufig zusammengearbeitet. Die münsterschen Grünen sind ein ziemlicher Fundi-Verein, wissen Sie. Und wir, na ja, haben manchmal abweichende Meinungen vertreten. Da rückt man zwangsläufig zusammen. Rein politisch, verstehen Sie. Wir sind nicht zusammen in Urlaub gefahren oder so was.«

Er steckte sich eine Zigarette zwischen die Lippen und setzte sie in Brand.

»Die Polizei glaubt, daß hinter den Morden ein politisches Motiv steckt. Linke Terroristen zum Beispiel, die grüne Verräter bestrafen wollen.«

»Schwierig zu sagen.« Er sog den Zigarettenrauch bis zur untersten Lungenspitze. »In Münster wimmelt es von Kappenstein-Anhängern. Warum ausgerechnet wir – und nicht die eigentlichen Befürworter in der SPD und der CDU? Abgesehen davon ist das Kappenstein-Projekt nun wirklich nicht wichtig genug. Da gäbe es andere und bessere Ziele. Und außerdem ist die Zeit der politischen Morde längst vorbei. Die RAF hat abgedankt, die Revolutionären Zellen und die Autonomen begnügen sich damit, Strommasten bei Gorleben anzusägen. Wer sollte sich also die Mühe machen, ein paar unbedeutende Grüne in Münster zu liquidieren?«

»Das ist die Frage.«

»Die ich Ihnen nicht beantworten kann. Ich bin genauso ratlos wie Sie.« Er vernichtete den Restalkohol in seinem Bierglas.

»Haben Sie mit Hennekamp und Dietzelbach vor deren Tod gesprochen? Fühlte sich einer von beiden bedroht?«

»Soviel ich weiß: nein.«

»Haben Sie selbst Drohungen erhalten?«

Er klimperte mit den Augenlidern und guckte dann auf den Tisch. »Nein.«

»Sie sagen mir nicht die Wahrheit«, setzte ich nach.

»Es hat wahrscheinlich überhaupt nichts zu bedeuten.«

»Erzählen Sie es trotzdem!«

Er stöhnte. »Gestern abend bekam ich einen anonymen Anruf. Von einem Mann. Das ist an und für sich nichts besonderes. Ich bin schon öfter am Telefon beschimpft worden. Sie halten es nicht für möglich, wem man in der Kommunalpolitik alles auf die Füße treten kann: Gesamtschulgegnern, Kaufleuten, die um die Parkplätze vor ihrem Laden fürchten ...«

»Was sagte der Mann?« unterbrach ich ihn.

»Ja, das ist das Merkwürdige. Er sagte nur einen Satz: ›Du wirst dich erinnern.‹ Mehr nicht. ›Du wirst dich erinnern.‹ Dann legte er auf.«

»Kam Ihnen die Stimme bekannt vor?«

Holthausen kraulte seine lockige Mähne. »Spontan ist mir niemand eingefallen. Aber am Telefon klingen die Stimmen sowieso anders. Und es waren nur diese vier Worte.«

»Haben Sie eine Idee, was der Mann damit gemeint haben könnte?«

»Fragen Sie mich was Leichteres! Ich bin jetzt zweiundvierzig und kann mich an eine Menge Sachen erinnern. Ich weiß nicht, wie vielen Leuten ich in den letzten zehn, fünfzehn Jahren in die Quere gekommen bin. Fünfzig oder ein paar mehr werden es wohl sein. Vermutlich ist die Lösung aber viel einfacher: Der Typ hat sich verwählt und aufgelegt, als er es merkte.«

Der Ratsherr lehnte sich zurück und fischte eine neue Zigarette aus der Schachtel. Seine Finger zitterten, als er das Streichholz entzündete. Er war nervöser, als er zugeben wollte.

Ich spürte, wie der Hunger in meinem Magen rumorte. Und Holthausen würde mir nicht mehr viel zu bieten haben. Im Vergleich mit Nudeln und Lammfleisch.

Ich winkte der Kellnerin.

»Sie wollen schon gehen?« erkundigte er sich.

»Ja. Ich habe noch eine Verabredung.«

»Mit Jutta?« Er grinste anzüglich.

»Berufsgeheimnis.«

Die Kellnerin kassierte und schaute Holthausen fragend an. Er reichte ihr das leere Glas. »Bring mir noch eins, Tamara!«

»Seien Sie vorichtig!« sagte ich. »Ich halte es nicht für ausgeschlossen, daß Sie auf der Liste stehen.«

»Als was hat Jutta Sie eigentlich engagiert? Als Leibwächter?«

»Kein Kommentar.« Ich stand auf.

»Ich paß schon auf.« Er lachte. »Scheiße. Da läuft so ein Arschloch durch die Straßen und brennt darauf, dir ein Messer zwischen die Rippen zu schieben. Was ist das für eine beschissene Welt?«

Mit dieser Frage ließ ich ihn allein.

Jutta Rausch saß mit nassen Haaren und im Bademantel vor dem Fernseher. Im Regionalfenster des Dritten Programms lief der Beitrag über das Kappenstein-Projekt. Zu einem Kameraschwenk über Wiesen und Felder sagte die Off-Stimme der Reporterin: »In dieser Grünoase im Norden Münsters, nahe der Siedlung Kappenstein, soll die *Global World* des *Global Artists*-Konzerns entstehen. Dagegen regt sich der Protest einer Bürgerinitiative und von Umweltverbänden. Heute morgen kam es ...«

»Das Essen steht in der Küche. Du kannst es in die Mikrowelle schieben«, sagte Jutta, ohne den Blick vom Fernseher zu nehmen. Beiläufig griff sie zu dem Weinglas, das auf dem Tisch stand.

Ich schaute mir den Beitrag zu Ende an. Nach kurzen Redeausschnitten der Podiumsteilnehmer folgte das Interview auf der Gasthoftreppe. Anschließend hatte sich die Reporterin unter dem Transparent *Kein Hollywood in Kappenstein!* ablichten lassen.

»Offenbar«, redete sie in die Kamera, »ist die Stadtverwaltung vom Ausmaß des Protestes überrascht. Anders läßt sich die vorsichtige Distanzierung der Kämmerin Rausch nicht deuten. Wird es vielleicht doch keine *Global World* in Kappenstein geben?«

Der Beitrag war zu Ende, und auf dem Bildschirm erschien ein kahlköpfiger, wippender Moderator.

Per Fernbedienung schaltete Jutta den Fernseher aus. »Sehr nett«, kommentierte sie.

»Du bist zufrieden?«

»Ich habe nichts anderes gewollt. Und wie war es bei Holthausen?«

»Er hat ebenfalls einen Anruf erhalten«, rief ich, während ich in die Küche ging. Die Nudeln und das Lammfleisch standen auf dem Tisch. Ich packte beides auf einen Teller.

»Was hat der Anrufer gesagt?« Jutta stand in der Küchentür.

»Du wirst dich erinnern.«

»Was?«

»Das hat der Anrufer gesagt.«

»Nicht sehr aussagekräftig.«

»Meinte Holthausen auch.« Ich stellte den Teller in den Mirkowellenherd.

Es klingelte an der Wohnungstür.

Ich schaute Jutta an. »Erwartest du Besuch?«

»Nein.«

Wir gingen zusammen zur Wohnungstür. Dabei tastete ich unauffällig nach der Pistole im Schulterhalfter.

»Wer ist da bitte?« fragte Jutta in die Sprechanlage.

»Kriminalpolizei«, antwortete eine Stimme, die mir sehr bekannt vorkam. »Ich muß mit Herrn Wilsberg sprechen.«

»Und wie ist Ihr Name?«

»Stürzenbecher.«

Ich nickte ihr zu.

»Ich soll dich abholen«, sagte Stürzenbecher zu mir. Er wanderte durch das Wohnzimmer. »Eine schöne Wohnung haben Sie, Frau Kämmerin.«

»Warum?« fragte ich.

»Lewandowski möchte sich mit dir unterhalten.«

»Und wie komme ich zu der Ehre, am späten Freitag abend?«

Stürzenbecher blieb vor mir stehen. »Es geht um Dirk Holthausen. Nach Aussage seiner Freundin hat er sich heute abend mit dir getroffen.«

Ich spürte, wie das Blut aus meinem Kopf wich, und mußte mich auf eine Sessellehne stützen. »Was ist passiert?«

»Alles weitere erzähle ich dir unterwegs«, sagte der Hauptkommissar kurzangebunden.

»Warten Sie mal!« meldete sich Jutta. »Dieser Mann ist mein Leibwächter. Sie können ihn nicht einfach mitnehmen.«

Stürzenbecher drehte den Kopf in ihre Richtung. »Keine Sorge, Frau Kämmerin, ich glaube nicht, daß der Killer zweimal pro Abend zuschlägt.«

»Dann ist Holthausen also ermordet worden?« stammelte sie.

»Falls er sich nicht selbst einen Stein auf den Kopf gehauen hat, ja.«

»Und er hat nichts von einer weiteren Verabredung gesagt?« fragte Stürzenbecher. Ich hatte ihn kurz über mein Gespräch mit Holthausen in *Carlos' Café* informiert.

Ich verneinte. Wir fuhren auf der Hammer Straße stadtauswärts.

»Wo ist er eigentlich ermordet worden?«

»Das wirst du gleich sehen. Es ist nicht weit von hier. So wie es aussieht, hat Holthausen zunächst einen Unfall gebaut. Er hat einen parkenden Wagen gerammt, ist ins Schleudern geraten und auf dem Bürgersteig gelandet.«

»Das wundert mich nicht. Allein in der kurzen Zeit, in

der wir miteinander geredet haben, hat er ein Bier nach dem anderen bestellt.«

»An dem Unfall ist er aber nicht gestorben. Die interessantere Frage lautet: Wieso wußte der Mörder, daß Holthausen einen Unfall haben würde?«

Hinter dem Preußen-Stadion bog Stürzenbecher von der Hammer Straße ab.

»Übrigens, ganz schön clever von der Kämmerin, sich vom Kappenstein-Projekt zu distanzieren. Hast du ihr dazu geraten?«

»Nein, sie ist selber drauf gekommen.«

Wir erreichten die vierspurige Verbindungsstraße zwischen Berg Fidel und Gremmendorf. In einiger Entfernung rotierten Blaulichter.

»Und was will Lewandowski von mir?«

»Er ist auf der Suche nach einem Verdächtigen.«

»Den soll *ich* doch wohl nicht abgeben?«

Stürzenbecher guckte starr geradeaus. »Ich weiß, daß du es nicht warst. Aber Lewandowski kennt dich nicht.«

»Ich habe *Carlos' Café* vor Holthausen verlassen.«

»Holthausen muß direkt nach dir gegangen sein.«

»Und eine Viertelstunde später war ich bei Jutta Rausch.«

»Zeit genug, um Holthausen kalt zu machen.«

Stürzenbecher hielt hinter einem Polizeiwagen und streckte seine Hand aus. »Gib mir deine Pistole!«

»Sag mir, daß das ein Scherz ist! Ihr könnt mich unmöglich verdächtigen.«

»Tun wir auch nicht. Es handelt sich um eine Zeugenvernehmung. Allerdings ist es bei Zeugenvernehmungen üblich, daß der Zeuge unbewaffnet erscheint.«

Ich gab ihm die Pistole.

Lewandowski stand oberhalb von Holthausens Wagen auf einer Böschung, die die dahinterliegende Siedlung von der Straße abschirmte. Holthausen, oder das, was von ihm übriggeblieben war, lag noch im Auto. Sein rechter Arm hing aus der geöffneten Tür heraus, und überall war Blut. Mein Blick wanderte den Arm hinauf und blieb an einer blutigen Matsche hängen, die einmal Holthausens Gesicht gewesen war. Zum Glück beugte sich in diesem Moment ein Experte von der Spurensicherung über die Leiche, so daß mir die Sicht verdeckt wurde. Ich spürte, wie ein Brechreiz vom Magen aus hochstieg, und war froh, daß ich Juttas Kochkünste noch nicht ausprobiert hatte.

»Tief Luft holen!« sagte Stürzenbecher und schleppte mich weiter zu Lewandowski.

Lewandowski gab mir nicht die Hand und machte auch sonst keinen Versuch, freundlich oder höflich zu wirken. Er sah aus wie ein typischer Stinker der gehobenen Gehaltsklasse.

»Sie sind also Wilsberg«, konstatierte er.

Ich stritt es nicht ab.

»Was haben Sie von Holthausen gewollt?«

Ich versuchte, die Übelkeit im Magen mit einem Zigarillo zu bekämpfen. »Haben Sie auf der Polizeiakademie gefehlt, als das Formulieren von höflichen Fragen durchgenommen wurde?«

»Kommen Sie mir nicht komisch, Wilsberg! Es ist Freitag abend, und ich wäre gerne bei meiner Familie in Düsseldorf. Ich kann Sie für vierundzwanzig Stunden einsperren, wenn Sie nicht kooperieren wollen. Ist Ihnen das lieber?«

»Mein Anwalt wird mich nach zwanzig Minuten wieder herausholen«, gab ich zurück. Ich wußte natürlich, daß das nur ein frommer Wunsch war.

Wir funkelten uns an.

»Entschuldigen Sie, wenn ich mich einschalte, Herr Lewandowski«, sagte Stürzenbecher. »Herr Wilsberg ist von *Carlos' Café*, wo er sich mit Holthausen unterhalten hat, direkt zur Stadtkämmerin Rausch gefahren. Ich habe das überprüft.«

»Danke, Herr Stürzenbecher!« fauchte Lewandowski. »Also, Herr Wilsberg, worüber haben Sie, bitte, mit Holthausen geredet?«

Ich gab ihm eine kurze Zusammenfassung.

»Demnach wissen Sie nicht, wo Holthausen hin wollte?« Er guckte mich forschend an. »Dies ist nämlich nicht der Weg zu seiner Wohnung.«

»Tut mir leid, ich habe keine Ahnung.«

Unten machten sich einige Männer an der Leiche zu schaffen und legten sie auf eine Bahre. Dabei fiel der rechte Arm erneut herab, diesmal auf den Bürgersteig. Im grellen Licht der aufgebauten Scheinwerfer sah ich, wie die Fingerkuppen golden aufblitzten.

»Decken Sie die Leiche richtig zu!« brüllte Lewandowski.

Jetzt wußte ich, was der *modus operandi* des Grünen-Killers war: Er tauchte die Finger seiner Opfer in Goldfarbe.

Lewandowski wandte sich an den Hauptkommissar: »Herr Stürzenbecher, bitte veranlassen Sie, daß Herr Wilsberg ins Präsidium gebracht wird. Wir brauchen seine Fingerabdrücke zu Vergleichszwecken.«

»Meine Fingerabdrücke haben Sie schon«, stellte ich fest.

Der Oberrat guckte Stürzenbecher fragend an.

»Herr Wilsberg ist mehrfach vorbestraft«, erläuterte Stürzenbecher.

»Dann schadet es nichts, wenn wir neue bekommen. Außerdem möchte ich, daß seine Kleidung untersucht wird.«

»Wozu?« fragte ich.

»Reine Routine.«

Ich wußte, daß sie nach Spuren von Goldfarbe suchten, aber das mußte ich ihnen ja nicht auf die Nase binden.

Ein maulfauler junger Kriminalbeamter brachte mich zum Polizeipräsidium. Meine Fingerabdrücke wurden genommen, und dann durfte ich zwei Stunden in Unterwäsche vor den Labors antichambrieren, während sie drinnen jede Falte meiner Jeans unter die Lupe oder unter was auch immer nahmen. Damit ich der Umwelt keinen erschreckenden Anblick bot und um mich vor Unterkühlung zu bewahren, hatte man mir eine muffige Wolldecke gereicht, in die ich mich hüllte. Ich versuchte, nicht daran zu denken, wie viele Delinquenten die Decke vor mir benutzt hatten. Mittlerweile hatte ich auch schon so lange nichts mehr gegessen, daß ich keinen Hunger mehr spürte.

Nach zwei Stunden bekam ich meine Sachen zurück. Erstaunlicherweise waren sie nicht in Säurebäder getaucht oder zu kleinen Flicken zerschnitten worden.

Als ich mich angezogen hatte, ließ sich Stürzenbecher

blicken. Er war seit rund achtzehn Stunden im Dienst und sah aus, als würde er sofort einschlafen, sobald er sich an eine Wand lehnte.

»Komm, ich bring dich nach unten!« murmelte er.

»Habt ihr was gefunden?« erkundigte ich mich.

»Was sollen wir denn gesucht haben?«

»Goldfarbe, zum Beispiel.«

Er blinzelte. »Ich weiß nicht, was du meinst.«

»Glaubst du, daß das eine vom Mörder bewußt gewählte Metapher ist? Etwa: Wer sich in der Politik eine goldene Hand verdient, gehört gekillt. Oder: Steck deine Hand nicht in die Goldtöpfe anderer Leute!«

»Keine Ahnung«, knurrte Stürzenbecher.

»Jedenfalls deutet alles darauf hin, daß die Morde mit Korruption zu tun haben.«

»Du denkst und redest zu viel«, stellte Stürzenbecher fest. Inzwischen waren wir mit dem Aufzug im Foyer angekommen. »Übrigens wissen wir jetzt, wo Holthausen hinfahren wollte, und auch, wie's gelaufen ist. Unter den Frauen, die in seinem Notizbuch stehen, haben wir eine gefunden, die auf ihn gewartet hat. Sie wohnt in Gremmendorf, was die Fahrtstrecke erklärt. Außerdem haben wir Lackspuren eines unbekannten Fahrzeugs am linken Kotflügel von Holthausens Wagen entdeckt. Der Mörder muß vor *Carlos' Café* auf Holthausen gewartet haben. Er ist ihm gefolgt, auf der unbelebten Straße zwischen Berg Fidel und Gremmendorf hat er ihn abgedrängt und so den Unfall provoziert. Dann hat er den bewußtlosen oder vom Unfall geschockten Holthausen mit einem Stein erschlagen.«

»Lag ein passender Stein in der Nähe?« fragte ich.

»Nein, er hat ihn mitgebracht.«

»Findest du das nicht merkwürdig?«

»An diesem Fall erstaunt mich überhaupt nichts mehr«, sagte Stürzenbecher lakonisch und entließ mich in die kalte Nachtluft.

So warm es tagsüber auch noch wurde, so unerbittlich schlug der Herbst in der Nacht zu. Ich fror in meinem dünnen Jackett und sehnte mich nach einer gepflegten Nachtruhe in meinem eigenen Bett. Vom Polizeipräsidium aus waren es fünf Minuten Fußweg zu meiner Wohnung im Kreuzviertel, dagegen würde ich bis zur Wohnung der Kämmerin einen halbstündigen Fußmarsch absolvieren müssen.

Ich schwankte ein paar Sekunden, dann siegte die Pflichterfüllung. Was wären die Deutschen ohne ihre Sekundärtugenden?

Durchgefroren und völlig fertig kam ich bei Jutta an. Nach meiner ersten Nacht bei ihr – wenn man das bei einem Leibwächter so nennen konnte –, hatte sie mir einen Haus- und Wohnungsschlüssel gegeben, den ich jetzt zum Einsatz brachte. Ich öffnete die Haustür, stieg die Treppe zur ersten Etage hinauf und schloß die Wohnungstür auf. Ich bewegte mich leise und schaltete das Licht nicht ein, weil ich sie nicht aufwecken wollte. Und ich dachte an nichts, vor allem an nichts Böses. Umso überraschter war ich, als plötzlich eine männliche Gestalt vor mir auftauchte.

Der Adrenalinausstoß reaktivierte meine Gehirntätigkeit. Verdammt, wie konnte ich nur so unvorsichtig sein? Anstatt meinen Job zu tun, lief ich dem Grünen-Killer in die Arme.

Ich wollte die Pistole aus dem Halfter reißen – und griff ins Leere. Natürlich, ich hatte sie bei Stürzenbecher vergessen.

Die männliche Gestalt machte eine drohende Bewegung auf mich zu. Vermutlich hatte der Grünen-Killer wieder etwas zum Stechen, Schlagen oder Würgen dabei. War das das Ende?

Das Licht ging an, und Jutta schob sich neben die männliche Gestalt, die nicht mehr ganz so bedrohlich aussah: ein Mann im Schlafanzug mit verwirrtem Gesichtsausdruck.

»Darf ich vorstellen: Jochen, mein Mann. Georg Wilsberg, mein Leibwächter.«

»Angenehm«, krächzte ich.

Wir schüttelten uns die Hände.

»Jochen ist doch schon heute abend gekommen. Ich habe ihn angerufen, nachdem dieser Kommissar Sie abgeholt hatte. Ich war so aufgeregt und wollte nicht allein sein.«

»Ja«, sagte ich, »dann gehe ich wohl am besten.«

»Schlafen Sie sich mal richtig aus!« empfahl Jutta fürsorglich. »Ich brauche Sie erst Montag morgen wieder. Dann fahren wir zur Eröffnung der *Global World* in Essen.«

Ich marschierte zurück ins Kreuzviertel und machte mir ernsthaft Sorgen um meine Gesundheit. Bestenfalls, sagte ich mir, würde ich mit einer schweren Erkältung davonkommen. Doch damit konnte ich mich auch noch übermorgen beschäftigen. Zunächst einmal plante ich den nächsten Tag. Und der Plan sah so aus, daß ich bis zum frühen Nachmittag schlafen und den Rest des Tages rumgammeln wollte.

Als ich meine Wohnungstür öffnete, traf mich allerdings ein mittelschwerer Schock. Laute Rockmusik knallte mir um die Ohren, und im Flur hüpfte eine Horde junger Leute herum.

Ich kämpfte mich durch das Gewühl, bis ich Jan in der Küche entdeckte.

»Georg! Du bist schon da?« fragte mein Untermieter scheinheilig. »Wir haben dich erst morgen erwartet.«

»Was hat das zu bedeuten? Was wollen diese Leute hier?«

»Alles halb so wild«, beruhigte mich Jan. »Corinna hat heute Geburtstag, weißt du? Und die anderen Frauen in ihrer WG sind ziemlich mies drauf. Da dachten wir ...«

»Ich hatte einen harten Tag.« Meine Stimme zitterte vor Wut. »Ich möchte, daß alle verschwinden. Sofort.«

Jan legte mir seinen Arm auf die Schulter. »Paß auf, Georg! Wir drehen die Musik ganz leise. Ich verspreche dir, du wirst schlafen wie ein Baby.«

Bei dem Versprechen blieb es. Allerdings war ich müde genug, um trotzdem einzuschlafen.

VI

Am Sonntag holte ich Sarah ab.

Imkes Eltern wohnten in Ascheberg, einem Ort ohne Asche und Berg zwischen Münster und Hamm. Maria war Imkes Stiefmutter, ihre richtige Mutter litt unter den Spätfolgen einer mißglückten Teufelsaustreibung und dämmerte, mit Hilfe von Medikamenten ruhiggestellt, in einer psychiatrischen Klinik dahin. Als Hubert, Imkes Vater, eine zweite Ehe einging, entschied er, daß zu einem neuen Lebensabschnitt ein neuer Wohnort gehörte, und so zogen Hubert und Maria von Münster nach Ascheberg. Jetzt lebten sie in einem schmucken Eigenheim in einer sauberen und ordentlichen Siedlung, in die Ausländer höchstens dann hineindurften, wenn sie Werbezettel verteilten.

Als Maria die Tür öffnete, mußte ich niesen.

Sie schaute mich skeptisch an. »Hast du dich erkältet?«

»Ein bißchen«, gab ich zu. »Das Herbstwetter.«

»Dann solltest du Sarah besser nicht mitnehmen.«

»So schlimm ist es nun auch wieder nicht«, widersprach ich.

»Ich weiß sowieso nicht, ob das richtig ist, daß du mit Sarah allein bist. Du verwirrst sie nur.«

»Laß das bitte meine Sorge sein!« sagte ich mit Nachdruck. »Ist Imke da?«

»Nein. Sie ist ausgegangen.«

»Mit wem?«

»Ich wüßte nicht, was dich das angeht.«

Hubert tauchte im Flur auf und murmelte einen unfreundlichen Gruß. »Hast du ihm gesagt, daß wir das nicht richtig finden?« fragte er Maria.

Sie machten es einem wirklich nicht leicht, sie zu mögen.

Fünf Minuten später hatte ich Sarah glücklich im Auto verstaut. Sie war inzwischen vom Baby zum Kleinkind mutiert und vermutlich das schönste Mädchen ihrer Altersklasse – falls das nicht alle Väter von ihren Töchtern behaupteten. Auf einem prähistorischen Sprachniveau konnte man sich sogar mit ihr unterhalten.

Ich erzählte ihr, daß wir nach Kappenstein fahren würden, und daß es dort Eis und einen Spielplatz gebe.

Sie war darüber nicht glücklich. Überhaupt hielt sich ihre Begeisterung, mich wiederzusehen, in Grenzen. Was mich jedoch am meisten stutzig machte, war die Tatsache, daß sie von einem »anderen Papa« redete.

Die lange Fahrt von Ascheberg nach Kappenstein war ebenfalls nicht dazu angetan, ihre Laune zu heben. Sie nörgelte und jammerte, und ich war froh, als wir endlich bei dem Gasthof in Kappenstein ankamen.

Auf der Rückseite des aus massiven roten Ziegeln errichteten Gebäudes gab es unter drei mächtigen Eichen neben einem Spielplatz einen kleinen Kinderzoo. Meerschweinchen bevölkerten eine Miniaturstadt, und in verschiedenen Volieren piepste und kreischte Federvieh in allen Farben und Größen. Sarah vergaß ihren Frust, zeigte auf einen Vogel nach dem anderen, verbunden mit der gleichlautenden Frage: »Was ist das?«

Ich versuchte, zu jedem Federträger den entsprechenden Namen zu nennen, aber Biologie war eines meiner schwächeren Schulfächer gewesen.

Dann setzten wir uns an einen Tisch auf der Terrasse. Es war ein schöner Herbstsonntag, die Sonne brachte die Luft noch einmal auf eine angenehme Temperatur, und die Münsteraner taten das, was sie sowieso am liebsten tun: Sie fuhren Fahrrad. Einzeln, zu zweit oder in ganzen Pulks zogen Fahradfahrer an uns vorbei.

Nach und nach füllte sich die Terrasse mit Ausflugsgästen, die ihre todschicken Tausend-Mark-Räder mit dazu passender Kleidung einer breiteren Öffentlichkeit vorführen wollten.

Eine stämmige Kellnerin brachte Eis für Sarah und einen Apfelkuchen mit Kaffee für mich. Anschließend nieste ich dreimal.

»Papa krank?« fragte Sarah.

»Ja. Ich bin nachts draußen herumgelaufen. Das hätte ich nicht tun sollen.«

»Chris auch krank.«

»Wer ist Chris?«

»Der andere Papa, Freund von Mama.«

»Ist er schon lange ihr Freund?«

»Weiß nicht.« Sie überlegte angestrengt. »Übergestern war er schon da.«

»Das heißt vorgestern.«

Wir aßen ein Weile schweigend. Als ich merkte, daß Sarah die Lust am Eis verlor, fragte ich: »Möchtest du jetzt auf den Spielplatz?«

Sie nickte.

Während ich bezahlte, erkundigte ich mich bei der Kellnerin beiläufig nach ihrer Meinung über den geplanten Vergnügungspark.

»Eine Schande ist das.« Sie stemmte ihre Fäuste in die breiten Hüften. »Uns so was vor die Nase zu setzen. Da drüben soll er hin.« Sie nickte in Richtung einer Wallhecke, die den Blick auf die Weite der Landschaft verhinderte.

»Aber es wäre doch gut fürs Geschäft?«

»Darauf können wir verzichten. Die reißen sich doch alles selber unter den Nagel, diese amerikanischen Gangster. Verkaufen Popcorn und Hamburger und all den Mist. Nein, da haben wir gar nichts von. Soll ich Ihnen sagen, was die Leute hier über den Stadtrat denken? Keine Stimme würden CDU und SPD kriegen, wenn morgen Wahlen wären.«

»Nur leider sind morgen keine Wahlen.«

»Das haben die sich fein ausgerechnet. Und es würde ja sowieso nicht viel nutzen. Kappenstein ist viel zu klein. Aber wir haben eine Bürgerinitiative gegründet. Und wir werden denen noch mächtig Ärger machen.«

»Ärger?« wiederholte ich. »Was meinen Sie damit?«

Sie schüttelte den Kopf. »Ärger eben. Was weiß ich? Wir werden uns schon was einfallen lassen.«

»Wie weit würde das gehen? Glauben Sie, daß es in Kappenstein jemanden gibt, der bereit ist, nun, sagen wir mal, gewaltsame Mittel anzuwenden?«

»Vielleicht.« Sie wurde mißtrauisch. »He! Wollen Sie mich aushorchen oder was?«

»Finden Sie es nicht merkwürdig, daß drei Kommunalpolitiker ermordet worden sind?«

Sie riß ihre Augen weit auf. »Das habe ich gelesen, aber ...«

»Papa!« sagte Sarah.

»Und alle drei waren für das Kappenstein-Projekt.«

»Und was haben wir damit ...«

»Papa!« krähte Sarah und schlug mit den Fäusten auf den Tisch.

Ich startete einen Überraschungsangriff. »Wen im Dorf halten Sie für fähig, so etwas zu tun?«

»Sie spinnen wohl?« Die Kellnerin drehte sich um und stampfte empört davon.

»Ja, bitte, mein Schatz?« wandte ich mich an Sarah.

»Spielen.«

Sarah rutschte juchzend im Sand herum. Ab und zu strahlte sie mich an, und ich antwortete mit einem wohlwollenden väterlichen Lächeln. Eine breite Gestalt in Stoffhosen und eierschalenfarbenem Blouson schob sich neben mich.

»Elsi hat mit mir gesprochen«, sagte er.

»Ach ja?« Ich paffte eine Zigarillowolke in die Luft.

»Sind Sie Polizist?«

»Nein.«

»Schreiberling?«

»Auch nicht.«

»Ich habe Sie am Freitag morgen gesehen. Ich bin Tönne Mesenkamp, Vorsitzender der Bürgerinitiative *Kein Hollywood in Kappenstein!*«

»Ich weiß.«

»Wenn Sie weder Polizist noch Journalist sind, warum kommen Sie dann her und stellen solche Fragen?«

Ich schaute ihm in die Augen. »Ich versuche das Leben von jemandem zu beschützen, der auch ermordet werden könnte.«

Er wich meinem Blick nicht aus. »Und Sie glauben, daß der Mörder einer von uns sein könnte?«

»Wäre doch möglich, oder?«

»Nein.« Seine Stimme klang wütend. »Das ist nicht möglich.«

»Kennen Sie Ihre Mitbürger so gut?«

»Ja, ich kenne jeden einzelnen. Es gibt keinen Mörder in Kappenstein. Und jetzt nehmen Sie Ihre Tochter und verschwinden Sie!«

»Gehört Ihnen der Gasthof?«

»Ja.«

»Sarah!« rief ich. »Komm, Liebes! Wir fahren nach Hause.«

Diesmal war Imke da.

»Ich muß mit dir sprechen, Georg«, sagte sie.

»Ich höre«, antwortete ich.

»Nicht hier. Laß uns einen Spaziergang machen.«

Wir verließen die kleine, saubere Siedlung, kamen an einer Pferdekoppel vorbei und dann an einer Schweinewiese. In der Ferne grüßten die bunten Wälder der Davert.

Imke räusperte sich. »Es hat sich einiges in meinem Leben verändert.«

»Sarah hat so etwas erwähnt.«

»Was hat sie gesagt?«

»Sie sagte, daß du einen neuen Freund hast: Chris.«

»Ja, wir sind seit zwei Monaten zusammen. Es ist mehr als eine flüchtige Geschichte, es ist etwas Ernstes.«

»Wie schön für dich.«

»Spar dir deinen Zynismus!« Sie betrachtete ein rosiges Mutterschwein. »Sarah hat ihn als Bezugsperson akzeptiert. Sie sagt sogar schon Papa zu ihm. Wenn du mit ihr unterwegs warst, ist sie immer ganz durcheinander. Sieh mal, Georg! Ich halte es für das beste, wenn du sie nicht mehr abholst.«

»Sie ist meine Tochter«, begehrte ich auf.

»Gerade deshalb solltest du an ihr Wohl denken. Ich meine, es muß ja nicht für ewig sein. Vielleicht ist Sarah in ein, zwei oder drei Jahren besser in der Lage, mit der Situation umzugehen.«

Ich starrte auf den Wald.

»Chris ist Jurist, weißt du. Aber ich möchte, daß wir uns friedlich einigen.«

Wie betäubt lief ich durch die sonntäglich tristen Straßenschluchten Münsters. Ich hatte das Gefühl, daß sich mein Leben in einer Sackgasse befand. Was machte ich eigentlich noch hier? Jede Straße, jeder Platz, jede Kneipe war gesättigt mit Erinnerungen, Erinnerungen an ein mehr oder weniger verkorkstes Leben. Vielleicht sollte ich woanders hinziehen. Nach Freiburg, wo die Sonne doppelt so lange am Himmel hing wie in Münster und die Autobahnen direkt nach Frankreich oder Italien führten. Oder, besser noch, ins Ausland, nach Paris oder Rom. Nur – was stellte ich dort an, um mein *pain* oder *pane* zu verdienen? Ich konnte ja wohl schlecht als Privatdetektiv in Rom arbeiten. (›Da war heute ein Deutscher hier, der nach dir gefragt hat.‹ – ›Verdammt, das muß dieser deutsche Detektiv sein.‹)

Vielleicht hatte Imke ja auch recht, und in ein paar Jahren würde alles anders aussehen. Falls Sarah mich dann überhaupt noch wiedererkennen oder sich von Chris oder einem seiner Nachfolger losreißen konnte. (›Mama, wer ist der fremde Mann da vor der Tür, der mich mitnehmen will?‹)

Irgendwann landete ich im *Alcatraz*. Norbert, der hinter der Theke stand, sah mich beunruhigt an. »Mann, du bist aber fertig! Willst du 'n Bier?«

»Nein, kein Alkohol«, sagte ich. »Wenn ich jetzt anfange zu trinken, höre ich nicht mehr auf. Und dann kann ich den Job vergessen, den ich zur Zeit mache.«

»Was is'n das für'n Job?«

»Ich soll das Leben von jemandem retten. Ich würde es mir wirklich übelnehmen, wenn ich das auch noch vermassle.«

Norbert spülte ein paar Biergläser. »Kann ich was anderes für dich tun?«

»Du kannst mir zuhören«, sagte ich.

VII

»Jochen sagt, du hättest dich wie ein Einbrecher benommen.«

»Ich wollte dich nicht aufwecken.«

»Und hinterher habe ich eine Stunde gebraucht, um ihn davon zu überzeugen, daß du nicht mein Liebhaber bist.«

»Dabei konnte er froh sein, daß ich ihn nicht erschossen habe.«

Daß ich meine Pistole bei Stürzenbecher vergessen hatte, ließ ich lieber unerwähnt.

Jutta lenkte den Wagen in die Tiefgarage unter dem Stadthaus, und ich fuhr meine Antennen aus. Unbehelligt erreichten wir die für Dezernenten reservierte Parkbucht. Ich stieg als erster aus und checkte die Umgebung. Die Tiefgarage sah so ungefährlich aus, wie Tiefgaragen bestenfalls aussehen können.

»Alles okay«, meldete ich.

Mit dem Aufzug fuhren wir zu der Etage, in der sich das Büro der Kämmerin befand. Auf mein Anraten hin hatte sie zusätzliche Sicherheitsvorkehrungen getroffen. So blieb die Tür zu ihrem Arbeitszimmer während des Bürobetriebs stets verschlossen und ließ sich nur von innen, von einem am Schreibtisch installierten Türöffner entriegeln.

Die Sekretärin sortierte bereits die Post. »Einen Teil habe ich schon auf Ihren Schreibtisch gelegt, Frau Rausch«, verkündete sie fröhlich.

»Danke, Frau Hanewinkel.« Jutta wollte an mir vorbei, doch ich hielt sie auf.

»Wieso steckt der Schlüssel in der Tür?« fragte ich mißbilligend.

»Nun seien Sie doch nicht so pingelig!« verteidigte Jutta ihre Sekretärin.

Ich forderte sie auf, im Vorzimmer zu warten, während ich das Büro inspizierte.

»Kann ich jetzt endlich an meinen Arbeitsplatz?«

»Das ist nur zu Ihrer Sicherheit.«

»Ich weiß.« Jutta rauschte an mir vorbei. »Ich brauche Sie erst wieder um elf. Wir fahren heute nach Essen, falls Sie es vergessen haben.«

Ich knallte die Hacken zusammen und schloß die Tür hinter mir.

»Die ist aber heute geladen«, sagte Frau Hanewinkel. »Kann ich ja verstehen, wo doch am Freitag schon wieder ein Ratsherr umgebracht worden ist.«

Ich bat sie, mich einen Blick in den Terminkalender der Kämmerin werfen zu lassen. Die Hanewinkel war, was man ihr auf den ersten Blick nicht zutraute, eine genaue Beobachterin, die jedes Mitglied der Verwaltungsspitze mit ein paar ironischen Bemerkungen charakterisieren konnte. Gerade war sie bei den figürlichen Problemen des Stadtdirektors angelangt, da fuhr uns ein Schrei des Entsetzens in die Glieder. Der Schrei kam, daran bestand kein Zweifel, aus dem Zimmer der Kämmerin. In Sekundenbruchteilen gingen mir von Briefbomben bis Giftspinnen alle möglichen postalischen Mordanschläge durch den Kopf. Ich riß an der Tür, bis mir klar wurde, daß sich meine eigenen Sicherheitsregeln in eine Falle verwandelt hatten.

»Aufmachen!« brüllte ich. »Mach sofort die Tür auf!«

»Hoffentlich ist sie dazu noch in der Lage«, kommentierte die Sekretärin.

Da summte der Türöffner. Leichenblaß, aber unverletzt stand Jutta hinter ihrem Schreibtisch. Mit spitzen Fingern hielt sie ein Blatt in die Höhe.

»Jetzt schickt mir dieses Schwein schon Briefe«, preßte sie hervor.

Ich atmete tief durch. »Leg ihn vorsichtig auf die Platte, und bitte nicht anfassen!«

Die Worte waren aus Zeitschriften ausgeschnitten. Der amateurhaft aufgeklebte Text lautete:

Warnung an die grüne Schlampe! Versuch nicht in Kappenstein diesen Scheiß-Park zu bauen. Sonst bekommst du eine Bombe unter deinen niedlichen Hintern!

»Was meinst du?« flüsterte Jutta. »Ist er das?«

»Es fehlt der Hinweis auf die drei geglückten Morde. Für einen Serientäter ist dieser Schnipsel-Künstler ziemlich bescheiden.«

Sie ließ sich in ihren Sessel fallen. »Willst du damit sagen, daß ich zwei Attentäter am Hals habe?«

Ich zuckte mit den Schultern. »Falls der Brief vom Killer stammt, hat er seinen ersten Fehler gemacht. Gib mir bitte eine Klarsichthülle!«

Ich bugsierte den Brief und den Umschlag in die Hülle. »Ich bring das zu Stürzenbecher. Sollen sich die Polizei-Wissenschaftler darüber hermachen. In weniger als einem Tag wissen die, welche Zeitschriften der Kerl liest und wo er seinen Kleber kauft.«

»Mein Gott, hoffentlich überstehe ich den heutigen Tag!« jammerte die Kämmerin.

»Warum sagst du deine Beteiligung an dieser blöden *Global World*-Eröffnung nicht ab?« schlug ich vor. »Bei einem solchen Trubel kann ich unmöglich für deine Sicherheit garantieren.«

Sie richtete sich kerzengerade auf. »Kommt gar nicht in Frage! Niemand zwingt mir seinen Willen auf. Das wäre ja noch schöner, wenn ich mich vor jedem Drohbrief-Schreiber verkriechen würde.«

»Wie du meinst.«

Es klopfte an der Tür.

»Störe ich?« fragte Axel Feldhaus indigniert.

»Kommen Sie rein! Herr Wilsberg wollte gerade gehen.«

Ich verstand die Aufforderung.

»Und seien Sie bitte rechtzeitig zurück!« rief Jutta mir nach. »Der Bus fährt um Punkt elf.«

Stürzenbecher war hocherfreut, als ich ihm den Drohbrief auf den Tisch legte.

»Fantastisch. Endlich mal ein konkreter Anhaltspunkt.«

»Jubel nicht zu früh!« goß ich Wermutstropfen in seinen Freudenbecher. »Würde mich nicht wundern, wenn das ein übermotiviertes Mitglied der Bürgerinitiative *Kein Hollywood in Kappenstein!* zusammengeschustert hat.«

»Und wenn schon!« gab der Hauptkommissar zurück. »Jeder Erfolg ist besser als kein Erfolg. Und Lewandowski kann seinen Tatendrang mal an jemand anderem austoben. Ich bin es leid, für seine schlechte Laune büßen zu müssen. Hiermit«, Stürzenbecher wedelte mit der Klarsichthülle, »verschafft sich der Oberrat einen großen Auftritt vor der Presse, von wegen heißer Spur und so. Da wartet er schon drauf, seitdem er in Münster angekommen ist.«

»Ach, übrigens«, sagte ich beiläufig, »kannst du mir meine Pistole zurückgeben?«

Stürzenbecher griff in eine Schreibtischschublade und reichte mir den Totmacher. »Paß bloß auf, daß du nicht den Falschen erschießt!«

»Wäre mir Freitag nacht fast passiert. Zum Glück hattest du mir das Ding vorher abgenommen.«

Er guckte mich genervt an. »Darüber macht man keine Scherze, Wilsberg!«

»Wem sagst du das?«

Die eigentliche Eröffnung der *Global World* in Essen fand erst am nächsten Tag statt. Die heutige Premiere war ausschließlich für geladene Gäste: Journalisten vor allem, die kostenlose Werbung machen sollten, aber auch Politiker, Wirtschaftsbosse, Schauspieler, Schöne, Reiche und Prominente oder solche, die sich dafür hielten. Von Münster aus, das der *Global Artists*-Konzern schon deswegen für wichtig hielt, weil hier die nächste *Global World* gebaut werden sollte, fuhr eine gut zwanzigköpfige Delegation, angeführt von der Oberbürgermeisterin, nach Essen. Neben der Stadtkämmerin und einiger ihrer Dezernentenkollegen waren Mitglieder aller Ratsfraktionen sowie die Chefredakteure der lokalen Tageszeitungen und Radiosender vertreten. Conny Guttweller winkte mir zu, außerdem erkannte ich Heiner Kleine-Langen von den Grünen und den blassen CDU-Mann Kurt Kentrup.

Der Ausflug wurde von *Global Artists* bezahlt, und die Vergnügungspark-Manager hatten es sich nicht nehmen lassen, uns so ziemlich das Luxuriöseste zu bieten, was nach dem *Orient Expreß* auf Rädern rollte. Abgeschirmt von störenden Außengeräuschen saßen wir hinter getönten Fenstern an kleinen Tischchen, während sich drei rotweißgekleidete Hostessen um unser leibliches Wohl sorgten. Den Ton zu dem Werbefilm, der über unseren Köpfen ablief, mußte man nur dann über sich ergehen lassen, wenn man sich Kopfhörer überstülpte. Was ich tunlichst unterließ.

Ich hatte mich zwei Reihen hinter der Kämmerin plaziert, um sie gut im Blick zu haben, und war etwas überrascht, als sich ausgerechnet Heiner Kleine-Langen neben mich setzte. Mit angeekeltem Gesichtsausdruck wies er alle Versuche der Hostessen, ihm Sekt, Kaffee oder Lachsschnittchen aufzudrängen, zurück. Ich war da nicht so pingelig.

Eine Weile saßen wir schweigend nebeneinander, ich kauend, er aus dem Fenster guckend. Schließlich wandte er sich mir zu: »Entschuldigen Sie, daß ich Sie so direkt frage: Wer sind Sie?«

»Mein Name ist Wilsberg, Georg Wilsberg.«

»Ich habe Sie in den letzten Tagen so oft gesehen, daß ich nicht an einen Zufall glaube. Sie waren auf unserer Parteiversammlung, in Kappenstein, und jetzt sitzen Sie hier im Bus.«

»Es ist kein Zufall«, bestätigte ich.

»Arbeiten Sie für *Global Artists*?«

»Nein. Ich bin Privatdetektiv.«

»Das muß sich nicht ausschließen«, sagte er humorlos. »Ich traue diesem Konzern alles zu. Auch, einen agent provocateur bei uns einzuschleusen. Verstehen Sie mich nicht falsch! Einige unserer Mitglieder sind ermordet worden. Da sieht man vielleicht Gespenster, wo gar keine sind. Und wenn dann plötzlich jemand auftaucht und ständig präsent ist, den man vorher noch nie gesehen hat ...«

»Ich lebe seit zwanzig Jahren in Münster.«

»Wer hat Sie engagiert?«

»Ich unterliege der Schweigepflicht, so wie Ärzte, Anwälte ...«

»Die Rausch?«

»Kein Kommentar.«

Er nickte. »Ich habe ja eine eigene Theorie über die Morde. Dummerweise will die Polizei sie nicht hören.«

»Ich höre Ihnen gern zu«, sagte ich.

»Rechtsradikale, Neonazis. Auf dem Auge ist die Polizei blind. Der Leiter der Sonderkommission, dieser LKA-Oberrat Lewandowski, ist selbst eine rechte Socke. Ich habe mir von unserer Landtagsfraktion Informationen über ihn geholt. In Köln hat er praktisch zugesehen, wie Neonazis mit Hilfe von rechten Türken einen großangelegten Waffendeal getätigt haben. Hinterher hat er behauptet, daß er seine V-Leute in der Szene schützen wollte. Eine faule Ausrede.«

»Und wo ist die Verbindung zum Kappenstein-Projekt?«

»Wer sagt denn, daß es eine solche Verbindung gibt?« Kleine-Langen wurde energisch. »Lewandowski redet den Medien ein, daß Holthausen, Hennekamp und Dietzelbach von Linksradikalen umgebracht wurden. Einen Beweis hat er dafür noch nicht vorgelegt.«

»Aber es ist doch auffällig, daß alle drei Befürworter des Kappenstein-Projekts waren.« Und daß sie mit vergoldeten Fingerkuppen gefunden wurden, fügte ich gedanklich hinzu.

»Na und? Es ist ein Gerücht, daß Rechtsradikale denken. Die meisten Neonazis sind tumb wie ein Haufen Scheiße. Ich behaupte ja nicht, daß da irgendeine Parteidirektive hintersteckt. Eher glaube ich, daß eins oder mehrere von diesen Bürschchen einfach durchgeknallt sind. Die sehen sich als Helden der Bewegung. So wie ihre ruhmreichen Vorbilder von der SA, die Jagd auf Kommunisten gemacht haben.«

Es war eine Theorie, die nicht mehr, aber auch nicht weniger schlüssig war als einige andere, die ich gehört hatte. Die Morde blieben ein Rätsel, und es wäre dumm gewesen, Kleine-Langens Gedankenspiel von vorneherein für absurd zu erklären.

»Jedenfalls«, setzte der Grünen-Fraktionsvorsitzende hinzu, »bin ich auf der Hut. Ich vertraue nicht darauf, daß nur Pro-Kappensteiner getötet werden. Was ist das für eine Beule unter Ihrer Jacke? Ein Revolver?« Er grinste. »Ich verstehe schon: Berufsgeheimnis.«

»Was ich nicht begreife«, versuchte ich ihn abzulenken, »was macht jemand wie Sie bei einem solchen Prominentenauftrieb? Sie lehnen das *Global World*-Spektakel doch ab.«

»Ganz einfach«, antwortete er mürrisch, »ich möchte einem Totschlagsargument der politischen Diskussion ausweichen. Solange ich es nicht selbst gesehen habe, wird man mir vorhalten, daß ich nicht wüßte, worüber ich rede. Manche Leute glauben, man müßte sich selbst in eine Pfanne legen, um zu wissen, wie man eine Kotelett brät.«

Er verfiel in Schweigen, und ich nutzte die Gelegenheit, um noch zwei kaviarbehäufelte Eierhälften und eine Tasse Kaffee zu ergattern.

Eine halbe Stunde später rollte der Bus den Bredeneyer Berg hinunter. Hier sah das Ruhrgebiet aus, als wäre ihm ein Stück Sauerland transplantiert worden: Hügel, Wälder und tief unten der bananenförmige Baldeneysee. Vor mehr als zwanzig Jahren war ich oft mit dem Linienbus hierher gekommen. Ich, der Arbeitersohn aus dem Essener Norden, hatte eine Freundin, die in einer protzigen Bredeneyer Villa wohnte, gleich neben dem Anwesen von Berthold Beitz.

Wenn ich auf dem gewachsten Parkettboden den Eltern meiner Freundin gegenüberstand, war ich mir immer vorgekommen wie ein Botenjunge, der vergessen hatte, was er abliefern sollte.

Der Bus kurvte durch Werden und fuhr weiter Richtung Velbert. Gleich darauf verwandelte sich die grüne Landschaft in einen riesigen Parkplatz. Wir hatten die *Global World* erreicht. Der Busfahrer stoppte direkt vor dem Eingang, trotzdem wurden wir beim Aussteigen von mehreren hundert Schaulustigen umringt, die auf Arnold Schwarzenegger oder wenigstens Til Schweiger hofften. Ich schob mich direkt hinter die Kämmerin und bekam einen berufsbedingten Schweißausbruch. In dem Gedränge und Geschubse war es unmöglich, den Überblick zu behalten.

Als wir endlich den Kordon der Schaulustigen durchbrochen und den Eingang passiert hatten, atmete ich auf. Das Gefährlichste schien überstanden. Wir befanden uns auf einem Platz, der von einem riesigen Springbrunnen beherrscht wurde. Ich blickte mich um. Auf der rechten Seite erhob sich im Hintergrund eine gigantische Achterbahn, deren Loopings und Steilkurven auch ohne das drohende Heulen, das in der Luft lag, selbstmörderisch aussahen. Davor reckten zwei lustige Plastikvulkane ihre rauchenden Kegel in die Höhe. Zur linken gab es einen Hügel mit kümmerlichen Bäumen, auf dessen Kuppe ein künstlich gealtertes Gruselschloß mit schwarzen Zinnen drohte. Dazwischen erstreckte sich eine amerikanische Kleinstadt, die so täuschend echt wirkte, als hätte man sie irgendwo im Mittleren Westen abgebaut und hier Stück für Stück wieder zusammengesetzt.

Der *Global Artists*-Manager namens Steffenhagen, der schon in Kappenstein auf dem Podium gesessen hatte, begrüßte die münstersche Delegation und hielt eine kurze Rede. Sie lief im wesentlichen darauf hinaus, daß wir jetzt einige Attraktionen ausprobieren, zwei Shows über uns ergehen lassen und anschließend zu einem echten amerikanischen Lunch in den *Global Movie Club* eingeladen werden sollten.

»Auf die Achterbahn begleite ich dich nicht«, flüsterte ich

Jutta ins Ohr. »Ich habe Höhen-, Flug- und Schleuderangst.«

»Da kriegen mich auch keine zehn Pferde drauf«, flüsterte sie zurück.

Wenigstens in einem Punkt waren wir uns einig.

Zunächst schritten wir die *Global Street* enlang, die Hauptstraße der *Global World*, auf der echte amerikanische Straßenkreuzer aus den 40er und 50er Jahren standen und die gesäumt war mit weniger echten Fachwerkbauten im Stil des späten Wilden Westens. In den Häusern befanden sich *Global Stores*, die unter anderem *Global-T-Shirts*, *Global-Jacken* und *Global-Caps* verkauften. Natürlich durften auch fahrbare Hot-Dog- und Popcorn-Stände nicht fehlen.

Am Ende der *Global Street* bogen wir nach links, zum Gruselschloß. Wir kamen an der *Schweinchen Welt* vorbei, dem Erlebnisparadies für die Kleinsten, mit Karussels, Autoscootern und Eisenbahn, alles kitschig-schön verpackt in Knusper-Plastik-Bauten. Durch die *Geister Stadt*, in der die Häuser krumm und schief waren und Menschen mit Scherenhänden herumliefen, gelangten wir zum Eingang des Schlosses, das sich als Fassade einer riesigen Halle entpuppte.

In derem Inneren verbarg sich eine Art Wildwasserbahn. Nachdem wir von einem Märchenerzähler eingeführt und von ein paar heulenden und jaulenden Monsterstofftieren erschreckt worden waren, befuhren wir die abschüssige Wasserbahn in einer kreisenden Gondel, die uns kräftig durchschüttelte und für nasse Hosen sorgte. Dann kamen wir am anderen Ende der Halle wieder heraus, und Steffenhagen führte uns zurück zur *Global Street*.

»Hallo, Georg!«, sagte Conny. »Du hast wohl nur noch Augen für die Kämmerin.«

Tatsächlich hatte ich nicht bemerkt, daß sie neben mir ging.

»Ich habe darüber nachgedacht, was du mir im Südpark gesagt hast.«

»Und?« fragte ich.

Sie grinste schief. »Seit heute morgen bin ich Gegnerin des Kappenstein-Projekts. Ich habe Heiner Kleine-Langen meinen Meinungswechsel offiziell mitgeteilt.«

»Sehr vernünftig«, lobte ich sie.

»Es ist mir nicht leicht gefallen, das kannst du mir glauben. Ich hasse Opportunisten.«

Vor dem Eingang zur *Chorknaben Stunt Show* gab es ein kleines Gedränge. Jutta Rausch wurde zwischen anderen Besuchern eingekeilt.

»Entschuldige bitte!« sagte ich zu Conny. »Ich muß mich um meine Klientin kümmern.«

»Verstehe.« Sie zog einen Schmollmund.

Ich drückte kurz ihren Arm und wühlte mich zur Kämmerin durch.

Bei der *Chorknaben Stunt Show* fielen als Polizisten verkleidete Stuntmen von Dächern, rannten als lebende Fackeln herum und taten mit ihren Autos das, wovon normale Autofahrer träumen, wenn sie auf der Autobahn von einem Angeber im Porsche geschnitten werden. Es war eine lustige Show, wir saßen auf einer Tribüne, und ich hatte die Sicherheitslage wieder voll im Griff.

Anschließend dirigierte Steffenhagen die münstersche Delegation zur *Geister Stadt*, wo er uns einen weiteren Höhepunkt versprach. Ich hätte den Lunch im *Global Movie Club* vorgezogen, zumal ich sowieso nicht allzu viel von Geisterbahnen hielt, doch auf meine Wünsche kam es am allerwenigsten an. Jutta hatte inzwischen leuchtende Augen und unterhielt sich angeregt mit der Oberbürgermeisterin. So blieb mir nichts anderes übrig, als brav hinterher zu trotten.

Vor der *Geister Stadt* lauerte ein Pulk Journalisten. Eine rothaarige, nicht ganz schlanke Reporterin interviewte einen in seinem Hawaiihemd frierenden Jürgen von der Lippe, während ein Zweier-Team, bestehend aus einem gedrungenen Kameramann und einem schwarzgekleideten, langen, dünnen Mikrofonhalter mit Zöpfchen, sich auf die beiden Kommunalpolitikerinnen aus Münster stürzte. Das Sweatshirt des Dicken war bedruckt mit einem bunten Pferd und der Aufschrift PEGASUS FILM & VIDEO.

»RTL«, brüllte die schwarze Giraffe. »Darf ich Sie fragen, wie Sie die *Global World* finden?«

Die Oberbürgermeisterin salbte etwas von einem faszinierenden und beeindruckenden Erlebnis.

»Ein bißchen Disneyland für Arme«, sagte die Kämmerin spitz. »Aber ganz nett.«

Und schon hatte ich das Mikrofon unter der Nase.

»Mit der Sichtbarmachung von Phantasien schwindet auch die Notwendigkeit geistiger Anstrengung.«

»He«, maulte der Reporter und schüttelte seinen Ohren- und Nasenschmuck, »wir arbeiten für einen Kommerzsender. Können Sie nicht deutsch reden?«

»Aus«, rief der Kameramann. »Das hat doch keinen Zweck, Dennis.«

Jutta ließ die Oberbürgermeisterin ein paar Schritte vorausgehen. »Ich wußte gar nicht, daß du so philosophisch sein kannst.«

»Das habe ich während der Busfahrt im Wirtschaftsteil der FAZ gelesen.«

Die *Aliens Galery* war, wie ich geahnt hatte, der nackte Horror. Zunächst saßen wir in einem klaustrophobisch engen *Shuttle,* das uns zu einem Weltraumtransporter brachte. Dabei rauschten wir, von 3-D-Leinwänden umgeben, so täuschend echt durch die Tiefen des Alls, daß mir der Atem stockte. Überflüssigerweise wurde das *Shuttle* auch noch von einem Kometen gestreift, so daß es ins Trudeln gerieten und heftig durchgeschüttelt wurde.

Endlich dockte das *Shuttle* an den Transporter an, und wir durften aussteigen. Durch eine Luftschleuse kamen wir in den nahezu finsteren Maschinenraum. Eine Computerstimme informierte uns, daß die Besatzung des Transporters den Aliens zum Opfer gefallen sei und daß unsere Aufgabe nun darin bestehen würde, die Monster zu jagen. Zu diesem Zweck händigte uns ein Roboter lange dünne Stäbe aus, die bei Berührung an der Spitze aufleuchteten.

»Laß uns sofort zum Ausgang gehen«, flüsterte ich der Kämmerin ins Ohr.

Sie lachte. »Warum? Das macht doch Spaß.«

Ich stöhnte. Der Maschinenraum war ein Labyrinth, dessen enge Gänge von einem schwachen, bläulichen Licht nur notdürftig erhellt wurden. Ab und zu blitzte und summte es auf, dazu gab es die typisch zischenden Geräusche, die immer dann entstehen, wenn das Sekret der Aliens auf Stahlplatten tropft. Mehr noch als die Außerirdischen schreckten mich jedoch die Gefahren, die von Menschen ausgingen. Der Maschinenraum kam mir vor wie eine Brutstätte von Attentätern, die unerkannt bleiben wollen.

Ein Schrei ging durch die Gruppe. Das erste Alien war vor uns auf den Boden geplumpst und richtete sich mit sabberndem Maul zu voller Größe auf. Ein Mutiger berührte es mit seinem Stab, und sofort brach es kreischend zusammen. Eine Sekunde später war es durch die Seitenwand verschwunden. Ich dachte an das Warnschild vor dem Eingang, das Schwangeren und Herzkranken nahelegte, auf die *Aliens Galery* zu verzichten.

Dazu war es jetzt allerdings zu spät. Es gab kein Zurück mehr, nur die Hoffnung, daß der Ausgang nicht allzu weit entfernt war. Unsere Gruppe kämpfte sich vorwärts, beseitigte ein Alien nach dem anderen, und allmählich entspannte ich mich etwas.

Damit rechneten auch die Konstrukteure, die an dieser Stelle einen neuen *thrill* eingebaut hatten. Plötzlich heulten Alarmsirenen auf, und überall schlossen sich bis dahin unsichtbare Türen. Die Kämmerin, zwei andere Mitglieder der münsterschen Delegation und ich befanden uns allein in einer Kammer. Die Computerstimme informierte uns, daß ein Leck an der Außenwand des Raumschiffes aufgetreten sei und die automatische Schließung aller Luken bewirkt habe. Was eine Horde von Aliens nicht davon abhielt, uns anzugreifen. Nachdem wir die Biester beseitigt hatten, folgten wir einer Leuchtschrift, die uns den Weg in eine Röhre wies. Hinter ihr erhob sich eine neue Halle, in der die mächtigen Triebwerke des Raumschiffes stampften und zitterten. Daß diese Überlichtgeschwindigkeits-Aggregate schlichten irdischen Wasserdampf ausstießen, war ein Anachronismus, dem ich keine weitere Beachtung schenkte. Ich hatte die Nase voll von der *Aliens Galery* und wollte endlich raus aus dem Weltall und zurück auf die Erde.

In diesem Moment zerbarst etwas über unseren Köpfen.

Natürlich dachte ich, daß auch das wieder ein programmierter Unfall war, doch die Eisenstangen, die kurz darauf neben uns zu Boden prasselten, sahen verdammt echt und massiv aus. Ich drehte mich zu Jutta um. Sie war zu einer Salzsäule erstarrt. Und dann sah ich etwas von der Hallendecke herabfallen.

Hinterher wußte ich selbst nicht mehr, wie ich es geschafft hatte. Als das Ding auf den Boden knallte, genau auf die Stelle, an der Jutta gestanden hatte, lag ich einen Meter entfernt auf ihr.

»Was ...?« sagte sie.

Heißes Wasser tröpfelte auf meinen Kopf. Ich zog sie unter einen Metallkessel.

»Bleib hier liegen!« brüllte ich ihr ins Ohr. Es herrschte immer noch ein unbeschreiblicher Lärm.

Die beiden anderen Münsteraner hatten sich ebenfalls in Sicherheit gebracht. Und es gab ein unbekanntes Lebewesen in unserer Nähe. Kein Alien, sondern ein Mann, der davonlief. Ohne lange nachzudenken, rannte ich hinter ihm her.

Zum Glück befanden wir uns in der Nähe des Ausgangs. Ich ignorierte ein letztes geiferndes Alien und sah noch, wie der Mann durch eine Gummiwand verschwand, die den Weg ins Freie markierte.

Drei Sekunden später blinzelte ich ins Sonnenlicht. Am Fuß der Rampe diskutierten ein paar aufgeregte *Global World*-Mitarbeiter. Der Mann, den ich verfolgt hatte, stand neben ihnen und zeigte zur Halle. Ich konnte ihn jetzt genauer erkennen. Er war etwa einsachtzig groß, hatte dunkles Haar mit schmutziggrauen Strähnen und einen vergilbten Dreitagebart. Eine schmuddelige Jeansjacke verstärkte den Eindruck, daß er die letzte Nacht auf der Müllkippe verbracht hatte.

»Das ist er«, brüllte ich. »Halten Sie den Mann fest!«

Ich wollte mich auf ihn stürzen, doch zwei *Global World*-Männer hielten mich fest.

»Beruhigen Sie sich!« sagte der eine. »Der Herr hat uns informiert, daß da drin ein Unfall passiert ist.«

»Sehr witzig«, schrie ich. »Er hat ihn ja verursacht. Er will die Kämmerin umbringen.«

Funkgeräte knatterten und spuckten Satzfetzen aus.

Der Schmuddeltyp glotzte mich an. »Was reden Sie da für'n Scheiß? Wen soll ich umbringen wollen?«

Steffenhagen tauchte auf, ein Funkgerät ans Ohr gedrückt, mit dem freien Arm rudernd. »Tut mir sehr leid. Wir hatten eine technische Panne. Ein Überdruckventil ist ausgefallen, und der hohe Druck hat zu einem Rohrbruch geführt. Jetzt ist wieder alles unter Kontrolle.«

»Können Sie ausschließen, daß an dem Ventil manipuliert wurde?« herrschte ich ihn an.

»Hundertprozentig. Das Ventil befindet sich fünf Meter über dem Boden und ist nur mit Hilfe von Spezialgeräten zugänglich.«

Die Parodie auf einen Vorstadtganoven und ich starrten uns an.

»Entschuldigen Sie bitte!« knirschte ich.

»Keine Ursache«, grummelte er zurück.

Jutta, kreidebleich und etwas wackelig auf den Beinen, war damit einverstanden, daß wir auf die übrigen Attraktionen verzichteten und uns direkt zum *Global Movie Club* begaben. Er war im Stil von amerikanischen Schnellrestaurants eingerichtet, mit roten Knautschledersitzecken und Kellnerinnen auf Rollschuhen.

Verständlicherweise war ihr der Appetit vergangen. Ich dagegen verspürte ein leichtes Hungergefühl. Und der *Global Burger* mit *French Rice* gehörte tatsächlich zu den besseren seiner Gattung.

Auf der Showbühne vorne im Saal erzählten Schaupieler der Fernsehserie *Verbotener Inzest*, wie sie es geschafft hatten, in dreihundert Folgen nicht miteinander ins Bett zu gehen.

Zwischendurch mußte ich mal aufs Klo. Heiner Kleine-Langen und Axel Feldhaus beendeten abrupt ihr Gespräch, als ich eintrat.

»Hallo, Axel!« sagte ich.

Er bekam rote Flecken am Hals und würgte etwas heraus, das ebenfalls wie Hallo klang.

VIII

Als der Bus vor dem Stadthaus anhielt, wartete bereits ein Polizeiwagen. Die Kämmerin und ich guckten uns an und dachten vermutlich das gleiche: Der Grünen-Killer hat wieder zugeschlagen.

Hatte er allerdings nicht. Wie mir der Polizist versicherte, der mich zum Polizeiwagen führte. Und auf meine Frage, warum gerade ich ihn begleiten sollte, antwortete er: »Auf Veranlassung von Hauptkommissar Stürzenbecher.«

Besonders gesprächig war auch sein Kollege nicht. Ich kam mir vor wie bei einem dieser beliebten Quizspiele, bei denen es darum geht, bestimmte Worte nicht in den Mund zu nehmen, vor allen Dingen nicht das Wort, das der Frager erraten soll.

»Wo fahren wir hin?«

»Nach Kappenstein.«

»Und was machen wir dort?«

»Das werden Sie schon sehen.«

»Hat es vielleicht mit der Mordserie zu tun?«

»Schon möglich.«

»Haben Sie den Täter identifiziert?«

»Das wird Ihnen Herr Stürzenbecher besser beantworten können.«

»Du lieber Himmel«, regte ich mich auf, »ich bin nicht von der Presse. Ich verspreche Ihnen hoch und heilig, daß ich die Informationen vertraulich behandeln und nicht höchstbietend verkaufen werde. Sie können mir also ruhig verraten, was der Zweck unseres Ausfluges ist.«

Der beifahrende Polizist drehte sich zu mir um. »Halten Sie gefälligst die Klappe! Wir sind es doch, die für Leute wie Sie den Kopf hinhalten. Wer weiß, vielleicht hat's einen von unseren Kollegen schon erwischt. Und was ist der Dank? Ein feierliches Begräbnis und ein Orden für die Witwe. So sieht's doch aus.«

»Habe ich vergessen zu sagen, daß ich Ihre Arbeit bewundere? Nein, ich bewundere sie wirklich. Aber meine

Bewunderung würde ins Unermeßliche steigen, wenn Sie mir ein wenig Vertrauen schenken würden.«

»Sag's ihm«, blaffte der fahrende Polizist, »damit er endlich Ruhe gibt.«

»Wie du meinst.« Der Beifahrer schaute zur Seite, wo der KÜ, eine von Münsters Off-Prinzipalmarkt-Sehenswürdigkeiten, über die Ems stelzte. Der KÜ, eigentlich Kanalübergang, weil an dieser Stelle ein toter Seitenarm des Dortmund-Ems-Kanals über den gleichnamigen Fluß geführt wurde, war im Sommer ein Treffpunkt der Freunde der Ganzkörperbräune.

»Die Stadtkämmerin hat einen Drohbrief erhalten.«

»Weiß ich«, sagte ich. »Ich habe ihn selbst bei Stürzenbecher abgeliefert.«

»Den Kollegen von der Kripo ist es gelungen, den Absender ausfindig zu machen. Es handelt sich um einen Anwohner von Kappenstein ...«

»... und Mitglied der Bürgerinitiative *Kein Hollywood in Kappenstein*!«

»Wenn Sie schon alles wissen – warum fragen Sie dann?«

»Ich habe nur laut gedacht.«

»Kurz und gut, der Verdächtige hat sich der Verhaftung widersetzt. Als die Kollegen an der Tür klingelten, hat er einen Schuß abgefeuert. Zum Glück ist niemand verletzt worden.«

»Und jetzt?«

»Jetzt räuchern wir das Schwein aus.«

Das Haus des Verdächtigen lag etwas abseits, soweit man bei Kappenstein von einem Zentrum sprechen konnte. Die Gegend ringsum war großräumig abgesperrt. Ganz Kappenstein hatte sich hinter einem rot-weißen Begrenzungsband versammelt, aufmerksam beobachtet von einem Trupp Bereitschaftspolizisten in Kampfausrüstung. Auch die Medien hatten schon Wind von dem Ereignis bekommen. Ich zählte drei tragbare Kameras und fünf Funktelefone mit dazugehörigem Personal.

Ein quergestellter Streifenwagen auf der Landstraße setzte ein Stück zurück, damit wir durchfahren konnten. Bis auf etwa hundertfünfzig Meter kamen wir an das Haus heran. Es war ein schlichter, zweistöckiger Bau, gemauert aus den zeitlosen roten Ziegeln, die hier überall Verwendung fanden. Hinter dem Haus stand eine wackelige Holzscheune, die anscheinend nicht mehr benutzt wurde. Vor dem Haus erstreckte sich ein kleiner Garten mit Blumen und Gemüse. Jetzt konnte ich auch die Scharfschützen erkennen, die in den Maisfeldern lagen und um die Ecke der Scheune lugten. Eine kleine Wagenburg, bestehend aus zwei Bullis, drei Streifenwagen und mehreren Zivilfahrzeugen, befand sich offensichtlich außerhalb der Schußweite.

»Und wo ist Stürzenbecher?« fragte ich.

Der Fahrer zeigte auf ein Zivilfahrzeug. Stürzenbecher saß entspannt hinter dem Lenkrad, die Fahrertür weit geöffnet. Ich schlenderte hinüber und setzte mich auf den Beifahrerplatz.

Stürzenbecher grinste mich an. »Tolle Show, was? Und das ist nur der Anfang. Lewandowski hat Luft- und Bodentruppen angefordert. Er möchte die Eroberung des Davidianer-Zentrums in Waco-County kopieren.«

»Was ist eigentlich passiert?«

»Wie ich dir prophezeit habe, ist Lewandowski auf den Drohbrief voll angesprungen. Er hat zehn Leute darauf angesetzt, und nach drei Stunden hatten wir den Absender. Für meinen Geschmack war das viel zu einfach.«

Kriminaloberrat Lewandowski kletterte aus einem der Bullis und warf einen Feldherrenblick zum belagerten Haus hinüber.

»Fehler Nummer eins«, fuhr Stürzenbecher fort. »Der Brief wurde in Gelmer eingeworfen. Das lenkte den Verdacht natürlich sofort auf Kappenstein. Die Buchstabenanalyse erbrachte, daß ein Teil der Buchstaben aus dem Bistumsblatt ausgeschnitten worden sind. Davon gibt es in Kappenstein drei Abonnenten. Unser Freund da drüben ist der Ehemann der dritten.«

»Wer ist es?«

»Hermann Leukes, von Beruf Metzger, siebenundvierzig Jahre alt, verheiratet, zwei Kinder.«

»Ist die Familie auch im Haus?«

»Nein. Die Kinder waren noch in der Schule, die Frau beim Einkauf.«

»Hältst du Leukes für den Killer?«

»Nein.« Stürzenbecher schabte sein Nase. »Aber das ist meine Meinung. Lewandowski sieht das ganz anders. Leukes ist vorbestraft. Zwei Schlägereien, eine davon mit schwerer Körperverletzung. Außerdem verprügelt er seine Frau, im letzten Jahr war sie drei Monate im Frauenhaus.«

»Und er hat auf Polizisten geschossen«, ergänzte ich.

»Ja. Allerdings ist fraglich, ob es sich um einen gezielten Schuß gehandelt hat. Leukes ist Jäger. Wenn er einen der Polizisten hätte umbringen wollen, wäre es für ihn leicht möglich gewesen. Nach allem, was wir wissen, ist der Typ ein Choleriker, leicht erregbar, mit Tendenz zu Kurzschlußhandlungen. Als die Polizisten bei ihm auftauchten, hat er durchgedreht und in Panik geschossen.«

»Ich verstehe, was du meinst«, sagte ich. »Der Grünen-Killer arbeitet nach einem ausgetüftelten Plan, er vermeidet jegliches Risiko.«

»Richtig«, bestätigte Stürzenbecher. »Er ist intelligent, eine kranke Intelligenz zwar, aber durchaus zielgerichtet. Leukes ist zu blöd, um die Morde zu begehen. Allein die Nummer mit der Goldfarbe übersteigt seinen Horizont.«

Lewandowski hob ein Megaphon an den Mund. Blechern schepperte es über die Felder und Wiesen: »Dies ist die letzte Warnung. Herr Leukes, ich fordere Sie auf, mit erhobenen Händen herauszukommen. Sie haben keine Chance. Falls Sie der Aufforderung in den nächsten fünf Minuten nicht nachkommen, werden wir das Haus stürmen.«

Dann reichte er das Megaphon an eine zierliche Frau weiter, die im beigen Wintermantel neben ihm stand. »Hermann!« Ihre hohe Stimme kippte. »Mach doch keinen Unsinn! Bitte denk an die Kinder! Wir werden dir ...«, sie schluchzte und mußte von Lewandowski gestützt werden, »... helfen.«

Eine Gardine in der ersten Etage bewegte sich, und kurz war die Silhouette eines Mannes zu erkennen. Aus Stürzenbechers Funkgerät, das vor der Frontscheibe lag, drangen aufgeregte Stimmen.

»Funkdisziplin«, bellte Lewandowski.

»Gruppe eins. Wir haben ihn im Visier.«

»Nicht schießen!« kommandierte Lewandowski. »Es wird nur auf meine Anordnung geschossen.«

»Der Idiot geht nicht ans Telefon«, sagte Stürzenbecher. »Das Beste wäre, ihn eine Nacht schmoren zu lassen. Aber das paßt Lewandowski nicht in den Kram. Er möchte die Erstürmung rechtzeitig vor den Hauptabendnachrichten über die Bühne bringen. Das heißt: so rechtzeitig, daß er auch noch Interviews geben kann.«

Ein drohendes Brummen erfüllte die Luft. Über den Alleebäumen auf der rechten Seite erschien ein Hubschrauber. Langsam näherte er sich Leukes' Haus und schwebte dann ein paar Meter über dem Dach.

Ich steckte mir einen Zigarillo an und öffnete die Wagentür. Die Luft war angenehm mild. In diesem Jahr entschädigte der Herbst für einen verregneten Sommer.

»Ich hoffe, sie erwischen ihn lebend«, meinte Stürzenbecher. »Ich wüßte zu gern, ob er für die Tatzeiten Alibis hat.«

Ein gepanzertes Polizeifahrzeug rollte heran. Das Monstrum stoppte, und der Fahrer kletterte heraus. Wir sahen, wie Lewandowski auf ihn einredete und mit energischen Bewegungen zum Haus deutete.

»Was haben die vor?« fragte ich.

»Was glaubst du wohl?« höhnte Stürzenbecher. »Frontalangriff mit der Brechstange.«

Sechs Polizisten mit Schußwesten und Gasmasken nahmen hinter dem Panzerwagen Aufstellung. Der Fahrer saß bereits wieder hinter dem Lenkrad. Durch das Funkgerät hörten wir Lewandowskis Befehle. Der Wagen ruckte an, verließ im Schrittempo die Straße und walzte durch das Maisfeld, das bis zum Garten der Leukes reichte. In gebückter Haltung folgte der Sechser-Trupp.

Nur noch wenige Meter bis zu dem weißen Gartenzaun. Da wurde plötzlich ein Fenster aufgerissen, und Leukes' Oberkörper erschien gut sichtbar in der Öffnung. In der rechten Hand hielt er ein Gewehr. Wild gestikulierend wollte er den Wagen zum Stoppen bringen. Und tatsächlich hielt das dunkelgrüne Monstrum an.

»Weiterfahren!« kommandierte Lewandowski.

»Scheiße«, sagte Stürzenbecher.

Der Gartenzaun knickte wie ein Strohhalm. Unbeirrt pflügte der Panzerwagen durch die Blumenbeete. Leukes legte das Gewehr an und schoß. Es gab einen singenden Ton, als die Kugel von den Stahlplatten abgelenkt wurde.

»Sieht so aus, als hätte er Angst um seine Blumen«, sagte ich fassungslos.

»Feuer!« schrie Lewandowski.

Gewehre bellten auf, mehrere Fensterscheiben zersprangen, und dicker weißer Rauch quoll aus dem Inneren. Leukes war verschwunden.

Ich guckte Stürzenbecher fragend an.

»Tränengas«, sagte er mit ausdruckslosem Gesicht.

Ein satterer Knall folgte, und weißes Licht explodierte in Leukes' Wohnzimmer.

»Blendgranate«, sagte Stürzenbecher.

Der Hubschrauber berührte jetzt fast das Dach. Zwei schwarzgekleidete Gestalten hangelten heraus und ließen sich bis zur Dachrinne hinuntergleiten. Schräg über ihnen befand sich eine Dachluke. Die beiden Schwarzen waren schwindelfrei und absolute Profis. Blitzschnell hatten sie das Glas eingeschlagen und sich in den Dachstuhl geschlängelt.

»Wo lernt man das?« fragte ich Stürzenbecher.

»Nicht auf der Polizeischule«, gab er zur Antwort. »Das ist so eine Elitetruppe aus Bonn.« Er schüttelte den Kopf. »Fragt sich nur, ob der ganze Zinnober gerechtfertigt ist. Wenn ich das Kommando hätte ...«

»Was wäre dann?«

Stürzenbecher bekam einen schmalen Mund. »Ich bin sicher, ich hätte Leukes abgekocht. Auch ohne dieses Weltkriegs-Szenario.«

»Wieso sitzt du überhaupt in aller Seelenruhe hier herum, während sich deine Kollegen abrackern?«

Er grunzte. »Ich hatte eine kleine Auseinandersetzung mit meinem Chef. Ich war der Auffassung, daß wir die Artillerie zu Hause lassen sollten. Daraufhin hat er mir nahegelegt, mich aus den Entscheidungsstrukturen herauszuhalten.« Das Lenkrad erhielt einen Klatsch. »Ich verstehe auch, warum. Er wollte einen kostenlosen Werbefilm: *Die deutsche Polizei unter Führung von Oberrat Lewandowski greift durch.* Dabei ist Leukes im Grunde ein Weichei. Einer, der sich an Frauen und Schwächeren vergreift. Wenn man ihm gut zugeredet hätte, wäre er nach ein paar Stunden heulend herausgekommen. Jetzt schau dir das an!«

Stürzenbecher zeigte auf den Panzerwagen, der inzwischen das Haus erreicht hatte. Die sechs Polizisten sprangen hinter dem Wagen hervor und drückten sich an die Hauswand. Einer legte vor der Haustür einen Gegenstand ab und rannte zu den anderen zurück. Gleich darauf gab es eine Explosion, die Haustür flog aus den Angeln.

»Vor lauter Angst erschießt der sich noch selbst«, murmelte Stürzenbecher.

Der Krach hatte sich noch nicht gelegt, da stürzten die Polizisten ins Haus.

Wir warteten. Eine Minute. Aus dem Funkgerät kam nur leises Knistern. Zwei Minuten.

Schließlich meldete sich eine rauchige Terminator-Stimme: »Einsatz erfolgreich beendet. Zielperson überwältigt.«

»Verletzte?« fragte Lewandowski.

»Keine Verluste. Zielperson steht unter Schock.«

»Na großartig«, sagte Stürzenbecher.

Stürzenbecher stieg aus dem Bulli. Vor einer halben Stunde war Leukes hineingebracht worden, und der Hauptkommissar hatte sich aufgemacht, um Näheres zu erfahren.

Schwer atmend ließ er sich auf den Fahrersitz fallen.

»Und?« fragte ich.

»Leukes gibt zu, den Brief geklebt zu haben. Die Morde streitet er ab. Für zwei der drei Tatzeiten hat er ein Alibi, wenn auch ein schwaches, nämlich seine Frau.«

»Was sagt Lewandowski dazu?«

»Die offizielle Sprachregelung lautet, daß wir einen Etappensieg errungen haben. Was im Klartext bedeutet, daß es hätte schlimmer kommen können.« Er startete den Motor. »Ich fahr dich nach Münster.«

Eine Zeitlang sagte keiner ein Wort. Dann räusperte sich

Stürzenbecher. »Du hattest natürlich recht, was die goldenen Finger betrifft. Sie deuten auf Korruption hin. Ich habe mir von Lewandowski die Erlaubnis geholt, nach Verbindungen zwischen dem *Global Artists*-Konzern und den ermordeten Kommunalpolitikern zu suchen. Bis jetzt hat er alles abgewiegelt, was in diese Richtung ging, aber nach dem heutigen Fehlschlag bleibt ihm nichts anderes übrig.«

Mir fiel der Unfall in der Essener *Global World* ein, und ich erzählte Stürzenbecher davon. Als ich den Mann beschrieb, den ich verfolgt hatte, wurde er plötzlich ganz aufgeregt.

»Sag das noch mal!«

Ich wiederholte die Personenbeschreibung.

»Verdammt, den Typen habe ich gesehen. Er war auf der Kappensteiner Versammlung. Das kann kein Zufall sein. Und Steffenhagen hat ihn in Schutz genommen?«

»So kam es mir vor.«

»Ich glaube, ich werde diesen feinen Manager mal unter die Lupe nehmen.«

IX

Jutta stand am Fenster und schaute auf die Promenadenbäume oder auf das, was in der Dunkelheit von ihnen zu sehen war.

»Ich muß dir etwas erzählen.«

Ich knallte das Apfelsaftglas auf den Tisch.

Sie drehte sich um und machte ein überraschtes Gesicht. »Bist du sauer?«

»Ja. Ich hasse es.«

»Was haßt du?«

»Du bist nicht die erste und wirst wahrscheinlich auch nicht die letzte sein. Glaubst du, du kannst irgendwelche Spielchen mit mir spielen? Du hast mich engagiert, um dein Leben zu beschützen. Okay. Drehen wir den Spieß um, dann heißt das, daß du durch Informationen, die du mir vorenthältst, auch mein Leben gefährdest. Und ich habe keine Lust, für eine Klientin, egal ob Stadtkämmerin oder nicht, ins Gras zu beißen.«

»Du hast doch keine Ahnung, was ich sagen will.« Ihre Stimme klang schuldbewußt.

»Es hat mit der Mordserie zu tun. Richtig?«

»Ich weiß es nicht.« Sie flüsterte fast. »Ich hoffe, daß es nicht so ist.« Sie kam zum Sofa und setzte sich neben mich. Ihre Hand zitterte, als sie das Weinglas abstellte. »Georg, bitte hör dir die Geschichte bis zum Ende an! Dann wirst du verstehen, warum ich so lange mit mir gekämpft habe. Die Sache bringt mich in Teufelsküche, so oder so.«

»Erzähl!« forderte ich sie auf.

»Ich habe noch nicht erwähnt, daß ich in Münster studiert habe. Es war Mitte der siebziger Jahre, die Hochphase der K-Gruppen. Auch ich bin in einer solchen Gruppe gelandet. Sie hieß KPD/ML/O.«

Ich runzelte die Stirn. »KPD/ML/O? KPD/ML verstehe ich ja noch. Das heißt Kommunistische Partei Deutschlands Marxisten-Leninisten. Aber was bedeutet das O?«

»Opposition. Wir haben uns von der KPD/ML abgespalten, weil wir in einigen Fragen, die die chinesische Innenpolitik betrafen, nicht mit der Mehrheitsmeinung unserer Partei, das heißt der Linie des Politbüros, einverstanden waren. Also haben wir unsere eigene Partei gegründet. Sie bestand in der ganzen Bundesrepublik nur aus wenigen hundert Mitgliedern.« Sie lächelte verhalten. »Von heute aus gesehen wirken die damaligen Diskussionen absurd und weltfremd. Wir konnten stundenlang darüber debattieren, ob Enver Hoxha, der Führer der albanischen Kommunistischen Partei, der größte lebende Marxist-Leninist war oder nicht. Aber davon, was unsere Nachbarn bewegte, die eine Etage unter uns wohnten, hatten wir keine Ahnung. Sie waren kleinbürgerliche Spießer, und damit hatte es sich. Überhaupt bestand die Welt zum größten Teil aus Feinden. In erster Linie die anderen K-Gruppen, die wir bekämpften oder mit denen wir Zweckbündnisse schlossen, um den Spartakus oder die Jusos auszuschalten. Denn natürlich hielten wir uns, wie alle anderen auch, für die einzig wahre Avantgarde der Arbeiterklasse. Wir mußten die Arbeiterklasse und die Studenten nur noch davon überzeugen. Wir lebten für die Partei und in der Partei. Die Partei regelte alles, vom Tagesablauf bis zu der Frage, ob eine Genossin ein Kind kriegen durfte oder nicht. Von frühmorgens bis spätabends waren wir im Dienst der Partei unterwegs. Jeden Tag gab es Sitzungen, in denen die Parteidirektiven besprochen wurden, wir haben Flugblätter geschrieben und verteilt, Stände aufgebaut, Parteizeitungen verkauft, Studenten in den Hörsälen und Arbeiter vor den Fabriktoren agitiert. Ich hatte ein dickes Notizbuch, in dem jeden Tag mindestens zehn Termine standen. Falls es weniger waren, wurde ich von meinen Genossen wegen mangelndem Arbeitseinsatz kritisiert. Privatleben gab es überhaupt nicht. Ein Kinobesuch oder ein Abend in einer Kneipe galten als bourgeois. Wenn man sich mal mit einer alten Freundin traf, die nicht zur Partei gehörte, mußte man es heimlich tun. Die Selbstverleugnung ging so weit, daß wir die Jeans, die wir früher geliebt hatten, als Produkt des US-Imperialismus verpönten. Die Männer trugen graue Flanellhosen und die Frauen Röcke. Wir waren selbst die größten Spießer geworden und merkten es nicht einmal.« Sie schüttelte den Kopf über ihre eigene Dummheit. »Am allerschlimmsten waren die Reisekader, Berufsfunktionäre der Partei, die mit einem schwarzen Aktenköfferchen anreisten und den Ortsgruppen die neuesten Richtlinien des Politbüros verklickerten. Sie benahmen sich wie Chefs, ließen sich Bericht erstatten und machten jeden herunter, der es wagte, eine abweichende Meinung zu äußern. Kritik und Selbstkritik hieß diese Art des Mobbings.« Sie holte tief Luft. »Du hast doch auch in dieser Zeit studiert.«

»Ja.« Ich erinnerte mich an die verhärmten K-Gruppler, die durch die Seminare schwärmten und von der Weltrevolution faselten. »Ich war in einer Basisgruppe. Sie hieß FROST, die Abkürzung für Fachschaftsrat oberschlauer Studenten. Wir bezogen uns auf die antiautoritäre Seite der Studentenbewegung. Konkret hieß das, daß wir meist bis mittags im Bett lagen, am Nachmittag mal in der Uni vorbeischauten und den Abend und die frühen Morgenstunden in der *Kronenburg*, der ersten und einzig wahren münsterschen Sponti-Kneipe, verbrachten. Für Parteisoldaten von deinem Schlage stellten wir natürlich ein rotes Tuch dar.

Der KBW, der KSV und wie sie alle hießen drohten uns für den Fall einer von ihnen siegreich beendeten Revolution die härtesten Konsequenzen an. Ich glaube, Umerziehung im Arbeitslager war noch die gnädigste Lösung.«

Jutta lachte. »Zum Glück hat die Revolution noch ein bißchen auf sich warten lassen.« Sie wurde wieder ernst. »Wir lebten wirklich in einer Scheinwelt. Wir waren, zumindest am Anfang, tatsächlich davon überzeugt, daß wir in einigen Jahren die Macht übernehmen würden. Später ersetzte die Parteidisziplin das eigene Denken. Niemand wagte, Zweifel an dem zu äußern, was wir taten, denn das hätte bedeutet, daß die anderen ihn fertig machen würden. Die Kontrolle war nahezu perfekt. Fast alle sozialen Kontakte zu Menschen außerhalb der Partei hatten wir abgebrochen. Zu den Eltern sowieso, die waren ja Mitglieder der Ausbeuterklasse, aber auch zu den alten Freunden, die nicht mehr verstanden, was wir da machten. So blieben nur noch die Parteigenossen. Ich denke, in gewisser Weise ähnelte unser damaliges Leben den Strukturen einer Sekte. Je länger man dabei war, desto schwieriger wurde der Ausstieg. Mit wem sollte man darüber reden? Zu wem konnte man gehen?«

Sie nahm einen tiefen Schluck aus dem Weinglas. »Ich lebte damals in einer Wohngemeinschaft zusammen mit drei anderen Genossen, einer Frau und zwei Männern. Beziehungsmäßig lief nichts zwischen uns, trotzdem wußten wir jederzeit, was die anderen machten. Hätte einer von uns angekündigt, daß er aus der Partei austreten wollte, wäre das schlimmer gewesen als eine Ehescheidung. Manche zerbrachen an dem Druck. Sie begingen Selbstmord oder verschwanden plötzlich mitten in der Nacht. Flohen regelrecht in eine andere Stadt, nur mit ein paar Habseligkeiten, die sie in eine Tasche gepackt hatten. Denn allmählich mußte jedem von uns klar werden, daß es in der Bundesrepublik keine revolutionäre Situation gab. Die Begeisterung, mit der wir am Anfang die Studenten auf Teach-ins oder Vollversammlungen mitgerissen hatten, war verflogen. Es war nicht zu übersehen, daß die Studenten unsere Flugblätter nicht mehr lasen, uns nicht mehr zuhörten. Die Arbeiter fingen an, uns zu beschimpfen. So entwickelte sich ein schizophrener Zustand. Unsere Partei wurde immer bedeutungsloser, und die Parteileitung feierte einen Erfolg nach dem anderen. Wenn wir bei einer Studentenparlamentswahl zwanzig Stimmen mehr als der KSV bekamen, war das ein Erfolg. Wenn wir in einem Monat fünf Zeitungen mehr verkauften als im Vormonat, war das ein Erfolg. Das Politbüro, die Leute an der Spitze beschäftigten sich nur noch damit, die Partei am Leben zu erhalten. In gestanzten, trokkenen Erklärungen gaukelten sie uns eine Welt vor, die es nicht gab. Vielleicht täuschten sie sich auch selbst. Sie zogen ihr Selbstbewußtsein schließlich daraus, Berufsrevolutionäre zu sein. Und außerdem hatte sich ein gewisses Vermögen angesammelt. Wir zahlten hohe Mitgliedsbeiträge, und etliche Genossen, die aus reichen Elternhäusern stammten, spendeten beträchtliche Summen. So ist ja auch der KBW zu einem Hochhaus in der Frankfurter Innenstadt gekommen.«

Auch daran erinnerte ich mich düster. Mehr jedoch interessierte mich, wann sie endlich zum Clou ihrer Geschichte kommen wollte.

»Nun warte doch ab!« vertröstete mich Jutta. »Du mußt wissen, wie wir gelebt haben, damit du verstehst, was dann passiert ist.«

Also übte ich mich weiter in Geduld.

»Wir einfachen Mitglieder«, fuhr sie fort, »entwickelten eine Art Doppelmoral. Wir standen weiter um fünf Uhr morgens auf und stellten uns vor die Fabriktore, aber wir wußten genau, daß es sinnloser Aktionismus war. Ich perfektionierte die Methode, Aktivität vorzutäuschen. So schaffte ich es, wenn einer meiner Mitbewohner an meine Tür klopfte, innerhalb von drei Sekunden aus dem Bett zu springen und mit dem Kugelschreiber in der Hand am Schreibtisch zu sitzen. Das war bereits die Endphase der Partei, etwa ein Jahr vor ihrer Auflösung.« Sie schaute mich mit ihren durchdringenden grauen Augen an. »In der Zeit geschah das, was vielleicht, vielleicht auch nicht mit den heutigen Ereignissen zusammenhängt.«

Ich setzte mich aufrechter hin.

»Ein Mitglied unserer Gruppe, er hieß Rainer, war schwerkrank. Er hatte seine Krankheit die ganze Zeit vor uns verheimlicht. Erst als er im Sterben lag, erfuhren wir davon. Genauso wenig wußten wir, daß er über ein beachtliches Vermögen verfügte. Er hatte zwar erzählt, daß seine Eltern begütert waren, aber nicht, daß sie ihm bereits einen Teil des Erbes, darunter ein Wohnhaus, überschrieben hatten. Rainer war ein einsamer, schüchterner Mensch, der niemanden an sich heranließ. Wen sollte er als Erben einsetzen – außer der Partei? Und so stand es in seinem Testament. Allerdings stellte sich bei der Testamentseröffnung heraus, daß auch Rainer – womit wir nie gerechnet hatten – mißtrauisch geworden war. Nicht die Partei als juristische Person sollte sein Vermögen bekommen, sondern die Mitglieder der münsterschen Ortsgruppe, die er namentlich aufführte. In den weiteren Bestimmungen hieß es sogar, daß wir das Erbe nicht an die Partei weiterreichen dürften, sondern mindestens zwei Jahre lang gemeinschaftlich verwalten müßten. Als das Politbüro von der Geschichte erfuhr, schickte es sofort eine Delegation nach Münster. Die Genossen Führungskader tobten, doch es blieb ihnen nichts anderes übrig, als die Testamentsbestimmungen zu akzeptieren. Da wir noch alle an die gemeinsame Sache glaubten, oder es zumindest vorgaben, einigten wir uns auf einen Kompromiß: Wir kauften mit Rainers Geld eine Druckerei, in der wir die Flugblätter und Schriften der Partei zum Selbstkostenpreis druckten. Nun«, Jutta lehnte sich zurück und schloß die Augen, »ein gutes Jahr später war die Partei am Ende. Der Generalsekretär und einige seiner Vertrauten rissen sich den größen Teil des Parteivermögens unter den Nagel. Und wir waren auf einmal ein knappes Dutzend Individuen, das eine Druckerei besaß. Nachdem der erste Schock abgeklungen war und wir begriffen hatten, daß für uns ein neuer Lebensabschnitt begann, setzten wir uns zusammen und überlegten. Schnell war klar, daß die meisten von uns auf Dauer keine Druckereibesitzer bleiben wollten. Wir beschlossen, sie zu verkaufen. Doch was sollte mit dem Geld geschehen? Darüber gab es einen heftigen Streit. Die Mehrheit meinte, daß das Geld unter den Gruppenmitgliedern aufgeteilt werden sollte. Eine Minderheit vertrat die Auffassung, daß Rainer sein Geld nicht den Personen, sondern einem gesellschaftlichen Zweck überschrieben habe. Da es die Partei nicht mehr gebe, müsse es *amnesty international* oder einem anderen gemeinnützigen Verein gespendet werden. Wir konnten uns nicht einigen, die Fronten verhärteten sich, unsere letzten gemeinsamen Treffen arteten in wüste Beschimpfungen aus. Als die zwei, im Testament festgeschriebenen Jahre um waren, verkaufte die Mehrheitsfraktion die Druckerei und teilte das Geld unter sich auf. Die Minderheitsfraktion ging leer aus. Ich gebe zu, das war ungerecht und gemein. Aber, verstehst du, nach all den Jahren der Selbstlosigkeit, in der die Partei alles und der einzelne nichts war, schlug das Pendel in die umgekehrte Richtung aus. Wir hatten Angst vor der Zukunft und davor, auf eigenen Beinen zu stehen. Da glaubten wir, uns für die verlorene Zeit, die wir einem mittlerweile nebulös gewordenen Ziel geopfert hatten, entschädigen zu dürfen.«

»Mit anderen Worten: Du gehörtest zur Mehrheitsfraktion«, kombinierte ich.

»Richtig.« Sie betrachtete ihr Weinglas. »Und außer mir noch Berthold Dietzelbach, Martin Hennekamp und Dirk Holthausen.«

Ich schluckte. »Aber ...«

Ihre Unterlippe zitterte. »Jetzt willst du wissen, warum ich mit der Geschichte nicht zur Polizei gehe. Ganz einfach: Der Wortführer der Minderheitsfraktion hieß Heiner Kleine-Langen.« Sie drehte den Kopf zu mir. In ihren Augen schimmerte es feucht. »Begreifst du, in welchem Dilemma ich mich befinde? Ich habe nicht den klitzekleinsten Beweis, daß Heiner hinter den Morden steckt. Man wird sagen, daß ich einen Parteifreund denunziere, zumal einen innerparteilichen Widersacher. Falls sich herausstellt, daß Heiner unschuldig ist, bin ich bei den Grünen erledigt. Außerdem werden die Medien die alte Geschichte genüßlich auswalzen. Dann kann ich auch noch meinen Hut als Kämmerin nehmen. Das ist so verdammt beschissen.« Sie schluckte. »Entweder der Mörder bringt mich um, oder meine Existenz ist vernichtet.«

Ich nahm sie in den Arm und drückte sie an mich. »Du darfst nicht verzweifeln. Wir werden einen Ausweg finden.« Tatsächlich sah ich nicht die Spur eines Ausweges.

»Wie denn?« jammerte sie. »Ich hatte das alles längst vergessen. Es liegt ja fast zwanzig Jahre zurück. Als Berthold ermordet wurde, habe ich keinen Gedanken daran verschwendet. Als dann jedoch Martin das nächste Opfer war, bekam ich plötzlich einen Schreck. Aber noch immer hoffte ich, daß es sich um einen Zufall handeln würde. Allerdings jetzt, nachdem auch noch Dirk ...«

»Hast du mit anderen aus deiner damaligen Gruppe darüber gesprochen?«

»Nur mit Conny.«

»Mit Conny?« Mein Puls schlug schneller.

»Ja. Sie gehörte ebenfalls zur Mehrheitsfraktion.«

»Wer noch?« fragte ich heiser.

»Die anderen wirst du nicht kennen. Jens Heinrich ist nach Australien ausgewandert, und Ulf Meier hat ein neues Studium angefangen, Grafik und Design. Er wollte mit dem Geld eine Werbeagentur gründen. Von beiden habe ich seit einer Ewigkeit nichts mehr gehört.«

»Was hat Conny gesagt?«

»Wir haben vereinbart, Stillschweigen zu bewahren.«

»Na toll«, motzte ich.

Jutta rückte ein Stück von mir weg. »Was erwartest du? Daß wir uns outen? Wem soll das nützen?«

»Und wem soll es nützen, wenn ihr ermordet werdet? Nicht nur du, auch Conny ist in Gefahr. Willst du darauf hoffen, daß der Mörder ein Macho ist, der sich nicht an Frauen vergreift?«

Unmut stieg in mir hoch. »Die ganze Kappenstein-Geschichte war nur ein Vorwand, um mich zu ködern. In Wirklichkeit hast du nie daran geglaubt, daß ein Zusammenhang zwischen den Morden und dem Kappenstein-Projekt besteht.«

»Auszuschließen ist es nicht«, verteidigte sie sich.

»Dieser schwachsinnige Drohbriefschreiber kommt für mich als Täter nicht in die engere Wahl. Abgesehen von den goldenen Fingern ...« Ich biß mir auf die Lippe.

»Goldene was?« schnappte sie.

»Vergiß es!«

Sie packte meine Schulter. »Was meinst du mit goldenen Fingern?«

»Behalt es bitte für dich! Ich habe Stürzenbecher geschworen, daß ich es niemandem verrate. Der Täter hat allen Opfern die Finger der rechten Hand mit Gold eingefärbt. Deshalb ist die Polizei auch sicher, daß hinter den Morden ein politisches Motiv steckt.«

Jutta wurde bleich. »Wir haben Geld genommen, das uns nicht gehörte«, flüsterte sie.

Ich nickte. »Es sieht ganz so aus, als sei deine KPD/ML/O der Schlüssel zu den Verbrechen.«

Wir schwiegen.

Dann nahm ich den Faden wieder auf: »Du hast gesagt, es gab mehrere, die gegen die Selbstbereicherung gestimmt haben. Heiner Kleine-Langen ist also nicht der einzige Verdächtige. Was ist aus den anderen geworden?«

»Daran habe ich auch schon gedacht«, sagte Jutta. »Es waren zwei. Katja Imhoff und Lars Merten. Zu beiden habe ich direkt nach dem Verkauf der Druckerei den Kontakt verloren. Katja hat Psychologie studiert. Ich nehme an, sie arbeitet als Therapeutin. Lars war recht merkwürdig.«

»Inwiefern?«

»Es fing schon vorher an, etwa ein halbes Jahr, bevor es zum Krach kam. Er hatte Konzentrationsschwierigkeiten, konnte sich manchmal nicht mehr erinnern, worüber wir fünf Minuten zuvor geredet hatten. Ich dachte, daß es vielleicht ein psychisches Problem sein könnte, daß ihn die ganze Situation überforderte. Er wollte davon nichts wissen und lehnte es ab, zu einem Arzt zu gehen. ›Ich bin ein bißchen vergeßlich‹, sagte er, und damit war die Sache für ihn erledigt. Aber er vertraute Heiner voll und ganz, und deshalb war es für ihn keine Frage, auf wessen Seite er sich bei der entscheidenden Diskussion stellte.«

»Hmmm«, machte ich.

Jutta lächelte. »Der Meisterdetektiv denkt.«

»Ich halte es für das beste, wenn wir Stürzenbecher einweihen.«

»Auf keinen Fall. Dein Stürzenbecher mag ja ein integerer Mensch sein. Doch sobald die alte Geschichte in den Akten auftaucht, sickert etwas durch. Bei einer so großen Behörde gibt es immer Löcher.«

Ich dachte daran, wie Lewandowski reagieren würde. Vermutlich im Sinne von Juttas schlimmsten Befürchtungen.

»Und was stellst du dir vor? Soll ich den Mörder finden, ihn erschießen und im Wald vergraben, damit Gras über die Sache wächst?«

Sie nahm meine Hand und drückte sie an ihren Mund. »Dir wird schon etwas einfallen.«

Mir fiel überhaupt nichts ein.

Sie küßte meine Finger. »Ich mag dich, Georg.«

Mit einem Griff hatte sie die Haarspange entfernt, das lange graue Haar fiel ihr auf die Schultern. Dann rutschte sie in meine Ecke des Sofas und lehnte ihren Kopf gegen meine Schulter.

»Was ist das? Ein Bestechungsversuch?«

»Nein. Eine spontane Eingebung.«

Ich spürte ihren Mund an meiner Wange. Mehrere Gedanken schossen mir gleichzeitig durch den Kopf. Daß sie verheiratet war. Daß Gefühle den Fall nur komplizieren würden. Daß wir wider alle Vernunft handelten.

Ihr Mund hatte meinen gefunden, ihre Zunge spielte zwischen meinen Zähnen. Ich fühlte, wie meine Gier wuchs. Monate unfreiwilliger Askese forderten ihren Tribut. Ich war ausgehungert und lechzte nach Berührung, nach feuchter Haut, nach trivialem Sex.

Ich streichelte ihr Gesicht, die Wangenknochen entlang bis zu dem vorspringenden Kinn. Dann zog ich ihre Bluse aus der Hose, meine Hand glitt über ihren Körper. Ihre Haut fühlte sich warm und samten an. Jutta nestelte an meinem Hemd.

»Laß uns wenigstens die Vorhänge zuziehen!« flüsterte ich.

Sie kicherte.

Wir fielen wortlos übereinander her. Es hatte nichts mit Verliebtheit und großen Gefühlen zu tun. Unsere Körper brauchten keine zusätzliche Stimulation. Ich nahm sie von vorn und von hinten. Sie schrie, ich keuchte.

Schweißnaß und atemlos lagen wir nebeneinander. Noch

immer sprach keiner von uns. Wir wollten nicht aufhören. Ein einziger ausgesprochener Gedanke hätte die Atmosphäre zerstört, uns in eine Realtiät zurückgeführt, in der es von Koventionen, Regeln und Mördern wimmelte. Wir beide wußten es. Es war ein Bann, den wir nicht brechen durften.

Wir waren nicht mehr jung und nicht besonders schön. Es gab nichts, das uns ablenkte. Wir genossen einfach, was wir taten. Unsere Münder suchten ohne Scham den Körper des anderen, leckten und saugten. Jutta setzte sich auf mich, ich packte ihre Brüste, während sie sich auf und ab bewegte.

Wir rutschten in eine Zeitspalte, in eine Auszeit von der Welt. Eine Stunde oder länger existierte nichts außer uns. Und dann war es vorbei. Wie bei einem Tiefseetaucher, der an die Meeresoberfläche zurückkehrt, sickerten die Gedanken in unser Bewußtsein.

»Ich weiß, was du sagen willst«, sagte Jutta.

»Ich wollte nichts sagen.«

Sie legte sich auf den Rücken. »Kannst du dir vorstellen, daß ich drei Jahre lang, während meiner aktivsten Zeit in der KPD/ML/O, keinen Sex hatte? Ich habe ihn nicht einmal vermißt.«

»Aber du hast es nicht verlernt.«

Sie lachte. »Eigentlich bin ich erst später auf den Geschmack gekommen. Vorher war ich ein schüchternes, verklemmtes Mädchen. Ich fand mich häßlich. In der Schule haben sie Bohnenstange zu mir gesagt. Ich mochte meinen großen, knochigen Körper nicht, die riesige Nase und das lange Kinn.«

»Du bist schön«, sagte ich.

»Ich habe meinen Körper akzeptiert. Und auf einmal fanden ihn auch Männer interessant. Es lag an meinem erwachten Selbstbewußtsein, glaube ich.«

»Schönheit ist zu achtzig Prozent eine Frage der Ausstrahlung.«

»Findest du?«

»Sicher.« Ich stützte den Kopf auf und fuhr mit dem Finger über ihre Brust.

»Wir reden die ganze Zeit über mich. Von dir weiß ich fast nichts.«

»Da gibt es nicht viel zu erzählen.«

»Hast du Kinder?«

»Ein Mädchen. Ich bin verheiratet und lebe von meiner Frau getrennt«, nahm ich ihre nächsten Fragen vorweg.

»Ich hatte nie Zeit für Kinder. Die Arbeit ging immer vor. Mutter und Karriere, das paßt nicht zusammen. Männer haben es da einfacher.«

»Nicht alle«, widersprach ich. »Ich bin ein Mann und habe keine Karriere gemacht.«

»Weil du es nicht wolltest.«

»Ich glaube, weil ich zu faul bin. Sage ich in ehrlichen Momenten. Ansonsten behaupte ich, daß ich mich nicht anpassen kann.«

Sie kuschelte sich an mich. »Im nachhinein kann ich nicht verstehen, warum ich es so lange in der KPD/ML/O ausgehalten habe. Es war eine gigantische Zeitverschwendung. Aber eines habe ich gelernt: hart und diszipliniert zu arbeiten. Das hat mir später immer geholfen.«

Nun wußte ich wenigstens, daß ich es meinem Spontidasein an der Uni zu verdanken hatte, daß ich nur ein unbedeutender Privatdetektiv geworden war.

Sie streichelte mich. »Du hast eine sehr trockene Haut.«

»Ich habe Neurodermitis.«

»Ach. Seit wann?«

»Seit meiner Geburt.«

»Ist das unangenehm?«

»Nur wenn es juckt.«

Es wurde kühler.

»Gehen wir ins Schlafzimmer?« schlug Jutta vor.

»Wenn du nichts dagegen hast, schlafe ich lieber hier auf dem Sofa.«

»Warum?«

»Männer und Frauen passen nicht zusammen in ein Bett.«

»Was für ein Quatsch.«

»Ich schnarche.«

»Das ist ein Argument.«

Außerdem mußte ich mich noch kratzen und einschmieren. Und auch das erledigte ich lieber allein.

X

Kaffeeduft weckte mich. Ich zog mich an und suchte die Quelle. In der Küche traf ich auf Jutta, die bereits ihre Arbeitskleidung trug, ein perlgraues Tweed-Kostüm. Vor sich hatte sie eine Schale mit Müsli aufgebaut, rechts davon stand eine Tasse Kaffee, links lag die aktuelle Ausgabe der *Münsterschen Nachrichten*.

Ich küßte sie in den Nacken und bemerkte den braunen Haaransatz unter ihren grauen Haaren.

»Hey, du bist ja gar nicht so grauhaarig, wie du vorgibst.«

»An einigen Stellen schon. Ich muß die Haare mal wieder nachfärben lassen.«

Bis dahin hatte ich nur Frauen gekannt, die ihre grauen Haare ausrupften oder umfärbten.

»Grau wirkt interessant«, klärte mich Jutta auf. »Es verschafft mir Respekt. Vor allem die Männer, mit denen ich dienstlich zu tun habe, kriegen so einen ehrfurchtsvollen Blick. Willst du ein Müsli?«

»Nein, danke. Ich glaube, ich begnüge mich vorläufig mit Kaffee.«

Ich zog eine Tasse Kaffee aus der Kaffeemaschine und schnappte mir den Sportteil der *Nachrichten*. Lothar Matthäus beschwerte sich darüber, daß er noch nicht zum Ehrenspielführer der deutschen Nationalmannschaft ernannt worden war.

Nach zehn Minuten drängte Jutta zum Aufbruch. Auch auf der Fahrt zum Stadthaus verloren wir kein Wort über die Ereignisse des gestrigen Abends. Inzwischen begriff ich, daß das eine besondere Eigenschaft von ihr war: Sie konnte bruchlos von einer Rolle in die andere wechseln. Und sie schien sich in allen Rollen gleich wohl zu fühlen.

Als wir durch den Flur des Stadthauses schritten, sah ich jenseits der Glasfront Axel Feldhaus, der mit hektischen Schritten den Rathausinnenhof überquerte. Plötzlich fiel mir wieder ein, was ich Jutta die ganze Zeit hatte fragen wollen.

»Sag mal, welche Beziehung besteht eigentlich zwischen

Axel Feldhaus und Heiner Kleine-Langen?«

Sie guckte mich erstaunt an. »Zwischen Axel und Heiner? Keine.«

Ich erzählte ihr, wie ich die beiden in der Herrentoilette der *Global World* beim vertraulichen Gespräch erwischt hatte.

Sie fand dafür keine Erklärung.

Conny öffnete nach dem ersten Klingeln.

»Du bist unvorsichtig«, begrüßte ich sie mit einem Kuß auf die Wange.

»Ich habe gesehen, wie du auf der anderen Straßenseite geparkt hast.«

Mir fiel auf, daß das Kindergeschrei fehlte.

»Dominik ist in der Kindergruppe, und Jana schläft im Moment. Ich hoffe, das bleibt noch eine halbe Stunde so.«

Sie führte mich in die Küche, und ich trank den zweiten Kaffee dieses Morgens. Sehnsüchtig starrte ich zum Kühlschrank.

»Hast du Hunger?«

Mein Magen antwortete mit einem Grummeln.

Conny holte Brot, Margarine und Aufschnitt heraus, und ich schmierte mir zwei Butterbrote, die ich dick mit Käse belegte.

Nach dem ersten Brot fühlte ich mich wohler. »Jutta hat mir alles erzählt.«

»Du sagst Jutta zu ihr? Seid ihr euch schon so nahe gekommen?«

Der eifersüchtige Unterton war nicht zu überhören.

»Schlaft ihr auch miteinander?«

»Conny, ich bitte dich!«

Sie schwieg beleidigt. Ich nahm das zweite Brot in Angriff und startete einen Ablenkungsversuch: »Schmeckt köstlich. Ist das Brot vom Biobäcker?«

»Es heißt AOK-Brot.«

»Gibt es auch ein Barmer-Ersatzkassen-Brot?«

Ihre Gesichtsmuskeln lockerten sich ein wenig. »Sie hat dir also alles erzählt, wie? Und mich hat sie zum Schweigen verdonnert. Das ist typisch Jutta. Erst stellt sie Regeln auf, dann verkündet sie mit der größten Selbstverständlichkeit das Gegenteil. Ich hätte es mir denken können. Sie war schon damals so.«

»Bei KPD/ML/O?«

»Was glaubst du, wer auf die Idee gekommen ist, das Geld unter möglichst wenigen aufzuteilen?«

Es war eine rhetorische Frage.

»Jutta war die linientreueste Genossin«, höhnte Conny, »und hinterher war sie der größte Raffzahn. Natürlich möchte sie heute den Deckel drauf halten. Die alte Geschichte wäre eine häßlicher Fleck auf der makellosen Bluse der Stadtkämmerin. Mehr als alles andere fürchtet sie einen Karriereknick.«

»Du hast auch davon profitiert«, erinnerte ich sie.

»Das Geld liegt auf einem eigenen Konto. Ich habe nur einmal etwas abgehoben – als Dieter, mein Mann, arbeitslos war. Ich wollte nicht, daß die Kinder darunter litten. Ansonsten habe ich keinen Pfennig davon angerührt. Du kannst mich für bescheuert halten, aber ich hatte Gewissensbisse.«

»Das verstehe ich nicht. Wenn du dagegen warst, das Geld zu privatisieren, hättest du dich doch der Minderheitsfraktion anschließen können.«

»Damals, in der KPD/ML/O, war ich ein graues Mäuschen und Jutta mein großes Vorbild. Ich bin ihr blindlings gefolgt. Erst später setzte das eigene Denken ein. Ich habe den Dreien sogar angeboten, meinen Anteil mit ihnen zu teilen, aber sie haben abgelehnt.«

Ich mußte die Frage stellen. »Hältst du es für möglich, daß einer von ihnen der Mörder ist?«

Sie wich meinem Blick aus. »Darüber habe ich mir in den letzten Tagen den Kopf zermartert. Menschen können sich verändern. Es sind fast zwanzig Jahre vergangen, seit jener Zeit.«

»Conny!« Ich wartete, bis sie mich anschaute. Ihre Augen hatten sich mit Tränen gefüllt. »Wer ist dein Kandidat?«

»Ich weiß es nicht.« Sie schniefte. »Mit Katja und Lars habe ich seit einer Ewigkeit nicht mehr gesprochen. Und Heiner traue ich es nicht zu.«

Aus den hinteren Räumen der Wohnung kam ein Wimmern, das sich zu einem Heulton steigerte.

»Entschuldige, Georg, ich muß mich um Jana kümmern.«

Ich nahm sie in den Arm und drückte sie an mich.

»Hast du noch Zeit?« flüsterte sie.

»Nein, ich muß gehen.«

Die Druckerei, in der Heiner Kleine-Langen arbeitete, befand sich in Klein-Muffi, einem Viertel zwischen Wolbecker Straße und Stadthafen. Seinen Namen hatte es von den holländischen Fremdarbeitern, die hier mal gewohnt hatten. Die Münsteraner nannten sie Muffen.

Im Inneren der Druckerei herrschte ein höllischer Lärm. Es dauerte eine Weile, bis ich Kleine-Langen entdeckte. Er beugte sich über einen Stoß Papierbögen, die eine Druckmaschine ausspuckte.

Er bemerkte mich erst, als ich neben ihm stand. »Der Privatdetektiv. Auf einer heißen Spur, nehme ich an.«

»Vielleicht.«

Er richtete sich auf und wischte die Hände an einem Lappen ab. Im T-Shirt sah er größer und kräftiger aus, als ich ihn in Erinnerung hatte. Sein markantes Kinn schimmerte bläulich. Er gehörte zu der Sorte Männer, die sich zweimal am Tag rasieren und trotzdem unrasiert wirken.

»Sie haben Glück, daß Sie mich hier erwischen. Normalerweise arbeite ich im Büro. Aber heute ist einer der Jungs ausgefallen. Und ab und zu stelle ich mich gerne an eine Maschine. Schauen Sie sich diese Heidelberger an!« Er schlug auf die blanke Metallfläche. »Ein dreißig Jahre altes Schätzchen. Druckt noch wie eine Eins. Das ist echte deutsche Wertarbeit. Ein Computer wird nach fünf Jahren abgeschrieben, eine Heidelberger erst nach fünfzig. Und dann kann man sie immer noch nach Malaysia verkaufen. Wenn Sie sie unbedingt gegen diesen neumodischen Schnickschnack tauschen wollen, Druckmaschinen, für die man keine Filme und Druckplatten mehr benötigt, sondern nur noch eine Diskette oben reinschieben muß. «

»Gehört Ihnen die Druckerei?«

»Zum Teil. Ich habe meine Magisterarbeit über die

Druckkunst geschrieben. Dadurch bin ich auf den Geschmack gekommen. Theorien sind flüchtig, man kommt nie zu einem endgültigen Ergebnis. Beim Drucken hat man irgendwann ein fertiges Produkt in der Hand, ein Buch, eine Zeitschrift, ein Plakat. Und das ist ein erhebender Moment. Nach dem ganzen Palaver bei Ratssitzungen und anderen Veranstaltungen stehe ich am liebsten ein paar Stunden ganz still in der Druckerei. Und als sich die Gelegenheit ergab, bin ich hier eingestiegen. Eine Druckerei zu besitzen, war schon immer mein Traum.«

»Ich weiß.«

Er kniff die Augen zusammen. »Ah! Jutta hat Ihnen die alte Geschichte erzählt.« Mit einer Handbewegung signalisierte er einem jungen Burschen in Latzhose, ein Auge auf die Maschine zu werfen. »Kommen Sie!« wandte er sich an mich. »Gehen wir nach draußen! Da ist es ein bißchen ruhiger.«

Unterwegs schnappte er einen zerschlissenen Blouson von einem Schemel. Wir verließen die Halle durch die Hintertür – und standen direkt am Dortmund-Ems-Kanal. Die Uferbefestigung war menschenleer. Nicht weit von hier hatte Berthold Dietzelbach seinen Mörder getroffen.

»Da lang!« Kleine-Langen nickte in die Richtung eines verrosteten Verladekrans.

Ich nahm mir vor, mich von den äußeren Umständen nicht beeindrucken zu lassen. »Eine nette Nebelkerze war das, die Sie da abgebrannt haben.«

»Was meinen Sie?«

»Die Geschichte von den Rechtsradikalen, die Jagd auf Grüne machen.«

»Nein, überhaupt nicht. Ich halte die These nach wie vor für die realistischste.« Er blieb stehen, hinter seinem Rücken fuhr ein Frachtschiff vorbei. »Natürlich ist mir die frappante Übereinstimmung mit der Konstellation unserer K-Gruppe aufgefallen. Aber ich weiß, daß ich nicht der Mörder bin. Und für die anderen beiden lege ich meine Hand ins Feuer. Trotzdem, ich würde es Jutta nicht verübeln, wenn sie mit der alten Kamelle zur Polizei ginge. Ich selbst kann das ja wohl schlecht machen, oder?«

»Sie mögen Jutta Rausch nicht besonders?«

Wir schlenderten weiter.

»Das würde ich nicht dementieren.«

»Und doch haben Sie dazu beigetragen, daß sie in Münster Stadtkämmerin wird.«

Er machte eine ärgerliche Handbewegung. »Meine Favoritin war sie nicht. Wissen Sie, die Politik ist ein kompliziertes Geschäft. Nicht die Besten und Brillantesten kommen in die höchsten Ämter, sondern die, die für möglichst viele den kleinsten gemeinsamen Nenner darstellen. Das Resultat ist die Mittelmäßigkeit, die Sie auf allen Ebenen antreffen. Als Frau, die Ahnung von Finanzen hat und auch noch reden kann, war Jutta praktisch nicht zu verhindern. Außerdem haben wir einen Koalitionspartner. Und nach den Vorstellungsgesprächen zeigte sich die SPD geradezu begeistert von ihr. Was mich übrigens nicht wundert, denn inzwischen macht Jutta astreine SPD-Politik.«

Wir hatten den Verladekran erreicht, der als trauriges Industriedenkmal in den Himmel ragte. Kleine-Langen schlug den Rückweg ein.

»Was werfen Sie ihr konkret vor? Beim Kappenstein-Projekt hat sie doch einen Rückzieher gemacht.«

»Sie hat keine Visionen. Sie ist eine Macherin. So ähnlich wie Joschka Fischer im Bundestag. Das ist gut fürs Fernsehen und fürs Renommee. Aber glauben Sie, Fischer hat noch ein anderes Ziel, als Außenminister in einer rotgrünen Bundesregierung zu werden?«

»Haben Sie Visionen?«

Er verzog den Mund. »Das ist eine gute Frage. Meine alten habe ich über Bord geworfen. Verstaatlichung und Planwirtschaft sind keine Lösung. Aber andererseits ... Sehen Sie, es kann doch nicht richtig sein, daß unsere Gesellschaft Konsumgüter im Überfluß produziert und gleichzeitig vier Millionen Menschen arbeitslos sind. Daß die einen nicht wissen, was sie mit ihren Milliarden anfangen sollen, und die anderen Probleme haben, das Monatsende zu erreichen. Es müßte eine gerechtere Verteilung von Arbeit und Gütern geben.«

»Beteiligen Sie sich nicht selbst an dieser Entwicklung,

wenn Sie neue Druckmaschinen anschaffen, die weniger Arbeitskraft erfordern?«

»Ja. Es gibt kein richtiges Leben im falschen. Als Betrieb müssen wir nach kapitalistischen Kriterien funktionieren, oder die Konkurrenz drängt uns vom Markt. Wovon ich rede, ist ein gesellschaftlicher Entwurf. Der ist, das gebe ich gerne zu, derzeit nicht in Sicht.«

Ich beschloß, ihn zu überraschen. »Haben Sie Alibis für die Tatzeiten?«

»Nein. Ich war zu Hause, allein.« Er grinste überheblich. »Ich sehe, wie es in Ihrem Detektivgehirn arbeitet. Noch einmal, Herr ...«

»Wilsberg.«

»... gehen Sie zur Polizei, erzählen Sie denen, was Anno 1978 vorgefallen ist! Ich denke, für eine vorläufige Verhaftung würde es wohl reichen. Zu mehr allerdings nicht. Denn man wird mir nichts nachweisen können.«

Ich begriff, worauf er hinauswollte. »Und es würde Sie nicht stören, wenn die Kämmerin über die Geschichte stürzen würde.«

»Das kann passieren«, sagte er mit ausdruckslosem Gesicht.

»Was wissen Sie von den beiden anderen?«

»Zu Katja Imhoff-Kaltenbrunn habe ich noch sporadischen Kontakt. Sie lebt jetzt in Kattenvenne. Hat dort eine psychotherapeutische Praxis. Ein gutgehendes Geschäft, soviel ich weiß. Der gehobene Mittelstand – Juristen, Lehrer, Beamte – pilgert zu ihr, um sich seine Neurosen wegtherapieren zu lassen. Nebenbei gibt sie Seminare für Manager. Entspannungsübungen für die Zeiten zwischen Vorstandssitzung, Mobbing der Sekretärin und dem Rausschmiß von hundert Mitarbeitern. All der Scheiß. Managerseminare sind die reinste Goldgrube. Die gute Katja hat keine Probleme mit Geld, sie hat höchstens ein Problem mit dem Finanzamt. Ich glaube nicht, daß sie sich noch über zwanzig- oder dreißigtausend Mark aufregt, die ihr vor ewigen Zeiten entgangen sind.«

»Und was ist mit Lars Merten?«

»Fragen Sie Katja! Die kennt ihn besser. Sie hat mal erzählt, daß sie seinen Kopf aufgesägt haben.«

»Wieso?«

»Ein Tumor oder so was. Ich kenn mich da nicht aus. Seine Konzentrationsschwierigkeiten und seine Vergeßlichkeit wurden immer schlimmer. Schließlich hat man etwas in seinem Gehirn festgestellt.«

»Das heißt, Sie wissen nicht, ob, wo und wie er lebt?«

»Das stimmt. Aber ich kenne Lars. Er ist ein lieber Bursche. Es ist ausgeschlossen, daß er herumläuft und Menschen umbringt.«

Wir waren wieder an der Hintertür der Druckerei angelangt.

»Ich muß ein bißchen Mehrwert schaffen«, sagte Kleine-Langen. »Wenn Sie um das Haus herumgehen, stehen Sie schon auf dem Parkplatz.« Er gab mir die Hand. »Und grüßen Sie Katja von mir!«

Kattenvenne lag, wie ich meiner Autokarte entnahm, ziemlich genau in der Mitte zwischen Münster und Osnabrück. Es gab keine direkte Verbindung dorthin, so mußte ich mich erst nach Telgte bequemen, auf die B 51 Richtung Georgsmarienhütte abbiegen, mich in Ostbevern verfahren und eine Passantin fragen, bis ich die schmale Allee fand, die zum Dorf Kattenvenne führte.

Auf den letzten Kilometern brach der erste Herbststurm des Jahres los. Windböen schüttelten mein altersschwaches Gefährt und knackten trockene Äste von den Bäumen. Dann folgte ein peitschender Regen, der den Scheibenwischern das Letzte abverlangte. Ich fragte mich, wie Katja Imhoff es schaffte, in dieser abgelegenen Gegend genügend Patienten zu finden.

Die Antwort war gar nicht so schwer zu erraten. Als ich über den schmalen Weg rollte, der die dichte Kiefernschonung durchschnitt, kam mir der dahinter versteckte Prunkbau wie Stein gewordene Diskretion vor. Hier mußte kein Richter oder Chefarzt fürchten, einem Kollegen oder einer Nachbarin über den Weg zu laufen, es sei denn, die Betreffenden vertrauten ebenfalls den klugen Ratschlägen von Katja Imhoff.

Ich stellte den Wagen auf dem gekiesten Rondell ab, stieg zwischen zwei Säulen hindurch zum Eingang hinauf und drückte auf die handtellergroße Klingel.

Im Eingangsbereich dominierten Marmor und beigefarbene Teppiche. Nach etwa fünfzig Metern Fußmarsch stand ich vor dem Schreibtisch der Praxisassistentin, einem Schreibtisch, der jedem Oberkreisdirektor zur Ehre gereicht hätte.

Die Herrscherin über den Terminplan teilte mir mit, daß Frau Imhoff-Kaltenbrunn im Moment beschäftigt sei. Wenn ich partout keinen Termin in der übernächsten Woche haben wolle, könne ich ja so lange im Wartezimmer Platz nehmen, bis sich die Gelegenheit fände, Frau Imhoff-Kaltenbrunn auf meine Bitte anzusprechen, und sie eventuell ein paar Minuten Zeit für mich hätte.

Ich setzte mich also ins Wartezimmer, keinem Ensemble von Korbgeflechten oder chromfüßigen Allzweckstühlen, sondern von gediegenen, burgunderfarbenen Ledersesseln, und blätterte in einer Zeitschrift über seelische Gesundheit. Endlich war wissenschaftlich erwiesen, was der Religionslehrer uns schon in der 6. Klasse des Gymnasiums empfohlen hatte: abwechselnd heiß und kalt duschen fördert das seelische Gleichgewicht. Nur wußte er seinerzeit vermutlich nicht, welche Endorphine dabei ausgeschüttet wurden.

Ungefähr zwanzig Minuten verbrachte ich allein mit Schweigen und Lesen, dann gesellte sich eine mittelalterliche, etwas verstört wirkende Frau zu mir. Sie zog ihren Mantel nicht aus und kramte unentwegt in einer Handtasche, die sie fest an den Bauch drückte. Nachdem sie offensichtlich nicht gefunden hatte, was sie suchte, schaute sie mich bittend an: »Können Sie mir vielleicht einen Kugelschreiber leihen?«

Ich gab ihr meinen Kugelschreiber.

Sie ließ ihn sofort in der Tasche verschwinden und kramte weiter.

Gespannt beobachtete ich, wie sich die Sache weiterentwickeln würde. Als sich nichts entwickelte, fragte ich: »Dürfte ich jetzt meinen Kugelschreiber zurückhaben?«

Sie blinzelte mich an: »Welcher Kugelschreiber?«

Eine kleine Auseinandersetzung im Wartezimmer war vermutlich nicht die beste Empfehlung für einen eingeschobenen Termin bei Frau Imhoff-Kaltenbrunn, deshalb verzichtete ich zähneknirschend auf das Werbegeschenk einer Detektivausrüsterfirma.

»Sie haben nicht zufällig ein Fünfmarkstück?« wandte sich die Frau an mich.

Ich schaute im Portemonnaie nach. »Nur zwei Markstükke.«

»Das würde mir schon weiterhelfen.«

Ich ging zu ihr hinüber, die Markstücke in der offenen Hand. In dem Moment, wo sie zugreifen wollte, schloß ich die Faust. »Ich biete Ihnen eine Mark für meinen Kugelschreiber.«

Wir wurden uns handelseinig. Bevor ihr weitere Wünsche einfielen, flüchtete ich zu der Praxisassistentin.

»Haben Sie noch ein wenig Geduld!« legte diese schonungslos meine größte Schwäche offen.

Irgendwo im Haus wurde eine Tür geöffnet, und wir hörten eine Männerstimme.

»Jetzt«, entschied die Praxisassistentin. Sie griff zum Telefon und übermittelte mein Anliegen. Die Antwort kam postwendend: »Frau Imhoff-Kaltenbrunn sagt, Sie sollen sich einen Termin geben lassen.«

»Sagen Sie ihr, es handele sich um die KPD/ML/O.«

»Die was?«

Ich buchstabierte langsamer.

Das Arbeitszimmer der Therapeutin war anheimelnd eingerichtet. Auf dem Boden lag ein großer Perserteppich, an den Wänden standen prall gefüllte, dunkelbraune Bücherregale, außer einer Schreibtischecke gab es zwei abgeschabte Ledersessel und ein Liegesofa. Auf dem Tisch lag eine Packung Kleenex. Sensiblere Gemüter als ich hätten wahrscheinlich den Hauch von Tausenden von Schicksalen gespürt, die hier retrospektiv durchlitten worden waren.

»Ich habe nicht viel Zeit«, sagte Katja Imhoff. »In einer Viertelstunde kommt mein nächster Patient. Normalerweise brauche ich die Pause zur Nach- und Vorbereitung.«

Vom Hals an abwärts sah sie in ihrem Nadelstreifenkostüm, das wie eine Uniform wirkte, streng und konservativ aus. Betrachtete man nur den Kopf, schien man einem anderen Menschen gegenüberzustehen. Das ungebändigte schwarze Haar verdeckte die rechte Hälfte eines Gesichtes, das Jugendlichkeit und Lebensfreude ausstrahlte, ein Eindruck, der von den breiten, leicht geöffneten Lippen verstärkt wurde. Darin mußte das Geheimnis ihres Erfolges liegen: Katja Imhoff war die perfekte Mischung aus Kindfrau, Domina und Kompetenz.

»Was kann ich für Sie tun?«

Ich mußte mich zusammenreißen, um nicht von meinen Eheproblemen anzufangen. »Sie haben sicher von den Morden in Münster gehört.«

»Die beiden Grünen, die auf brutale Weise umgebracht worden sind?«

»Drei. Es sind inzwischen drei.«

»Drei?« Sie riß die Augen weit auf.

»Letzten Freitag hat es auch Dirk Holthausen erwischt.«

»Das ist ja schrecklich. Aber was habe ich damit zu tun? Und wer sind Sie überhaupt?«

»Mein Name ist Georg Wilsberg. Ich bin Privatdetektiv und arbeite für Jutta Rausch.«

»Jutta, so so.« Sie deutete auf einen Sessel. »Nehmen Sie doch Platz!«

Sie setzte sich mir gegenüber mit zusammengepreßten, seitlich gekippten Beinen, so ähnlich, wie Alfred Biolek das in seiner Talkshow machte. »Wenn ich Sie richtig verstehe, versuchen Sie einen Zusammenhang zwischen der KPD/ML/O und den aktuellen, tragischen Ereignissen herzustellen.«

»Genauer gesagt, zwischen den Umständen, unter denen sich die KPD/ML/O-Gruppe Münster getrennt hat, und den aktuellen, tragischen Ereignissen.«

»Hmmm. Dietzelbach, Hennekamp, Holthausen ...«

»... gehörten zu der Fraktion, die das Vermögen der Gruppe unter sich aufgeteilt hat«, brachte ich ihren Satz zu Ende. »Sie dagegen waren eine der Benachteiligten.«

»Und Sie glauben, daß ...« Plötzlich lachte sie laut auf.

»Jetzt verstehe ich: Sie halten mich für die potentielle Mörderin.«

»Unter der Voraussetzung, daß die Theorie richtig ist, liegt die Wahrscheinlichkeit bei dreiunddreißigeindrittel Prozent.«

Ihr Lachen endete abrupt. »Aber das ist doch absurd. Warum sollte ich ...«

Ich unterbrach sie: »Das Motiv, das ich anzubieten habe, heißt Rache. Die Polizei hat bislang kein besseres gefunden.«

»Ich bitte Sie, Herr Wilsberg! Ich bin eine vielbeschäftigte Therapeutin.« Sie machte eine besitzergreifende Handbewegung. »Schauen Sie sich um! Ich habe wirklich besseres zu tun als einem alten Konflikt nachzutrauern, der sich zwischen jungen, von Ideologien verblendeten Menschen abgespielt hat. Ich gebe gerne zu, daß ich damals sauer war, auf die Mehrheit unserer Gruppe, vor allem auf Jutta Rausch, die ich für die Drahtzieherin hielt. Mehr als einmal habe ich damals davon geträumt, ihr eine Ohrfeige zu verpassen. Dabei ging es mir weniger um das Geld, ich hatte schnell gelernt, auf eigenen Beinen zu stehen. Was mich mehr geärgert hat, war die Art und Weise, wie wir drei ausgetrickst wurden. Aber das alles ist längst vergessen. Wenn Sie mich nicht daran erinnert hätten ...«

Das klang leider sehr überzeugend.

Sie schaute auf ihre Armbanduhr. »Haben Sie schon mit den anderen beiden gesprochen?«

»Nur mit Heiner Kleine-Langen.«

»Und welchen Eindruck hatten Sie?«

»Er hat keine Alibis für die Tatzeiten. Und er mag Jutta Rausch nicht.«

»Das wundert mich nicht. Die beiden waren die größten Streithähne. Und jetzt sitzt sie ihm quasi vor der Nase.«

»Trauen Sie ihm einen Mord zu?«

Sie fegte eine Locke aus dem Gesicht. »Sie versuchen, uns gegeneinander auszuspielen. Das gefällt mir nicht.«

»Ich habe nur eine simple Frage gestellt.«

»Auf die es keine simple Antwort gibt.« Ihre Augen funkelten distanziert. »Jeder ist zu einem Mord fähig. Wenn das

Wutpotential groß genug und die Gelegenheit günstig ist. Aber gut. Ich will Ihre Frage beantworten. Hier handelt es sich ja nicht um einen Mord aus Affekt, sondern um eine strategisch geplante Serie, wie sie in der Regel von Psychopathen mit Wiederholungszwang verübt wird. Und Heiner müßte sich in den letzten Jahren stark verändert haben, damit er in dieses Schema paßt.«

»Und was ist mit Lars Merten?«

»Bei dem werden Sie wahrscheinlich noch weniger Glück haben.«

»Kleine-Langen erwähnte einen Tumor. Ist das richtig?«

»Bedauerlicherweise. Lars zeigte – ich glaube, es war Ende der siebziger Jahre – massive Ausfallerscheinungen. Ich habe ihn gedrängt, zum Arzt zu gehen, aber er weigerte sich. Als ich ihn schließlich überreden konnte, eine Tomographie machen zu lassen, war es bereits zu spät. In seinem Gehirn hatte sich ein Tumor gebildet, ein gutartiger zwar, jedoch groß genug, um eine dauerhafte Schädigung herbeizuführen. Der Tumor wurde operativ entfernt, aber die Ausfallerscheinungen blieben.«

Ich versuchte zu verstehen, was sie sagte. »Welcher Art sind die Ausfallerscheinungen?«

»Sein Kurzzeitgedächtnis ist praktisch zerstört.«

»Wie wirkt sich das aus?«

»Wenn Sie vor fünf Minuten mit ihm geredet hätten, würde er in diesem Moment vergessen, daß er Ihnen je begegnet ist.« Ein erneuter Blick auf die Uhr. »Tut mir leid, Herr Wilsberg, meine Zeit ...«

»Eine letzte Frage noch: Wo finde ich Lars Merten?«

»Nach dem Krankenhausaufenthalt hat ihn seine Familie in Meppen betreut. Er war ja sozusagen ein Pflegefall. Wie es ihm heute geht, weiß ich nicht.«

Sie brachte mich zur Tür. »Ich schätze, Ihre Theorie, daß einer von uns dreien der Mörder ist, steht auf tönernen Füßen.«

Ich nickte. »Behandeln Sie auch Leute mit einem Versager-Komplex?«

Sie lächelte. »Versager haben nicht genug Geld, um mich zu bezahlen.«

Auf dem Flur begegnete mir die Frau mit der Handtasche. Sie warf mir einen giftigen Blick zu und wisperte vernehmlich: »Sie haben mich betrogen.«

Auf dem Rückweg schaute ich bei Stürzenbecher im Polizeipräsidium vorbei. Der Hauptkommissar freute sich wie ein Schneekönig.

»Schau dir mal das an!« sagte er und hielt mir ein Foto vor die Nase.

Ich sah fünf Personen, die einen Kreis bildeten, von schräg oben fotografiert. Drei der Abgebildeten waren bereits tot.

»Dietzelbach, Hennekamp, Holthausen.« Stürzenbecher tippte auf die Verblichenen. »Und das da ist Cornelia Guttweller, ebenfalls eine grüne Ratsfrau.«

Conny war nicht besonders gut getroffen. Mit einem verschämten Lächeln im Gesicht starrte sie auf die fünfte Person, den *Global Artists*-Manager Richard Steffenhagen. Steffenhagen hatte einen Bündel Geldscheine in der Hand und verteilte sie an die vier Grünen. Dietzelbach hatte seinen Teil schon erhalten und zählte gerade die Scheine.

»Wer hat das Foto gemacht?« fragte ich.

»Der Typ, den du in Essen verfolgt hast. Er heißt Schröder und ist Privatdetektiv. Ich habe Steffenhagen observieren lassen, und dabei ist den Kollegen aufgefallen, daß Schröder an seinem Jackett klebte.«

»Warum hat er das Foto gemacht?«

»Aus einem Grund, der nichts mit unserem Fall zu tun hat«, hielt sich Stürzenbecher bedeckt.

Ich betrachtete nachdenklich das Foto. »Was habt ihr jetzt damit vor?«

»Das kann ich dir nicht sagen.«

»Du bist ein elender Geheimniskrämer geworden.«

»Top Secret.« Er legte zusätzlich den Zeigefinger vor die Lippen. »Kein Wort davon zur Kämmerin.«

Ich bewegte zustimmend den Kopf.

»Lewandowski plant einen großen Auftritt bei der morgigen Stadtratssitzung.«

»Mein Gott.«

»Dieses Arschloch ist größenwahnsinnig geworden. Ich meine, auch wenn sich diese Guttweller hat schmieren lassen, ist es nicht korrekt, sie in aller Öffentlichkeit derart bloßzustellen.«

Ich schluckte. »Kannst du mir einen Gefallen tun?«

»Was denn?«

»Ausfindig machen, wo, falls er noch lebt, Lars Merten wohnt. Merten ist ungefähr vierzig Jahre alt und hat sich in den Siebzigern ein paar Jahre in Münster aufgehalten.«

»Was willst du von ihm?«

»Ich brauche ihn als Zeugen.«

Stürzenbecher schaute mich mißtrauisch an, verkniff sich aber weitere Fragen.

XI

Jutta war angesäuert, weil ich dreizehn Minuten zu spät kam.

»Nach meinem ersten Tanzkurs habe ich mir geschworen, nie mehr länger als zehn Minuten auf einen Mann zu warten. Ist dir eigentlich klar, daß ich viel Geld bezahle, damit du vierundzwanzig Stunden am Tag auf mich aufpaßt. Und was machst du statt dessen? Rennst herum und spielst den Aushilfspolizisten. Und nicht einmal das weiß ich mit Sicherheit. Vielleicht verbringst du den Tag ja in irgendwelchen Cafés oder anderer Frauen Betten.«

Ich ließ sie reden.

»Ist es etwa zuviel verlangt, wenn ich erwarte, daß du mich pünktlich abholst?«

»Nein«, sagte ich.

»Ich gehe heute zu einer Theaterpremiere. Und vorher möchte ich mich noch umziehen und einen Happen essen.«

»Was sehen wir?« fragte ich.

»Ein modernes Stück. Im *Pumpenhaus*. Es heißt *Laß uns feiern, solange wir tanzen können* oder so ähnlich. Die Kulturdezernentin von der SPD hat's mir empfohlen. Das *Pumpenhaus* soll ein sehr schönes Theater sein. Und ein bißchen Kultur kann dir auch nicht schaden.«

»Ich weiß nicht«, zweifelte ich. »Untersuchungen haben ergeben, daß Orchestermusiker von moderner Musik eher krank werden als von klassischer. Vielleicht hat modernes Theater eine ähnliche Wirkung.«

»Dann konzentrier dich einfach darauf, daß mir keiner der anderen Theaterbesucher ein Messer in den Rücken stößt.«

Wir waren inzwischen in der Tiefgarage angekommen, und ich suchte routinemäßig den Wagen der Kämmerin nach Sprengsätzen ab.

Auf der Fahrt zu ihrer Wohnung erzählte ich von meinen Gesprächen mit Heiner Kleine-Langen und Katja Imhoff. »Zusammengefaßt: Katja Imhoff scheint mir weniger verdächtig zu sein. Man könnte natürlich ihre Alibis überprüfen ...«

»Heiner Kleine-Langen ist ein Arsch. Er hat mit allen Mitteln versucht, meine Berufung nach Münster zu verhindern.«

»Daraus macht er gar keinen Hehl. Trotzdem – du bist noch am Leben.«

Sie blitzte mich entrüstet an.

Ich zuckte mit den Schultern. »Man sollte doch annehmen, daß du auf seiner Liste ganz oben stehst. Ich versuche jetzt, Lars Merten ausfindig zu machen.«

»Mit anderen Worten: Du hast nichts erreicht«, kommentierte Jutta abfällig.

»Ich nicht, aber Stürzenbecher.« Ich ließ sie schmoren.

»Mach's nicht so spannend, Georg!«

»Er hat mir ein Foto gezeigt, auf dem zu sehen ist, wie vier Grüne von Steffenhagen, dem *Global Artists*-Manager, Geld überreicht bekommen. Es handelt sich um ...«

Sie stöhnte: »Ich kann's mir denken.«

»... Diezelbach, Hennekamp, Holthausen und ...«, ich zögerte, »... Conny Guttweller.«

»Das darf doch nicht wahr sein. Sind die denn völlig bescheuert?«

»Wie es aussieht, hat eure damalige Entscheidung, das KPD/ML/O-Vermögen zu privatisieren, einen schlechten Einfluß auf den Charakter der Beteiligten gehabt.«

»Willst du mir dafür die Verantwortung zuschieben?« brauste sie auf. »Ich habe damit nichts, aber auch gar nichts zu tun.«

Ich beugte mich vor. »Hast du etwa kein Geld bekommen?«

Während sich Jutta umzog, versuchte ich, Conny zu erreichen. Niemand meldete sich.

Jutta trug ein langes schwarzes Kleid, ich das Übliche.

»Sag einfach, ich sei dein Leibwächter!« schlug ich vor.

»Das werde ich auch tun«, schnaubte sie.

Wir fuhren am Gefängnis vorbei und sahen das von Scheinwerfern angestrahlte, ehemalige Pumpenhaus. Es war wirklich ein schönes Gebäude. Während meiner glücklicheren Zeit mit Imke hatte ich es ein paarmal von innen gesehen.

»Um noch mal auf das Foto zurückzukommen«, sagte Jutta, »glaubt die Polizei ernsthaft, daß Steffenhagens Geldgeschenke das Mordmotiv sein könnten?«

»Da es der Fotograf gesehen hat, können auch andere zugeschaut haben. Mit einigen gedanklichen Verrenkungen ist man dann bei der These von Oberrat Lewandowski, daß die Morde einen aktuellen politischen Hintergrund haben.«

»Dann wäre ich ja aus dem Schneider«, freute sich Jutta.

»Dünn ist es trotzdem. Aber wenn du auf das Prinzip Hoffnung bauen willst – bitte!«

Sie suchte einen Parkplatz. »Du kannst einem wirklich die Laune vermiesen.«

»Das hast du bei mir schon geschafft.«

Mit einer eleganten Rückwärtskehre schrammte sie den Bordstein. »Ich bin ein bißchen im Streß.« Der Motor erstarb. »Vertragen wir uns wieder?«

Die Kulturdezernentin nebst Gatte erwartete uns im gläsernen Anbau.

»Eine Quotenfrau«, flüsterte Jutta mir ins Ohr. »Sie ist gelernte Grundschullehrerin.«

Die mollige Bindestrichexistenz mit hennagefärbten Haaren gab uns die Hand. Ihr Name lautete sinngemäß Rabenschneider-Golzenwagner. Ich schätzte, daß sie die Hälfte ihrer Dienstzeit mit der Anfertigung ihrer Unterschrift verbrachte.

Mit Blick auf mich und einem überraschten Lächeln im Gesicht sagte die Kulturdezernentin: »Ist das Ihr ...«

»Er ist nicht mein Mann«, klärte die Kämmerin sie auf.

Die Kulturdezernentin errötete dezent. »Dachte ich's mir doch. Ich hatte Ihren Mann irgendwie anders in Erinnerung.«

»Er ist mein Bodyguard.«

»Oh.« Die Rötung verstärkte sich. »Braucht man das heutzutage? Ach ja, Sie bei den Grünen haben ja ein Problem.«

»Wenn sich die Damen eingehender über mich unterhalten wollen, kann ich mich solange zurückziehen«, bot ich an.

»Nein, nein.« Eine mollige Hand tätschelte meine Schulter. »Ich wollte Sie nicht kränken.«

»Was können Sie uns denn über das Stück erzählen?« wechselte Jutta das Thema.

»Viel weiß ich auch nicht.« Die Kulturdezernentin schüttelte ihr Doppelkinn. »Es geht um die Zerrissenheit des modernen Menschen. Die Kommunikationsunfähigkeit von Individuen, die sich zufällig an einem bestimmten Ort begegnen und die für kurze Zeit eine Bindung eingehen, die jedoch genauso haltlos ist wie sie selbst. Der Ost-West-Konflikt und die postkoloniale Ausbeutung der Dritten Welt sollen ebenfalls eine Rolle spielen.«

»Sehr interessant«, bemerkte ich.

Jutta warf mir einen warnenden Blick zu.

Ein Klingeln, das den nahenden Beginn der Vorstellung ankündigte, bewahrte uns vor weiteren Ausführungen der Kulturdezernentin. Die rund hundert Zuschauer drängelten in den Theatersaal, der von einer hohen Holzdecke überwölbt wurde.

Das Stück spielte in der Toilette eines Kaufhauses. Der Klowächter war, wie sich später herausstellte, ein Ex-Stasi-Mann, der vor seinen Opfern in den Westen geflüchtet war und seinen neuen Job als eine Art tätige Buße betrachtete. Einer der von ihm Drangsalierten war ihm trotzdem auf der Spur und versuchte ihn durch immer neue Provokationen zu enttarnen. Ebenso frequentierte ein alter Nazi die Toilette, der sich von einer jungen Jüdin ans Ablußrohr anketten und auspeitschen ließ. Gegen einen entsprechenden Aufpreis öffnete der Klowächter die Verbindungstür zwischen Herren- und Damentoilette aber auch für den gutaussehenden Gigolo der Frau des Kaufhausgeschäftsführers, die sich hier, geschützt durch die Klospülung und in Sicherheit vor ihrem rasend eifersüchtigen Ehemann, den Ehefrust von der Seele vögelte. Ein Schwarzer verbarrikadierte sich vor einer Horde rechtsradikaler Jugendlicher. Zwei alternde Schwule betrieben Klappensex. Frustrierte Hausfrauen phantasierten zwischen den Stuhlgängen von kommenden Abenteuern. Die eine träumte davon, in Grönland einem nach Lebertran riechenden Eskimo auf Robbenfellen näher zu kommen, die andere malte aus, wie sie ihren Ehemann mit Hilfe einer Kreissäge in gefrierbeutelgroße Stücke zerlegen wollte. Der Kaufhausdetektiv jagte eine jugendliche Ladendiebin und machte ihr unsittliche Angebote. Natürlich war, wie bei allen modernen Theaterstücken, viel von kacken, pissen und ficken die Rede. Am Ende hatte der Ex-Stasi-Mann von dem Treiben die Nase voll und jagte die Toilette mit einer Bombe in die Luft. Der Kaufhausgeschäftsführer war so betroffen, daß er Selbstmord beging. Die Zuschauer waren auch betroffen und froh, noch einmal davongekommen zu sein.

Anschließend gab es eine Premierenfeier mit kaltem Buffet und Sekt oder Orangensaft. Nach all den Fäkalien bekam man einen völlig neuen Blick auf Käseschnittchen und Kartoffelsalat. Jutta und ich standen wieder mit der Kulturdezernentin und ihrem Gatten zusammen, als eine Reporterin von *Radio Kiepenkerl* der Kulturdezernentin ihr Mikro unter die Nase hielt und nach dem ersten Eindruck fragte.

»Ein Stück, das den Zuschauern alles abverlangt«, sagte die Kulturdezernentin, während sie gleichzeitig Kartoffelsalat kaute. »Es macht beispielhaft die Einsamkeit der Menschen deutlich, die Anonymität der modernen Großstädte.«

»Und was sagen Sie zu dem Ort der Handlung?«

»Nun, ich denke, der Autor hat das symbolhaft gemeint. Wo läßt sich der Überfluß unserer Wohlstandsgesellschaft besser verdeutlichen als an dem Ort, an dem sich aller Luxus in ein stinkendes Etwas verwandelt?«

»Wie fandest du das Stück?« fragte Jutta. Sie hatte den Wagen in der Garage abgestellt und schloß die Garagentür zu.

»Mir fehlte das Happy-End.« Ich bildete mir ein, einen Mann gesehen zu haben, der hinter einer Hausecke hervorlugte. Aber ich konnte mich auch getäuscht haben.

»Im Leben gibt's auch selten ein Happy-End.«

Die Straße war menschenleer. Unsere Schritte hallten zwischen den Häuserwänden. Ich schob Jutta in den Hauseingang und blickte mich um. »Ich finde, die Kunst sollte uns für das entschädigen, was uns im Leben entgeht.«

Wir stiegen die Treppe hinauf.

»Dein Kunstverständnis ist etwas antiquiert, lieber Georg.«

»Mag schon sein. Meine Kindheit war geprägt von *Flipper* und *Bonanza*. Da gab's immer ein Happy-End. Einige Szenen haben mir allerdings ganz gut gefallen. Zum Beispiel die mit dem Kaufhausdetektiv. Ich hatte mal einen Kollegen, der war genauso.«

Ich inspizierte die Wohnung und konnte keine Anzeichen eines unangemeldeten Besuches entdecken.

Jutta kam mit einem Glas Rotwein aus der Küche. Ich bekam den obligatorischen Apfelsaft.

»Georg, wir müssen reden.«

»Nur zu«, ermunterte ich sie.

»Es geht um gestern abend, wie du dir denken kannst. Es war sehr schön, ich meine, ich mag dich sehr gern, und ich habe es wirklich genossen. Aber – es darf sich nicht wiederholen. Ich liebe meinen Mann, und ich möchte meine Ehe nicht gefährden.«

Ich nickte.

»Ich hoffe, du hast Verständnis dafür.«

»Vollkommen.«

»Du bist mir nicht böse?«

»Nein.«

»Dann gehe ich jetzt ins Bett. Ich bin ziemlich müde.«

Sie gab mir einen Kuß auf die Wange und ging Richtung Schlafzimmer.

»Eine Frage habe ich noch.«

Sie blieb stehen.

»Hattest du mal was mit Axel Feldhaus?«

»Wie kommst du darauf?«

»Beantworte einfach meine Frage!«

Sie schnaubte. »Ja, da war mal was. Eine kurze Affäre, noch zu meiner Zeit in Paderborn. Wir waren viel unterwegs, Delegationen, Partnerstädte, der ganze Polittourismus. Und er war mein Referent, ein hüsches, knackiges Bürschchen. In einem Hotel in Magdeburg ist es dann passiert: Wir sind zusammen ins Bett gegangen. Die Geschichte dauerte nicht lange, vielleicht zwei Wochen. Es machte mich zunehmend nervöser, zwischen dem Ehemann zu Hause und dem Liebhaber im Büro zu wechseln. Außerdem wurde mir klar, daß ich keine tieferen Gefühle für Axel habe.«

»War er in dich verliebt?«

»Bestimmt.«

»Liebt er dich heute noch?«

Sie preßte genervt die Lippen zusammen. »Ich weiß es nicht. Warum quetschst du mich aus? Bist du eifersüchtig?«

»Ich checke alle Möglichkeiten ab. Das ist mein Job.«

»Es ist denkbar, daß er noch etwas für mich empfindet. Zufrieden?«

»Ja.«

»Gute Nacht.«

Ich lag noch lange wach und dachte nach. Was mich an dem Fall störte, war, daß er jeden Tag anders aussah. Die Vielzahl von Spuren, Hinweisen und Verdächtigen konnte einen verrückt machen. Die Frauen sowieso.

XII

Am nächsten Morgen versuchte ich noch einmal, Conny zu erreichen. Wieder nahm keiner den Hörer ab.

Dann probierte ich es bei Stürzenbecher. Der Hauptkommissar war in seinem Büro.

»Ich habe eine erfreuliche Nachricht für dich«, sagte er. »Lars Merten befindet sich in Münster.«

»Wo?« fragte ich hastig.

»Was willst du von ihm?«

»Es ist völlig nebensächlich«, sagte ich so gleichgültig wie möglich. »Eine reine Routinesache.«

Er sprang nicht darauf an. »Wilsberg, ich habe das Gefühl, unsere Beziehung ist in letzter Zeit etwas einseitig. Ich halte dich über den Stand der Ermittlungen auf dem laufenden, und von dir erfahre ich rein gar nichts.«

»Stürzenbecher, um Himmels willen!«

»Was?«

»Meine Klientin hat mir Stillschweigen auferlegt. Sobald sich auch nur das Fitzelchen einer Spur ergibt, bist du der erste, der es erfährt.«

»Ist es was Politisches?«

»Im weitesten Sinne.«

»Willst du andeuten, daß die Morde etwas mit einer gottverdammten politischen Affäre zu tun haben?«

Ich schwieg.

»Okay«, lenkte Stürzenbecher ein. »Aber es ist das letzte Mal. Und ich habe was gut bei dir.«

Ich versicherte ihm, daß das vollkommen korrekt sei.

»Kennst du das *Stift Kerßenbrock*?«

»Ist das nicht in Gievenbeck?«

»Richtig. Du fährst durch Gievenbeck durch, fast bis *Haus Rüschhaus*. Lars Merten ist Patient im *Langzeitbereich*, wie sie das nennen. Ich nehme an, das ist die Abteilung für hoffnungslose Fälle.«

Das *Stift Kerßenbrock* erhob sich wie eine graue Trutzburg hinter einem breiten Wassergraben. Vermutlich war es zu früheren Zeiten tatsächlich eine gewesen. Beim Näherkommen löste sich der monolithische Block in einzelne Bestandteile auf. Es gab ein burgähnliches Hauptgebäude, eine Kirche und eine Reihe von moderneren Häusern. Ich stellte den Wagen ab und versuchte, mich zu orientieren. Die Hinweisschilder, die überall herumstanden, gaben nicht viel her. Sie zeigten den Weg zum *Haus Kerckerinck*, zum *Haus Buttendieck*, ja sogar zum *Haus Ummegrove*, ohne zu verraten, was sich hinter diesen Bezeichnungen verbarg. Schließlich fragte ich einen der Männer, die mit leicht schaukelndem Gang und etwas unschlüssig über die Wege schlurften. Er zeigte auf das burgähnliche Hauptgebäude.

Das erwies sich als wahres Labyrinth. Es gab mehrere Eingänge, niemanden, der hinter einer Glasscheibe saß und Suchenden Auskunft spendete, und jede Menge neuer Hinweisschilder. Diesmal zu den Stationen, die auf Männernamen wie Gottfried, Dietrich, Antonius und Dionysius hörten. Mit hallenden Schritten irrte ich durch die hohen Gänge, stieß auf Männer, die Lederhelme trugen, aber alles andere als Rennfahrer waren, bis ich mich schließlich zur richtigen Station durchgefragt hatte.

Hier stand ich in einem langen, lehmfarbenen Flur mit einer etwa vier Meter hohen Decke. Links von mir befand sich ein Metallregal, auf dem saubere weiße, ordentlich hinter Namensschildern gefaltete Männerunterwäsche lag. Rechts von mir hing ein gerahmtes 1000-Teile-Puzzle, das Schloß Neuschwanstein zeigte, an der Wand. Vor mir hatte sich ein freundlicher, bärtiger Pfleger aufgebaut, der mir erklärte, daß er zuerst die Stationsärztin fragen müsse, bevor er mich zu Lars Merten gehen lassen dürfe.

Schon nach weiteren zehn Minuten traf auch die Stationsärztin ein. Sie hieß Doktor Liesenkötter und war eine unbekümmerte junge Frau. Wir scherzten über die Schwierigkeit, sich im *Stift Kerßenbrock* zurechtzufinden.

»Oh ja«, lachte sie, »als ich hier anfing, war es die reinste Katastrophe. Ich habe keinen guten Orientierungssinn, wissen Sie. Und nachts, wenn ich Bereitschaftsdienst hatte und zu irgendeiner Station gerufen wurde, habe ich mich manchmal regelrecht verlaufen.« Sie musterte mich aufmerksam. »Warum wollen Sie Herrn Merten besuchen?«

»Ich bin ein alter Freund von ihm. Und da ich gerade zufällig ein paar Tage in Münster zu Besuch bin, dachte ich, ich könnte ihm mal guten Tag sagen.«

»Wann waren Sie mit ihm befreundet?«

»Das ist schon lange her«, antwortete ich unbestimmt.

»Vor oder nach 1978?«

Ich überlegte. »Kurz danach.«

»Dann werden Sie nicht viel Glück haben, fürchte ich. Alles, was nach 1978 passiert ist, ist aus seinem Gedächtnis verschwunden.«

Ich machte ein betroffenes Gesicht. »Steht es so schlimm um ihn?«

»Leider ja. Er hat eine Krankheit, die sich Korsakow-Syndrom nennt, eine schwere, retrograde Amnesie. Das heißt, sein Gedächtnis funktioniert bis etwa 1977 ausgezeichnet, die nächsten ein, zwei Jahre sind noch bruchstückhaft vorhanden, danach tut sich eine große Leere auf. Sein Frischgedächtnis reicht ungefähr zwei Minuten weit.«

»Frischgedächtnis?« wiederholte ich.

»Die aktuelle Erinnerung. Sie können sich mit ihm unterhalten, und er wird Ihnen auch vernünftige Antworten geben. Aber sobald ein Gespräch länger als zwei Minuten dauert, hat er den Anfang vergessen. Das führt dazu, daß er oft kurze, schlagfertige Bemerkungen äußert. Es macht manchmal richtig Spaß, mit Herrn Merten zu reden, weil er sehr witzig sein kann.«

»Weiß er, daß er sein Gedächtnis verloren hat?«

»Ja und nein. Er hat eine Ahnung davon, daß er ständig vergißt. Wenn Sie ihn darauf ansprechen oder mit Ereignissen konfrontieren, die nach 1978 geschehen sind, ist er sehr betroffen. Aber nach zwei Minuten hat er auch das wieder vergessen.«

»Dürfte ich trotzdem mit ihm sprechen?« bat ich.

»Warum nicht?« antwortete sie freundlich. »Ich möchte Sie nur bitten, schonend mit ihm umzugehen und ihn nicht aufzuregen. Das könnte in seinem Zustand zu Krämpfen führen.«

Sie zeigte mir das Zimmer. Am Türpfosten klebte die Kopie eines Fotos, auf dem ein schnauzbärtiger junger Mann mit Nickelbrille zu sehen war.

Ich klopfte und hörte ein lautes »Herein«.

Der Raum war klein und zweckmäßig eingerichtet. Ein Schrank, ein Regal, ein Schreibtisch, ein Bett, alles aus billigem Holz und auf wischfestem Bodenbelag. Die persönliche Note des Bewohners erschöpfte sich in einem chinesischem Wimpel auf dem Schreibtisch und einem gerahmten, farbigen Bild von Mao Zedong über dem Bett.

Lars Merten saß am Kopfende des Bettes, die Beine auf dem Bett ausgestreckt. Er trug eine braune Stoffhose und ein rosafarbenes Hemd. Sein Haar war kurz geschnitten und seitlich gescheitelt. Zwischen den Händen hielt er eine alte Ausgabe von *China heute*.

»Hallo Lars!« sagte ich.

»Hallo!« antwortete er mit neugierigem Blick.

»Kennst du mich nicht mehr? Ich bin Peter Hesker.«

»Dunkel«, wich er aus. »Hilf mir doch mal auf die Sprünge!«

»Wir haben zusammen studiert. Ich bin ein Freund von Katja Imhoff und Heiner Kleine-Langen.«

Er strahlte. »Katja und Heiner, natürlich. Das sind Genossen von mir.«

Ich blickte mich um. »Was machst du denn hier so?«

»Politisch arbeiten, wie immer. Ich mußte vorübergehend hier einziehen, weil sie mir meine Bude weggenommen haben.« Er senkte verschwörerisch die Stimme. »Ist dir aufgefallen, daß hier lauter Verrückte herumlaufen? Die lassen sich überhaupt nicht agitieren, aber sie stören mich nicht bei der Arbeit.«

»Und worin genau besteht deine Arbeit?«

»Meine Arbeit?« Er schaute mich verwirrt an. Dann entdeckte er die *China heute* in seinen Händen. Ein Lächeln huschte über sein Gesicht. »Ich arbeite an einer Kritik der revisionistischen Strömungen der sozialistischen Studentenbewegung, vom Renegaten Rudi Dutschke bis zum Sektierer Joscha Schmierer. Dutschke meint, er müsse Lenin auf die Füße stellen. Was weiß der schon von Lenin? Faselt etwas von halbasiatischer Produktionsweise. Und zeigt auch noch Verständnis für den Reaktionär Solschenizyn. Dagegen ...« Er schien den Faden verloren zu haben.

»Schmierer«, half ich ihm weiter.

»Joscha Schmierer hat mit dem Kommunistischen Bund Westdeutschlands die revolutionäre Bewegung gespalten, weil er niemanden neben sich ertragen kann. Schon in der Frühphase der Studentenbewegung war er ein hemmungsloser Individualist.«

Ich blickte zum leeren Schreibtisch. »Und wo arbeitest du?«

Merten grinste verschmitzt. »Glaubst du, ich lasse den Text offen herumliegen? Die Ärzte und Pfleger stehen alle im Dienst der Bourgeoisie.« Plötzlich erschrak er. »Sind Sie etwa auch ein Arzt?«

»Nein, ich bin ein Freund von Katja Imhoff und Heiner Kleine-Langen.«

»Katja und Heiner, das sind Genossen von mir, gute Genossen.«

Ich nickte zum Mao-Bild hinüber. »Wie lange ist Mao eigentlich schon tot?«

»Das weißt du nicht?« empörte er sich. »Er ist letztes, nein, vorletztes Jahr gestorben. Ein schlimmer Schlag für die Arbeiterbewegung. Ich hoffe, daß Jiang Qing sein Werk fortsetzen kann.«

»Jiang Qing?« wunderte ich mich.

»Maos Witwe. Sie hat schon in der Großen Proletarischen Kulturrevolution an seiner Seite gestanden. Zusammen mit Wang Hongwen, Zhang Chunqiao und Yao Wenyuan führt sie jetzt die Partei.«

»Du kennst dich ja gut aus«, staunte ich.

»Natürlich. Die Kommunistische Partei Chinas ist eng mit unserer Partei befreundet.«

»Du meinst die KPD/ML/O?«

»Na klar. Es gibt keine bessere Avantgarde des Proletariats.«

»Welches Jahr haben wir denn jetzt?« fragte ich.

»1978«, antwortete er spontan. »Du bist ein bißchen durcheinander, was? Na ja, ich bin manchmal auch etwas vergeßlich. Was man nicht im Kopf hat, muß man im Regal stehen haben, sage ich immer. Hauptsache, man weiß, wo man nachschlagen kann.«

Wir lachten gemeinsam.

»Um noch mal auf Katja und Heiner zurückzukommen ...« begann ich erneut.

»Das sind Genossen von mir.«

»Ich weiß. Und was ist mit Dirk Holthausen und Martin Hennekamp?«

»Das sind auch Genossen.«

»Berthold Dietzelbach, Jutta Rausch, Conny Guttweller?«

»Die ersten beiden kenne ich, das sind ebenfalls Genossen. Conny Guttweller ist mir unbekannt. Es gibt eine Conny Wolters in unserer Ortsgruppe.«

»Conny hat doch geheiratet.«

»Nein, das wüßte ich«, lachte er. »Conny hält nichts von dieser bürgerlichen Zeremonie.«

»Gibt es nicht einen Streit in eurer Gruppe?« bohrte ich weiter.

»Streit, warum? Wir haben ein gemeinsames Ziel, die revolutionäre Veränderung der BRD. Dem haben sich alle unterzuordnen.«

»Dietzelbach, Hennekamp und Holthausen sind tot«, sagte ich.

Er wurde bleich und setzte sich aufrecht hin. »Was redest du da? Du mußt dich irren. Ich habe alle gesehen.«

»Wann?«

»Bei unserer letzten Sitzung, vor einer Woche oder so.« Er entspannte sich. »Du verwechselst da was. Rainer ist gestorben. Er war ein guter Genosse. Er hat sein Vermögen der Partei überschrieben. Wir haben davon eine Druckerei gekauft.«

»Besitzt ihr die Druckerei immer noch?« hakte ich nach.

»Sicher. Die Druckerei ist ein wichtiges Instrument der Propaganda. Wir drucken im Auftrag des Zentralkomitees für viele Ortsgruppen in der BRD.«

»Ich habe gehört, daß einige aus der münsterschen Gruppe die Druckerei verkaufen wollen.«

»Unsinn. Das würde die Partei nicht zulassen.«

»Was hältst du eigentlich von Helmut Kohl?« wechselte ich das Thema.

»Helmut Kohl?« Er stutzte. »Der Fraktionschef der CDU im Bundestag?«

»Nein. Helmut Kohl ist Bundeskanzler.«

Er schüttelte den Kopf. »Helmut Schmidt ist Bundeskanzler, das weiß doch jedes Kind. Nicht, daß es einen großen Unterschied zwischen ihnen geben würde, beide sind Marionetten des Kapitals.«

»Helmut Kohl war Bundeskanzler, als 1989 die Mauer in Berlin fiel.«

Merten starrte mich entgeistert an. »Bist du Hellseher? Die Sowjetunion kann es sich gar nicht leisten, die Mauer aufzugeben. In Moskau und Ostberlin ist der Marxismus-Leninismus so verkommen, daß die Menschen scharenweise in den Westen flüchten würden, wenn die Grenzbefestigungen wegfielen.«

Ich gab es auf. »Ich soll dir schöne Grüße von Katja Imhoff bestellen.«

»Danke.« Er guckte mich prüfend an. »Sind Sie Arzt?«

»Nein. Ich bin ein Freund von Katja.«

»Katja ist eine gute und fleißige Genossin.«

Das reizte mich zu einem letzten Versuch. »Wie alt ist Katja im Moment?«

Er überlegte. »Einundzwanzig. Ja, sie ist vor einigen Monaten einundzwanzig geworden.«

Ich verabschiedete mich von Merten und verließ das Zimmer. Im Regal standen lauter blaue und rote Bände: Marx, Engels, Lenin, Mao. Ein paar davon besaß ich auch, allerdings lagerten sie inzwischen im Keller. Bei den Mäusen ging der Historische Materialismus durch den Magen.

Ich fand Doktor Liesenkötter in der Teeküche.

»Na, wie war's?« fragte sie munter.

»Wir haben uns über die alten Zeiten unterhalten.«

»Das wird Merten sicher Freude gemacht haben. Er blüht richtig auf, wenn man ihn auf seine politische Arbeit anspricht.«

»Aber es auch erschreckend. Er redet wie ein Automat.«

Sie nickte. »Das ist so bei Menschen mit Amnesie. Sie wirken, wie soll ich sagen, innerlich hohl. Das Bewußtsein – oder wenn Sie so wollen: die Seele – des Menschen ist eine Verknüpfung von Vergangenheit, Gegenwart und Zukunft. Fallen Gegenwart und Zukunft weg, ist der Mensch von seinen Gefühlen abgeschnitten.«

Ich wollte wissen, ob es die Möglichkeit gebe, daß sich das Gehirn regenerieren könne.

»Nein. Statistisch gesehen, ist die Wahrscheinlichkeit eins zu tausend. Sehen Sie, das Korsakow-Syndrom kann verschiedene Ursachen haben. Es kann durch einen Gehirntumor, durch Kopfverletzungen oder durch übermäßigen Drogen-, insbesondere Alkoholgenuß hervorgerufen werden. Bei Kopfverletzungen, zum Beispiel aufgrund eines Autounfalls, gibt es die Chance einer vollständigen Heilung. Dem Patienten fehlen hinterher nur einige Tage, Wochen oder Monate im Bewußtsein. Im Fall von Lars Merten« – sie stockte, weil ihr die ärztliche Schweigepflicht einfiel – »sehe ich diese Heilungschance nicht. Man hat früher versucht, sein Erinnerungsvermögen durch verschiedene therapeutische Maßnahmen zu trainieren. Es war zwecklos. Schließlich hat man alle Bemühungen in dieser Richtung aufgegeben. Er erwies sich, wie wir so schön sagen, als therapieresistent.«

»Verläßt er manchmal die Klinik?« erkundigte ich mich.

»Selten. Er hat gelernt, sich auf dem Klinikgelände zurechtzufinden. Wir nennen das implizites Lernen, es ist kein bewußter, reflektierter Vorgang. Außerdem arbeiten wir mit Orientierungshilfen. Sie haben sicher die Fotos an den Türen gesehen. Sie dienen nicht nur der Verschönerung, sondern auch dazu, daß die Bewohner ihre Zimmer wiederfinden. Aber außerhalb des Klinikgeländes würde Merten hoffnungslos verloren sein. Schon nach kurzer Zeit wüßte er nicht mehr, wo er sich befindet, was er vorhat und wo er wohnt. Allerdings holt ihn seine Familie zu Weihnachten und anderen Gelegenheiten ab, und er verbringt ein paar Tage zu Hause. In letzter Zeit kümmert sich ein Zivildienstleistender verstärkt um ihn, die beiden fahren manchmal in die Stadt.«

Ich horchte auf. »Was machen sie in der Stadt?«

»Nichts besonderes, soviel ich weiß. Es kommt uns nur darauf an, daß sich Merten bewegt. Sonst liegt er nämlich von morgens bis abends träge auf seinem Bett.«

Ich bedankte mich bei Doktor Liesenkötter. Bevor ich die Station verließ, schaute ich noch einmal in Lars Mertens

Zimmer. Er lag in derselben Haltung auf dem Bett, in der ich ihn eine halbe Stunde zuvor angetroffen hatte.

»Hallo Lars!« sagte ich.

»Hallo!« Er guckte mich neugierig an.

»Erkennst du mich nicht wieder?«

Für einen Moment wirkte er verwirrt.

»Ich war vor zehn Minuten hier.«

»Na klar«, lachte er. »Du bist ein neuer Patient, stimmt's? Hat dir die Liesenkötter schon ihre berühmten bunten Pillen aufs Auge gedrückt? Die grünen kannst du gleich wegwerfen, die wirken nämlich überhaupt nicht.«

»Nein, ich bin der Bruder von Martin Hennekamp.«

Merten strahlte. »Martin ist ein Genosse von mir. Grüß ihn, wenn du ihn siehst!«

Ich versprach nichts Unmögliches.

Ohne daß ich es jemandem verraten hätte, war Lars Merten mein Geheimfavorit gewesen. Der Mann im Hintergrund, ein bißchen verrückt, oder gerade verrückt genug, um skrupellos zu morden. Aber der Kranke, den ich kennengelernt hatte, schien mir nicht in der Lage, drei Morde zu planen und eiskalt auszuführen.

Also mußte ich noch einmal zum Anfang, die Karten neu mischen. War es doch Heiner Kleine-Langen? Oder brachte Stürzenbechers Foto- und Geldspur den Durchbruch? Und was war eigentlich mit Conny? Ich fühlte mich schuldig, als mir einfiel, daß ich seit mehr als vierundzwanzig Stunden nichts mehr von ihr gehört hatte.

XIII

Die vier gotischen Maßwerkfenster verwandelten den Schein der untergehenden Sonne in ein buntes Farbenspiel. Auf die Menschen im großen Festsaal des Rathauses wirkte das weder beruhigend noch anregend. Sie waren zu sehr damit beschäftigt, ihr eigenes Schauspiel zu inszenieren. Im Saal herrschten hektischer Leerlauf und gereizte Lustigkeit, das Vorspiel einer öffentlichen Ratssitzung.

An der Stirnseite, vor den farbig verglasten Fenstern, hatten die Oberbürgermeisterin und die Dezernenten Platz genommen, flankiert von ihren Referenten und Stichwortgebern. Auf dem Parkettmosaik davor bildeten zwei Stuhl- und Tischreihen einen großen Halbkreis. Hier saßen oder standen die Ratsmitglieder von CDU, SPD und Grünen. Eine Gruppe von Zuschauern war auf die Empore im hinteren Teil des Saales verbannt, Journalisten und geladene Gäste mußten mit dem harten eichenen Gestühl an den Längswänden Vorlieb nehmen.

Oberrat Lewandowski schien wenig Gefallen an dem historischen Inventar zu finden, unruhig rutschte er auf der Holzbank herum, während er auf zwei Männer einredete, die vor ihm in die Hocke gegangen waren. Ich nahm das nur beiläufig wahr, denn Lewandowski interessierte mich herzlich wenig. Mit zunehmender Unruhe blickte ich mich nach einem blonden Bürstenhaarschnitt um, den ich in den gelichteten Reihen der Grünen schon vergeblich gesucht hatte.

Als ich mich gerade entschlossen hatte, über die rote Kordel zu steigen und Heiner Kleine-Langen meinen Verdacht ins Gesicht zu schleudern, rauschte Conny an mir vorbei. Ich hielt sie am Arm fest.

»Georg, was machst du denn hier?«

»Wo warst du?«

Mit einer Sekunde Verzögerung begriff sie, was ich meinte. »Ich war mit meinem Mann und den Kindern in Holland, eine Verwandte besuchen. Laß uns nachher reden! Die Ratssitzung fängt jeden Moment an.« Sie wollte weiter.

»Einen Moment noch!«

»Georg, ich ...«

Aus den Augenwinkeln sah ich, wie Lewandowski wütend zu uns herüber starrte. Ich näherte meinen Mund ihrem Ohr und flüsterte: »Der Leiter der Mordkommission will dich gleich in aller Öffentlichkeit bloßstellen.«

»Was?«

»Er hat ein Foto aufgetrieben, auf dem du zusammen mit Dietzelbach, Hennekamp und Holthausen zu sehen bist.«

»Na und?«

»Ihr seid nicht die einzigen auf dem Foto. *Global Artists*-Manager Steffenhagen steckt euch gerade eine Menge Geld zu.«

Connys Gesicht nahm die Farbe von gerührtem Kefir an.

In diesem Augenblick läutete die Oberbürgermeisterin die Sitzungsglocke. Das hinderte mich an der Frage, warum sie das Geld genommen habe.

Der Anfang der Ratssitzung war bestimmt von den traurigen Ereignissen der letzten Wochen. Die Oberbürgermeisterin gedachte der beiden ermordeten Ratsherren und begrüßte sodann die Nachrücker, die die Fraktion der Grünen wieder vollzählig machten.

»Bevor wir in die eigentliche Tagesordnung einsteigen«, fuhr sie fort, »möchte ich einen Punkt aufrufen, der ein Novum in der Ratsgeschichte darstellt. Ich habe mich, in Absprache mit dem Ältestenrat, zu diesem außergewöhnlichen Schritt entschlossen, weil die Mordserie, von der Münster heimgesucht wird, nicht nur eine menschlich tragische, sondern auch eine politische Dimension beinhaltet. Wenn zwei Ratsmitglieder und ein Ausschußmitglied auf schändlichste Weise getötet werden, müssen wir dies als Angriff auf den Rat und die Selbstverwaltungsorgane der Stadt begreifen und können nicht einfach zum politischen Tagesgeschäft übergehen.«

Allgemeines Klopfen im Halbkreis.

»Ich habe deshalb den Leiter der kriminalpolizeilichen Sonderkommission, Herrn Kriminaloberrat Lewandowski, gebeten, uns einen vorläufigen Bericht über den Stand seiner Ermittlungen zu geben. Herr Lewandowski, bitte!«

Lewandowski ging nach vorn und stellte sich neben den Tisch der Oberbürgermeisterin. Blitzlichter flackerten auf, die gediegenen Kristalleuchter an der Decke wurden von klotzigen Scheinwerfern überstrahlt, eine Fernsehkamera begann zu surren.

»Meine sehr verehrten Damen und Herren!« Lewandowski hob sein Kinn in Richtung des Blitzlichtgewitters. »Ich bin mir der Ehre bewußt, vor dem Rat der Stadt Münster sprechen zu dürfen. Sie können mir glauben, daß wir fieberhaft, Tag und Nacht, vierundzwanzig Stunden ohne Pause an der Aufklärung der Verbrechen arbeiten. Eine Arbeitsgruppe des Landeskriminalamtes, unterstützt von örtlichen Polizeikräften, insgesamt zweiunddreißig Kriminalbeamte verfolgen zahlreiche Spuren, die sich aus den labortechnischen Untersuchungen der Tatorte und der Durchleuchtung der Lebensumstände der Opfer ergeben haben. Selbstverständlich gehen wir auch allen Hinweisen aus der Bevölkerung nach. Sicher haben Sie Verständnis dafür, daß ich Ihnen hier keine Details nennen kann, da dies den Fortgang der Ermittlungen gefährden würde.«

Erste Unmutsäußerungen in den Fraktionen von SPD und Grünen.

Lewandowski lächelte nervös. »Nichts wäre mir lieber, als Ihnen einen Erfolg, oder zumindest einen Teilerfolg, unserer Bemühungen verkünden zu können.«

»Kappenstein«, rief jemand.

Lewandowski drehte sich zu dem Zwischenrufer. »Wie Sie der Presse entnehmen konnten, haben wir einen Anwohner der Siedlung Kappenstein verhaftet. Er ist dringend verdächtig – und auch geständig –, der Stadtkämmerin einen Drohbrief geschrieben zu haben. Ein darüber hinausgehender Verdacht, daß er an den Gewalttaten beteiligt war, hat sich jedoch nicht erhärtet. Wir müssen davon ausgehen, daß der oder die Täter woanders zu suchen sind.« Mit einer Handbewegung stoppte er die aufkommende Unruhe. »Ich will Ihnen auch gleich sagen, *wo* sie meiner Meinung nach zu suchen sind.«

Sofort kehrte Ruhe ein, und Lewandowski genoß für einen Moment die erwartungsvolle Stille.

»Schon von Anfang an hatte ich die Vermutung, daß die Morde politisch motiviert sind. Diese Arbeitshypothese hat sich zur Gewißheit verstärkt. Hier sind nicht willkürlich Menschen, nicht einmal wahllos Politiker zur Zielscheibe von Killern geworden, nein, das Gewaltpotential richtet sich ausschließlich gegen Mitglieder der Partei der Grünen. Wer sind nun diese Grünen?«

»Das möchte ich auch mal wissen«, rief jemand aus der CDU.

»Als die Partei Ende der siebziger Jahre gegründet wurde, rekrutierte sie ihre Mitglieder aus verschiedenen ökologischen und sogenannten Friedensbewegungen. Nicht alle, aber viele Grüne der ersten Stunde hatten einen linken bis linksextremistischen Hintergrund.«

»Unverschämtheit«, polterte Heiner Kleine-Langen. »Ich bin nicht bereit, mir diese Volksverhetzung anzuhören.«

Die Oberbürgermeisterin schlug gegen die Glocke. »Ruhe bitte! Herr Lewandowski, würden Sie sich auf das eigentliche Thema Ihres Vortrages konzentrieren!«

»Ich bin mitten drin.« Lewandowski sonnte sich in dem beifälligen Nicken der CDU-Fraktion. »Mit ihrer Bewegung zur politischen Mitte, ihrer Verbürgerlichung, wenn ich so sagen darf, haben die Grünen radikale Systemveränderer, alte Freunde, aber auch neue linksradikale Gruppen vor den Kopf gestoßen. Der politische Werdegang einiger grüner Funktions- und Mandatsträger mußte in diesen Kreisen als Verrat empfunden werden. Und nicht zufällig waren alle drei Ermordeten Befürworter des Kappenstein-Projekts. Hinter dem Kappenstein-Projekt – Sie wissen das – verbirgt sich ein großes Investitionsvorhaben eines amerikanischen Medienkonzerns, für bestimmte linke Gruppen das Feindbild schlechthin. Um im Jargon dieser Verblendeten zu sprechen: *Das Kappenstein-Projekt ist ein Produkt des US-Imperialismus*. Hier schließt sich die Argumentationskette.«

»Ich habe noch kein Argument gehört«, rief eine grüne Ratsfrau dazwischen.

»Morde an Verrätern, Abweichlern, Aussteigern«, fuhr Lewandowski ungerührt fort, »kennen wir aus vielen politischen und kriminellen Organisationen. Es gab und gibt sie bei der kurdischen PKK, der irischen IRA oder der deutschen RAF, bei der sizilianischen Mafia genauso wie bei den chinesischen Triaden oder der japanischen Yakuza.«

Allgemeines Kopfschütteln bei der SPD und den Grünen.

»Ich verbitte mir solche Vergleiche«, protestierte die grüne Ratsfrau erregt.

Heiner Kleine-Langen stand auf. Man merkte ihm an, daß er sich nur mit Mühe beherrschte. »Ich bin nicht bereit, mir dieses Geschwafel länger anzuhören, Frau Oberbürgermeisterin. Entweder Sie entziehen dem Mann das Wort, oder die grüne Fraktion verläßt geschlossen die Sitzung.«

Lewandowski hob den Arm. »Ich habe Ihren Einwand erwartet, Herr Kleine-Langen. Gestatten Sie mir deshalb, daß ich für meine Behauptungen den Beweis antrete.«

Schlagartig trat eine gespenstische Stille ein. Ein vereinzeltes Niesen in den Zuschauerreihen klang wie eine mittelschwere Explosion. Kleine-Langen setzte sich überrascht wieder hin.

Lewandowski gab einem seiner Untergebenen ein Zeichen. Der junge Mann rollte eine Leinwand aus, die hinter der Dezernentenriege an einer Stange befestigt war. Dann schaltete er einen Diaprojektor ein. Auf der Leinwand flimmerte das Foto, das ich bereits gesehen hatte.

Lewandowski zauberte einen Zeigestock hervor und stellte sich seitlich der Leinwand auf. »Was Sie hier sehen, ist eine Begebenheit, die sich in der Hamburger *Global World*, einem Vergnügungspark von *Global Artists*, ähnlich dem in Münster geplanten, abgespielt hat.« Die Spitze des Zeigestocks berührte Steffenhagen. »Dieser Mann ist das für Planung und Investment zuständige Vorstandsmitglied von *Global Artists Deutschland*, Richard Steffenhagen. Die anderen vier kennen sie: Dietzelbach, Hennekamp, Holthausen, grüne Ratsmitglieder, ermordet.« Der Zeigestock tippte herum und blieb an Conny hängen. »Cornelia Guttweller, grüne Ratsfrau, heute im Saal anwesend.« Der Zeigestock wanderte zu dem Geldbündel, das Steffenhagen in der Hand hielt. »Wie Sie ebenfalls gut erkennen können, verteilt Herr Steffenhagen Geldscheine an die Grünen. Zur Erinnerung: Alle vier haben sich innerhalb ihrer Partei für das Kappenstein-Projekt stark gemacht. Man muß kein Hellseher sein, um einen Zusammenhang zu erkennen. Unbegreiflich jedoch, oder geradezu sträflich unvorsichtig, wenn man die Folgen bedenkt, ist die Tatsache, daß dieser Versuch der politischen Einflußnahme so offen, so ungeschützt und in aller Öffentlichkeit erfolgte. Leider müssen wir davon ausgehen, daß der oder die Täter, die die Morde zu verantworten haben, die Szene ebenfalls beobachtet oder durch Dritte davon Kenntnis erhalten haben. Ich muß nicht ausdrücklich betonen, daß sie einen – nicht nur für linke Moralverhältnisse – eklatanten Sündenfall darstellt. Selbstverständlich habe ich veranlaßt, daß die letzte Überlebende, Frau Guttweller, unter Polizeischutz gestellt wird, damit es nicht zu einem weiteren Mord kommt.«

Lewandowski wippte triumphierend auf den Schuhspitzen, während er seinen Blick über die ratlosen Gesichter ringsum schweifen ließ.

Die Oberbürgermeisterin wurde sich ihres Amtes bewußt: »Ja, äh, vielen Dank, Herr Lewandowski. Wird dazu eine Aussprache gewünscht?«

Conny zeigte auf. Sie war immer noch bleich, wirkte aber gefaßt. »Wer hat das Foto gemacht, Herr Lewandowski?«

Der Oberrat lächelte maliziös. »Das darf Ich Ihnen aus Zeugenschutzgründen nicht mitteilen.«

»Sie hätten den Fotografen befragen sollen, oder Herrn Steffenhagen, ja, sogar eine Ausschnittvergrößerung der fraglichen Geldscheine hätte gereicht. Dann wäre Ihnen ein merkwürdiger Umstand aufgefallen.«

Lewandowskis Gesichtsausdruck wurde merklich angespannter.

»Bei den Geldscheinen handelt es sich nämlich um Spielgeld.«

Ein Raunen ging durch die Sitzreihen.

»So naiv, unverfroren oder schlicht dämlich, wie Sie uns darstellen, waren wir tatsächlich nicht. Überhaupt hatte das Treffen in Hamburg keinerlei konspirativen Charakter. Wir vier sind, wovon wir auch unseren Fraktionsvorstand unterrichtet haben, einer offiziellen Einladung von *Global Artists* gefolgt, um uns über die *Global World*-Idee zu informieren. Nun gibt es in der Hamburger *Global World* ein Spielcasino, kein herkömmliches – das wäre schon aus rechtlichen Gründen nicht möglich –, sondern eine Art *Western Saloon*, in dem an Spieltischen gespielt wird, allerdings ohne die Chance, das gewonnene Geld in echtes umzutauschen. Auf dem Foto sehen Sie, wie uns Steffenhagen mit diesem Spielgeld ausstattet. Man kann darüber streiten, ob es sich um eine Geschmacklosigkeit handelt, die wir als Parlamentarier nicht hätten begehen sollen. Im nachhinein neige ich zu dieser Auffassung. Ich möchte mich dafür bei meinen Kollegen und politischen Freunden entschuldigen. Aber zugleich betone ich ausdrücklich, daß ich von *Global Artists* keinen Pfennig Schmiergeld erhalten habe. Im übrigen habe ich inzwischen meine Haltung zum Kappenstein-Projekt korrigiert. Ich werde, wenn es heute zur Abstimmung kommt, dagegen votieren. Sie können Ihren Polizeischutz wieder abziehen, Herr Lewandowski.«

Lewandowski guckte sich hilfesuchend zu seinen Untergebenen um. In diesem Moment hätte ich nicht in Stürzenbechers Haut stecken mögen. Ich konnte mir vorstellen, wie Lewandowski ihn nach der Sitzung zusammenscheißen würde.

Inzwischen hatte sich Heiner Kleine-Langen zu Wort gemeldet: »Ich habe keinen Grund, an der Klarstellung meiner Kollegin Guttweller zu zweifeln, die mir als loyale und integere Persönlichkeit bekannt ist. Die Vorwürfe, die uns Oberrat Lewandowski aufgetischt hat, sind haltlos und zeugen von Inkompetenz. Allerdings passen sie wie die Faust aufs Auge zu den Eindrücken, die ich von seiner bisherigen Arbeit gewinnen konnte. In bester deutscher Polizeitradition schielt der Mann ausschließlich nach links. Nach meiner Auffassung sind die Täter aber auf der rechten Seite des politischen Spektrums zu suchen, unter jenen durchgeknallten Neonazis, die alle hassen, die anders aussehen oder anders denken, seien es Juden, Farbige oder Grüne. Wer Asylbewerberheime ansteckt, ist auch bereit zu morden.«

»Wir wollen uns hier nicht in Mutmaßungen ergehen«, würgte die Oberbürgermeisterin ihn ab. »Haben Sie dazu noch etwas zu sagen, Herr Lewandowski?«

»Es gibt noch einen weiteren Hinweis, daß die Täter eben doch auf der linken ...«

»Wir hören«, sagte die Oberbürgermeisterin scharf.

»Es betrifft den *modus operandi*, ich meine, den Hergang, das kann ich unmöglich ...«

»Was Sie nicht können, interessiert mich nicht«, kanzelte die Oberbürgermeisterin ihn ab. »Sie haben die Würde dieses Hauses schwer beschädigt. Das Mindeste, was ich von Ihnen erwarte, ist eine öffentliche Entschuldigung.«

Es sah so aus, als bekäme Lewandowski einen Krampf im Unterkiefer. Schließlich preßte er hervor: »Ich entschuldige mich.«

Beim hölzernen Abgang durch die Reihen der Journalisten und Stadträte hielt er mit aller Kraft den Rücken gerade und die Augen starr nach vorne gerichtet. Seine beiden Untergebenen schlichen mit besorgten Mienen hinterher.

»Schalten Sie endlich den Diaprojektor ab!« fauchte die Oberbürgermeisterin zur Seite. »Wir kommen jetzt zu Tagesordnungspunkt eins.«

Der Tagesordnungspunkt eins betraf das Kappenstein-Projekt. Da ich alle Argumente dafür und dagegen schon mindestens dreimal gehört hatte, verließ ich den Festsaal. Zumal mir eine Idee gekommen war, die ich sofort in die Tat umsetzen wollte. In der Halle neben dem Festsaal, die das Obergeschoß des Rathauses mit dem Stadtweinhaus verband, fand ich ein öffentliches Telefon. Und nach gar nicht so langem Plaudern mit einer Frau von der Auskunft besaß ich die Nummer des Privatdetektivs Wolfgang Schröder, der auf der Essener Steeler Straße residierte.

Eine Frau hob ab: »Detektivagentur Schröder, internationale Ermittlungen, Beschaffung von Beweismaterial für Zivil- und Strafprozeß, Sicherheits-Analysen, Personenschutz und Transportüberwachungen, guten Tag. Mein Name ist Christiane Ullmann. Was kann ich für Sie tun?«

»Mein Gott, ihr habt wohl dringend Aufträge nötig?«

»Wie bitte?«

Ich sagte ihr meinen Namen, daß ich ein Kollege sei und Wolfgang Schröder sprechen wolle.

»Herr Schröder ist in der Dunkelkammer.« Sie legte den Hörer auf den Tisch und schrie: »Wolli!«

Ich hörte eine Tür zufallen, dann ein kaum unterdrücktes Rülpsen, schließlich ein metallisches Geräusch, das so klang, als ob eine Bierdose in einen Papierkorb geworfen würde.

»Was ist los?«

Ich berichtete ihm von meinem Problem.

»Und du bist der Typ, der mich in der Geisterbahn gejagt hat?«

»Genau der.«

»Okay, unter Kollegen und so. Der Job ist sowieso erledigt. War ein Scheiß-Auftrag, kann ich dir sagen. Also, die Tussi von dem Steffenhagen wollte wissen, was ihr Männe so den ganzen Tag treibt. Keine Ahnung, warum, interessierte mich auch nicht. Ich hab ihn brav observiert und die Fotos abgeliefert. Dachte, die Sache wäre vorbei, da hatte ich plötzlich die Bude voller Bullen. Die haben meine Dunkelkammer komplett auseinandergenommen.« Er rülpste dezenter. »Und als sie das Foto von Steffenhagen mit dieser blonden Kurzhaar-Braut entdeckten, waren sie völlig aus dem Häuschen.«

»Hast du ihnen nicht erzählt, daß es sich um Spielgeld handelt?«

»Nee, hat mich auch keiner nach gefragt.«

Als ich zum Sitzungssaal zurückging, entdeckte ich ein bekanntes Männerpaar, das seine Köpfe tuschelnd zusammensteckte. Ich wartete, bis Heiner Kleine-Langen in den Saal zurückgehastet war und Axel Feldhaus sich eine Zigarette angesteckt hatte.

»Hallo, Axel!« sagte ich. »Was gab's denn da Wichtiges zu bereden?«

Er saugte heftiger und warf mir einen Wenn-ich-könnte-wie-ich-wollte-würde-ich-dir-in-die-Eier-treten-Blick zu. »Wüßte nicht, was Sie das angeht.«

»Habe ich Sie nicht schon mal zusammen erwischt? Richtig, in der Herrentoilette von *Global World*.«

Er schob die Oberlippe hoch und entblößte zwei Mausezähnchen. »Na und?«

»Wenn ich richtig informiert bin, schwimmen die Stadtkämmerin und der Fraktionsvorsitzende nicht unbedingt auf einer Wellenlänge.«

»Und wenn *ich* richtig informiert bin, werden Sie nicht dafür bezahlt, dumme Fragen zu stellen. Die Stadtkämmerin sitzt da drin.« Er streckte einen dürren Zeigefinger aus.

»Danke, Axel. Das hätte ich fast vergessen. War nett, mit Ihnen zu plaudern.«

»Verpiß dich!« zischte er, als ich drei Schritte entfernt war und er darauf vertraute, daß ich mich nicht mehr umdrehen würde.

Der CDU-Fraktionsvorsitzende, ein Mann, der gerade dem Junge Union-Alter entwachsen war und dem man Ambitionen auf das nächste freiwerdende Landtags- oder Bundestagsmandat nachsagte, bot soeben der SPD eine große Koalition an: »Und deshalb rufe ich Ihnen zu: Schließen Sie mit uns ein Bündnis für die Zukunft Münsters! Verlassen Sie die Negativgemeinschaft mit den Grünen, die sich heute wieder einmal als unsichere Kantonisten erwiesen haben. Diese Grünen sind doch stolz darauf, wenn sie Arbeits- und Parkplätze vernichten können. Münster muß eine lebendige Stadt bleiben, die von allen Seiten mit dem Auto zu erreichen ist. Wollen Sie die oberzentrale Funktion Münsters erhalten und ausbauen? Oder wollen Sie, daß auf dem Prinzipalmarkt Windmühlen gebaut werden?«

Es dauerte eine Minute, bis die Oberbürgermeisterin mit Hilfe ihrer Glocke und etlichen Ordnungsrufen für Ruhe gesorgt hatte.

»Heute«, fuhr der CDU-Mann fort, »werden wir Ihnen, liebe Kolleginnen und Kollegen von der Sozialdemokratie, noch einmal aus der Patsche helfen. Wir werden mit Ihnen für das Kappenstein-Projekt stimmen, für eine phantasievolle, bunte, zukunftsweisende *Global World* im Norden Münsters. Aber vertrauen Sie nicht darauf, daß wir uns auch beim nächsten Mal als Feuerwehrmänner zur Verfügung stellen, wenn Ihr Koalitionspartner Sie im Regen stehen läßt. Personalentscheidungen mit den Grünen, Sachentscheidungen mit der CDU, dieses Spielchen machen wir nicht mit. Bekennen Sie sich zu einer starken Koalition, zu einer Koalition unter der Führung der CDU!«

Natürlich wies der SPD-Fraktionsvorsitzende das Ansinnen zurück, allerdings fielen seine rhetorischen Floskeln reichlich halbherzig aus. Anschließend wogte die Diskussion mit gegenseitigen Vorwürfen noch eine halbe Stunde hin und her. Dann kam es zur Abstimmung. Die CDU-Fraktion stimmte mit Ausnahme des Kappensteiner Abgeordneten für die Verwaltungsvorlage, bei der SPD gab es fünf Abweichler, die mit Nein stimmten, die Grünen votierten geschlossen dagegen. Das Kappenstein-Projekt konnte in die Planungsphase eintreten.

Den Zuschauern, die auf der Empore saßen, gefiel das ganz und gar nicht. Offensichtlich hatte die Bürgerinitiative *Kein Hollywood in Kappenstein!* eine starke Abordnung ins münstersche Rathaus entsandt, die jetzt frenetisch buhte und ihr bekanntes Transparent entrollte. Einer der beiden ältlichen Saaldiener verrenkte sich bei dem Versuch, das Transparent zu ergattern, den Knöchel, der andere geriet in Panik, als er von einigen Kappensteinern umringt wurde. So mußte zu guter Letzt die Einsatzhundertschaft der münsterschen Polizei aufmarschieren, die für solche Fälle im Ratskeller bereitsteht.

Meine Hoffnung, daß mit dem Auftritt der gummiknüppelschwingenden Saalräumer auch die Sitzung beendet war, erwies sich jedoch als trügerisch. Ungerührt rief die Oberbürgermeisterin den nächsten Punkt auf. Die Fernsehkamera war längst abgebaut, die Fotografen verschwunden, da quälten sich die Ratsfrauen und -herren immer noch durch Bebauungspläne und die Änderung der Friedhofssatzung. Gähnend registrierte ich, daß abends um zehn in einem Stadtparlament die Demokratie noch in Ordnung war. Oder handelte es sich um eine besondere Form von Masochismus, sich so etwas für ein paar Mark Aufwandsentschädigung anzutun?

Irgendwann war tatsächlich der allerletzte Punkt abgehakt, und ich schlenderte zu der Kämmerin hinüber, die sich mit dem smarten Axel unterhielt.

Feldhaus schoß einen Giftpfeil auf mich ab, und auch Jutta guckte nicht pflegeleicht.

»... ein paar Monate Schamfrist«, hörte ich sie sagen, »dann laufen sie mit fliegenden Fahnen zur CDU über.«

»Um wen geht's?« fragte ich.

»Hast du nicht mitgekriegt, was hier heute abgelaufen ist?« zischte sie empört. »Das waren die ersten Koalitionsverhandlungen zwischen CDU und SPD. Ich hab's ja vorhergesagt: Das Kappenstein-Projekt führt zur großen Koalition.«

»Na ja, wenn ihr Windmühlen auf dem Prinzipalmarkt bauen wollt.«

»Sei vorsichtig, Georg! Ich bin schon geladen genug.«

»Dann schlage ich vor, daß wir zum gemütlichen Teil des Abends übergehen. Ich hatte auch einen langen Tag.«

»Ich nehme an, Sie brauchen mich nicht mehr«, ließ sich Feldhaus blasiert vernehmen.

»Richtig, Axel. Sie können gehen«, entschied ich.

»Sie haben mir überhaupt nichts zu sagen«, meckerte er zurück.

Jutta verdrehte die Augen. »Am liebsten würde ich euch beide auf den Mond schießen.«

Wir saßen in Juttas Wohnzimmer, der CD-Player fingerte eine alte Aufnahme von Sting ab.

»Mit anderen Worten«, schloß ich meinen Bericht über die Begegnung mit Lars Merten, »wir sind so schlau als wie zuvor.«

Jutta nahm ein Schlückchen Rotwein. »Ich habe mit meinem Mann gesprochen.«

»Über uns?« fragte ich erschrocken.

»Bist du wahnsinnig? Mir reicht der Ärger, den ich am Hals habe. Jochen hat mir geraten, mein Amt aufzugeben.«

Ich schwieg.

»Der Gedanke hat einiges für sich. Man wird mich nicht durch den Kakao ziehen, und ich bin außer Gefahr.«

»Das ist vermutlich richtig«, sagte ich.

Sie seufzte. »Aber ich will nicht. Ich habe noch nie klein beigegeben. Vor einem bescheuerten Killer kapituliert zu haben, würde ich mir nie verzeihen.« Sie versuchte ein Lächeln. »Sei ehrlich, Georg! Was würdest du an meiner Stelle tun?«

»Sofort nach Lanzarote fliegen und dort eine Kneipe aufmachen. Zusammen mit einem Spanier.«

Sie zog eine Schnute.

»Ich habe zu wenig Ahnung von Politik, um die Folgen abschätzen zu können«, fügte ich erklärend hinzu. »Und ich kann nicht dafür garantieren, daß du am Leben bleibst. Also wäre es doch vermessen von mir, dir zu raten, die Sache durchzustehen.«

Auf ihrem Gesicht lag eine große Müdigkeit. Aber in den Augen funkelte der Widerstandsgeist. »Du mußt etwas übersehen haben.«

Das Trauma jedes Detektivs. Die Lösung liegt vor einem, doch man sieht sie nicht. Während die Bebauungspläne an mir vorbeiplätscherten, hatte ich darüber gegrübelt. »Ich glaube nicht an Links- oder Rechtsterroristen. Die Morde müssen mit der KPD/ML/O-Geschichte zusammenhängen.«

»So weit warst du schon vor zwei Tagen.«

»Ja. Und natürlich habe ich mich auf die gestürzt, die bei der wundersamen Geldverteilung übergangen wurden. Von den Profiteuren kenne ich nur Holthausen, Conny und dich.«

Jutta winkte ab. »Was soll das bringen?«

»Das weiß man vorher nie.«

»Jens Heinrich ist in Australien.«

»*War* in Australien, als du zuletzt von ihm gehört hast«, korrigierte ich sie. »Und was ist mit dem Werbemenschen?«

»Ulf Meier? Er hat mich mal irgendwann angerufen. Aus Warendorf oder Coesfeld.«

Ich zog die Gelben Seiten zu Rate. Ulf Meiers Werbeagentur *artconcept* residierte in Warendorf.

XIV

Diesmal war ich zuerst in der Küche. Ich munitionierte die Kaffeemaschine und suchte in den Schränken nach Tellern und Tassen, die einigermaßen zueinander paßten.

Als ich den Tisch gedeckt hatte, kam Jutta hereingeschlurft. »Morgen!« murmelte sie, ohne den Blickkontakt zu suchen. »Ich hab Kopfschmerzen. Dabei ist der Wein doch wirklich gut.«

»Manchmal kommt es auch auf die Menge an«, belehrte ich sie sanft.

Das Telefon klingelte. Ich ging in den Flur und nahm ab. Mein Busenfreund war dran.

»Eigentlich wollte ich mit Ihnen ja nicht mehr reden«, meckerte Axel Feldhaus.

»Bemühen Sie sich nicht, übertrieben freundlich zu wirken«, sagte ich. »Ich mag Ihre rauhe und herzliche Art.«

»Hat die Kämmerin schon die *Münsterschen Nachrichten* gelesen?«

»Nein. Sie war damit beschäftigt, meinen Kaffee zu kochen.«

»Sie Arschloch! Sagen Sie ihr, sie soll den Artikel über die gestrige Ratssitzung lesen! Er enthält einige unangenehme Details.«

Der Hinweis war überflüssig. Als ich in die Küche zurückkam, hielt Jutta bereits den Lokalteil der *Münsterschen Nachrichten* in der Hand. Sie zitterte stärker als vor drei Minuten.

»Das darf nicht wahr sein!«

»Was denn?« Ich beugte mich über ihre Schulter. Die fette Zeile über dem Aufmacher lautete: *Große Koalition in Sicht*. »Das hast du doch selbst vorausgesagt.«

»Das meine ich nicht.« Sie zeigte auf eine Stelle weiter unten.

Ich las: »Die Turbulenzen, in die die rotgrüne Koalition geraten ist, dürften auch die Position der grünen Stadtkämmerin Jutta Rausch gefährden. Nach Informationen, die unserer Zeitung vorliegen, hat sie in den siebziger Jahren einer sogenannten K-Gruppe angehört, einer vom Verfassungsschutz als verfassungsfeindlich eingestuften Organisation. Nur eine ›Jugendsünde‹, oder versteckt Frau Rausch ihre politische Einstellung unter einem demokratischen Mäntelchen?«

»Diese Schweine! Die wollen mich fertig machen. Das ist Teil der CDU-Strategie, die rotgrüne Koalition mürbe zu schießen.« Sie schaute mich zum ersten Mal an. »Aber wer hat gesungen? Heiner Kleine-Langen?«

Ich zuckte mit den Schultern.

»Kannst du das für mich herausfinden?«

»Ich werde es versuchen. Nachdem ich aus Warendorf zurück bin.«

Warendorf war eine Kreisstadt im östlichen Münsterland. Wie ihre Kolleginnen Steinfurt, Coesfeld und Borken litt sie unter dem Münster-Komplex. Wer konnte schon eine Ansammlung von 30.000 bis 40.000 Einwohnern als Stadt so richtig ernst nehmen? Andererseits war es der landschaftlichen und kulturellen Einöde ringsum zu verdanken, daß sich die Münsteraner wie die Bewohner einer Metropole vorkamen. Eine Einstellung, die in offene Arroganz umschlug, wenn die Landeier mit den Autokennzeichen COE (wie *Chaos Ohne Ende*), ST (*Stehender Traktor*), WAF (*Warum Anfänger Fahren*) und BOR (*Blöd Ohne Reue*) am Samstag den münsterschen Verkehr blockierten. Vor allem zwischen den münsterschen Fahrradfahrern und den zum Einkauf anreisenden Münsterländern kam es regelmäßig zu häßlichen Szenen. Münstersche Fahrradfahrer ignorierten nämlich grundsätzlich die Straßenverkehrsordnung, hielten sich an keine rote Ampel oder Vorfahrtsregel. Sie erwarteten schlicht, daß Autofahrer eine Vollbremsung durchführten und Fußgänger zur Seite sprangen. Münsters Autofahrer hatten sich daran gewöhnt, für ihre Artgenossen aus den Landkreisen war es jedoch stets ein neuer Schock, daß es in Münster nicht nur Fahrradwege gab, sondern sie auch noch intensiv genutzt wurden. Und manch einer erlitt am Ludgeriplatz einen Nervenzusammenbruch mit anschließendem Verkehrskollaps.

Was die Verkehrsschilder großspurig als Warendorfer Innenstadt ankündigten, entpuppte sich als Ensemble von putzigen, zweistöckigen Fachwerkhäusern. Ich stellte meinen Wagen auf dem Parkplatz vor dem Franziskanerkloster ab und machte mich auf die Suche nach der Schnittlauchgasse.

Warendorfs Stadtgestalter schwörten auf Traditionspflege. Überall hatte man behinderten- und seniorenfreundliches Kopfsteinpflaster verlegt, und an einem Gebäude in der Oststraße glänzte der liebevoll restaurierte Schriftzug *Kaiserliches Postamt*.

Aber auch die Moderne hatte Einzug gehalten. Der Hauptsitz des kommerziellen *Radio WAF* stand an einem Platz, der zufällig Schweinemarkt hieß.

Gar nicht weit von hier war die Schnittlauchgasse. Sie maß in der Längsrichtung zwanzig Meter, und deshalb konnte ich das weiße Schild mit der violetten Aufschrift *artconcept* nicht übersehen. Es hing an einem Fachwerkhaus, Ulf Meiers Werbeagentur machte sich in einer ehemaligen Erdgeschoßwohnung breit.

Der Eindruck von Geräumigkeit entstand dadurch, daß ich ungehindert durch drei Räume schreiten konnte. Es gab weiße Büromöbel, gerahmte Plakate, Zeichentische und Computer, aber ohne menschliches Zubehör wirkten sie leblos. Erst im vierten Raum traf ich auf ein menschliches Wesen. Es saß hinter einem Schreibtisch, der quer zu zwei unterteilten Fenstern stand, die das Sichtfeld auf einen verwilderten Hintergarten öffneten.

»Herr Meier?« fragte ich.

Langsam schwenkte er seine Augenachse in meine Richtung. Bevor er antwortete, gab er einen Ton von sich, als müsse er ein paar Kieselsteine von den Stimmbändern entfernen. »Der Laden macht nächste Woche dicht.«

»Ich bin kein Kunde.«

»Ach so.« Er fingerte eine filterlose Zigarette aus der Schachtel und setzte sie mit dem zweiten Versuch in Brand. Anscheinend hatte er mich vergessen.

»Ich arbeite für Jutta Rausch.«

Wieder der Ton. Entweder eine Masche von ihm oder ein krankhafter Befall der Atemwege. »Die alte Jutta. Das waren noch Zeiten.«

Obwohl er mir keinen Stuhl angeboten hatte, nahm ich ihm gegenüber Platz. Seine rotgeäderten Augen hatten ein bißchen Mühe, ihr Ziel zu fixieren. Und aus seinem Mund kam eine saure Atemwolke, die normalerweise zu schweren Kommunikationsstörungen führen mußte.

»Sie haben sicher von den Morden gehört, die in Münster geschehen sind.«

»Ja, ich hab's gelesen.«

»Alle Opfer haben seinerzeit der KPD/ML/O angehört. Genauer gesagt: jener Fraktion, die das Vermögen der Gruppe unter sich aufgeteilt hat.«

Der fusselige graumelierte Bart bebte. »Aber ich ...«

»Sie haben mit dem Geld Ihre Werbeagentur aufgebaut.«

Er bekam einen bronchitischen Anfall. Dann begriff ich, daß es sich um ein Lachen handelte. »Aufgebaut ist gut. Vorgestern ist mein letzter Angestellter abgehauen. Er kriegt noch für zwei Monate Lohn. Die Werbeagentur ist am Ende. Keine Aufträge. Ich weiß nicht, wie ... und woher ...«

»Das interessiert den Mörder womöglich nicht.«

»Welchen Mörder?« Er öffnete ein Schreibtischfach und holte eine Flasche Weinbrand und ein Glas heraus. Seine Bewegungen waren jetzt schneller geworden. »Wollen Sie auch einen?«

»Nein, danke.«

Das Glas füllte sich randvoll. Er kippte es zur Hälfte. »Ich hab doch damit nichts zu tun.«

»Womit?«

»Ich meine ...« Die zweite Hälfte verschwand in seinem Hals. »Ah! Ich bin doch kein Politiker.«

»Das ist die spannende Frage, Herr Meier: Hat es der Mörder auf Politiker abgesehen? Oder auf jene Mitglieder der Gruppe, die sich das Geld in die eigene Tasche gesteckt haben?«

Er schnaufte. »Hören Sie mal! Sie machen mir Angst.«

»Die sollten Sie vielleicht haben. Wenn Ihnen an Ihrem Leben etwas liegt.«

Er glotzte mich an. »Scheiße.«

»Herr Meier, haben Sie in letzter Zeit etwas Verdächtiges bemerkt? Ist Ihnen jemand gefolgt? Haben Sie merkwürdige Anrufe erhalten?«

Er dachte lange nach. »Ja, da war was.«

»Was war da?« hakte ich geduldig nach.

»Ein Anruf. Vor einer Woche etwa. Der Typ sagte: ›Ich habe nicht vergessen.‹«

»Und weiter?«

»Nichts weiter. Dann hat er aufgelegt. Ich hab's mir gemerkt, weil es irgendwie schräg klang: Ich habe nicht vergessen.«

»Haben Sie seine Stimme erkannt?«

»Nee. Ging ja alles viel zu schnell.«

»Das war er«, stellte ich fest. »Tut mir leid, Ihnen das sagen zu müssen, Herr Meier, aber auch Martin Hennekamp und Dirk Holthausen haben kurz vor ihrem Tod solche Anrufe erhalten.«

Seine blutunterlaufenen Augen begannen feucht zu schimmern. Er verdeckte sie mit dem Handrücken und schniefte. »Warum immer ich? Das ganze Geld ist weg. Die Bank hat das Konto gesperrt. Meine Frau verklagt mich. Ich bin ein Versager. Das sagen sie alle.« Der Rotz lief ihm über das Gesicht. »Und jetzt auch noch ...«

»Herr Meier«, sagte ich vorsichtig. Ich hatte einen schweren Gewissenskonflikt zu seinen Gunsten entschieden. Gegen die Interessen einer Klientin zu handeln, verstieß nicht nur gegen die Berufsprinzipien, sondern widersprach auch meinem persönlichen Moralkodex. Aber andererseits konnte ich diesen Menschen nicht in sein Unglück stolpern lassen.

»Was soll ich bloß machen?«

Ich unterdrückte den Wunsch, ihm ein Taschentuch zu reichen. »Herr Meier, wenn ich Ihnen einen Rat geben darf: Gehen Sie zur Polizei! Erzählen Sie denen die alte Geschichte! Sagen Sie, daß Ihr Leben in Gefahr ist! Fordern Sie Polizeischutz! Und wenn man Ihnen in Warendorf nicht glaubt, wenden Sie sich an Hauptkommissar Stürzenbecher im Polizeipräsidium Münster. Der kennt die Zusammenhänge.«

Er wischte sich den Rotz von der Lippe und goß Schnaps auf den Schreibtisch. Eine kleine Pfütze landete auch im Glas. »Können Sie nicht mitkommen?«

»Das geht leider nicht. Wie gesagt, ich arbeite für Jutta Rausch. Und die möchte nicht, daß die alte Geschichte ruchbar wird.« Ich stand auf. »Ich muß jetzt gehen, Herr Meier. Es wäre vernünftig, wenn Sie die Tür hinter mir abschließen würden.«

Abgesehen von einem Tankstop bei Telgte kehrte ich ohne Umschweife zurück in die ehemalige Provinzialhauptstadt. Nur widerwillig hatte das katholische Münster seine Rolle als westfälischer Schreibtisch des alten Erzfeindes Preußen akzeptiert. Erst Anfang des 20. Jahrhunderts kam es zu einer

Art Frieden mit dem lutherischen Monarchen. Und im Überschwang patriotischer Gefühle benannte sich der renommierteste Fußballclub nach dem ganzen Land. Noch heute schwärmten die alten Preußen-Anhänger von dem Endspiel um die deutsche Fußballmeisterschaft 1951, das der SC Preußen 06 denkbar knapp gegen die roten Teufel aus Kaiserslautern verloren hatte. Im Gründungsjahr der Bundesliga gehörten die Preußen zum letzten Mal dem Oberhaus des deutschen Fußballs an, von da an ging es stetig bergab. Jetzt sollte ein neues, 20.000 Sitzplätze fassendes Stadion dem in den Tiefen der Regionalliga dümpelnden Club einen Motivationsschub verpassen.

Solange Jutta in ihrem Büro saß, konnte ich mir eine kleine Pause in meiner Wohnung gönnen. Also fuhr ich ins Kreuzviertel. In den Straßencafés rund um die Kreuzkirche hatte man bereits die Stühle zusammengeklappt. Der graue deutsche Winter drohte mit seiner feuchtkalten Pratze.

Nach den hektischen letzten Tagen kam mir meine Wohnung fast fremd vor. Ich sehnte mich nach ein paar Stunden Ruhe, in der Badewanne liegen, nachdenken, Pfeife rauchen. Außerdem mußte ich ja noch Juttas Spezialauftrag erledigen.

Aus Jans Zimmer kam erdiges Grunzen, kakophonisch verknüpft mit schrillem Gewinsel. Danach war mir weniger zumute. Ich verschob das Erholungsprogramm und holte den Staubsauger aus dem Vorratsraum, um einen Lärmschutzwall aufzubauen. Ganz nebenbei wurde mein Zimmer dadurch ein bißchen sauberer.

Als ich die Arbeit erledigt hatte, waren die Paarungsgeräusche verebbt. Ich klopfte und riskierte einen Blick in die Lasterhöhle.

»Hallo Sherlock!« rief Jan. »Wir haben dich gar nicht kommen hören.«

»Dafür habe ich euch umso besser kommen hören.«

Jan grinste breit. »Nach dem Frühstück kriegen wir immer Lust auf eine kleine Runde.«

»Corinna«, wandte ich mich an die Wölbung unter der Bettdecke, »würdest du mir einen Gefallen tun?«

Sie hob den Kopf und sah überhaupt nicht aus wie Corinna. »Darf ich vorstellen«, sagte Jan. »Das ist Tamara. Mein Vermieter: Georg Wilsberg.«

Tamara kam mir irgendwie bekannt vor, ich wußte bloß nicht, woher. »Tja, äh, Tamara, würdest du mir einen Gefallen tun?«

»Och«, nölte sie. »Muß das sein?«

»Es dauert nicht lange, und ihr habt doch gerade Pause.«

»Sei so gut, Bärchen!« redete Jan ihr zu. »Georg ist einer der tolerantesten Vermieter, die ich kenne.«

»Wenn nicht auf dem ganzen Erdkreis«, bestätigte ich.

Ich trug das schnurlose Telefon ans Bett, brachte ihr den Text bei und beauftragte Jan, auf seiner Computertastatur zu klappern.

Eine Minute später kam Tamaras Auftritt: »Schödel-Werning von den *Münsterschen Nachrichten*. Herr Kleine-Langen, ich habe eine Nachfrage bezüglich der Informationen, die Sie uns gegeben haben.«

Ich brachte mein Ohr in die Nähe des Hörers.

»Was für Informationen?« antwortete Kleine-Langen brummig.

»Die K-Gruppen-Vergangenheit der Stadtkämmerin betreffend.«

»Ich habe Ihnen keine Informationen über die Vergangenheit der Stadtkämmerin gegeben. Und auf solche hinterfotzigen Tricks falle ich auch nicht herein.«

»Das war wohl nichts.« Tamara gab mir das Telefon mit spitzen Fingern zurück.

Ich überlegte. »Noch einen Versuch, bitte!«

»Aber das ist der letzte.«

»Versprochen.«

Ich wählte, sie sagte ihren Spruch auf.

»Aber ich habe doch um größte Verschwiegenheit gebeten«, beschwerte sich Axel Feldhaus. »Ich werde in dieser Angelegenheit nur mit dem Chefredakteur reden.«

»Das wußte ich nicht«, verabschiedete sich Tamara kleinlaut.

»Danke!« lobte ich sie. »Du hast mir sehr geholfen. Ich tu euch bei Gelegenheit ein Bier aus.«

Jan hörte auf zu klappern und kehrte mit einem Hechtsprung ins Bett zurück. »Miss Tamara Watson!«

Nach diesem durchschlagenden Erfolg hatte ich mir einen längeren Badewannenaufenthalt redlich verdient. Doch was ich im Badezimmer erblickte, war ein harter Schlag gegen die These vom fortschreitenden Zivilisierungsprozeß der Menschheit. Ich kam nicht umhin, ein gerade beginnendes Vorspiel zu unterbrechen. Und hätten die beiden nicht soviel guten Willen gezeigt, wäre meine Ansprache um einige Grade autoritärer ausgefallen.

»Jan, du warst schon letzte Woche mit dem Putzen des Badezimmers dran.«

»Ich weiß«, entschuldigte er sich. »Aber ich dachte, du kommst erst Ende der Woche zurück. Und so dreckig ist es auch wieder nicht.«

»Kennst du nicht die alte WG-Regel: *Wann ist ein Badezimmer dreckig? Wenn mehr als fünf Schamhaare auf der Kloumrandung liegen.*«

Das heiße Ölbad lullte mich ein. Ich mußte wohl schon eine halbe Stunde in der Wanne gelegen haben, als Jan, lässig mit Boxershorts bekleidet, meine kreative Ruhe störte: »Telefon für dich.«

»Ja«, sagte ich.

Es war Sigi. »Georg, ich hab dich gestern im Fernsehen gesehen.«

»Nein«, staunte ich.

»Zufällig schalte ich das Münsterland-Programm ein. Und wer sitzt da, während der Ratsversammlung, in der ersten Zuschauerreihe? Georg Wilsberg.«

»Tja, weißt du, ich komme langsam in das Honoratiorenalter. Und da dachte ich, ich sollte mich nach einer angemessenen, ehrenvollen Freizeitbeschäftigung umsehen, zum Beispiel Stadtrat werden.«

»Erzähl mir keinen Schmu, Georg! Du würdest niemals freiwillig eine politische Veranstaltung besuchen.«

»Menschen können sich verändern, Sigi. Ich beginne, meine Verantwortung für das Gemeinwesen zu begreifen. Erst kürzlich fiel mir der Spruch von John F. Kennedy ein, den er anläßlich seiner Amtseinführung losgelassen hat: *Frage nicht, was die USA für dich tun können! Frage, was du für die USA tun kannst!*«

»Bei der Amtseinführung von John F. Kennedy hast du noch in die Windeln geschissen.«

»Ich konnte ziemlich früh meinen Stuhlgang kontrollieren.«

»Hören wir auf, um den heißen Brei herumzureden: Du arbeitest.«

Ich kannte Sigi lange genug, um zu wissen, wann ein Geständnis fällig war. »Stimmt.«

»Ich hoffe, dir ist der Paragraph neun deines Arbeitsvertrages bewußt.«

»Natürlich. Kannst du ihn sinngemäß noch einmal zusammenfassen?«

»Er verbietet dir Nebentätigkeiten, die in Konkurrenz zu den Interessen von *Security Check* stehen. Um es anders auszudrücken: Ich stehe personell echt unter Druck. Und ich habe dir Urlaub gegeben, weil du dich angeblich erholen wolltest. Deshalb sehe ich ganz und gar nicht ein, daß du irgendwelche Detektivjobs erledigst, egal ob für eine Konkurrenzfirma oder für die eigene Tasche.«

»Ich verdiene nichts dabei, ehrlich. Es geht um eine alte Freundin. Sie sitzt im Stadtrat und steht möglicherweise auf der Liste des Grünen-Killers. Ich möchte, daß sie am Leben bleibt. Das ist alles.«

Als Sigi antwortete, hörte ich sofort, daß ich den richtigen Ton getroffen hatte. »Brauchst du Hilfe, Georg? Ich meine, es ist zwar schwierig, aber zur Not könnte ich jemanden abstellen.«

»Ich komm schon zurecht. Trotzdem vielen Dank für das Angebot.«

Ich hatte gerade ein paarmal an meiner dänischen Crown Viking gesaugt und eine dicke Wolke Virginia-Tabak, geflavoured mit aromatischem Grappa, abgesondert, da klingelte es an der Wohnungstür. Vielleicht war es doch keine so gute Idee gewesen, meine eigene Wohnung zu besuchen.

Eine Ahnung, die sich in Gestalt von Klaus Stürzenbecher

bestätigte. Der Hauptkommissar kam nicht allein, er hatte einen jungen Kollegen dabei.

»Den beiden geht es gut«, sagte ich in Anspielung auf die Geräusche, die aus Jans Zimmer drangen, »falls sie nicht irgendwann an Entkräftung sterben.«

Stürzenbecher war nicht zu Scherzen aufgelegt. »Gib mir deine Pistole! Es ist besser, du packst ein paar Sachen ein. Diesmal wird es etwas länger dauern.«

Mein Puls verdoppelte seine Geschwindigkeit. »Was ist passiert?«

»Du entwickelst dich zum Sensenmann, Wilsberg. Wo du auch hinkommst, überall bringst du den Tod mit.«

»Wer?« fragte ich mit ausgetrocknetem Mund.

»Ulf Meier. Jemand hat ihm die Halsschlagader aufgeschnitten.«

»Ich kenne keinen Ulf Meier.«

Stürzenbecher legte seine Stirn in Falten. »Darüber würde ich an deiner Stelle noch einmal nachdenken. Meier hat vor seinem Tod die Warendorfer Polizei angerufen. Sein Leben sei in Gefahr, hat er gesagt, und die Personenbeschreibung eines Besuchers durchgegeben. Meier machte auf die Warendorfer Kollegen einen alkoholisierten Eindruck, und sie wußten nicht so recht, was sie mit dem Anruf anfangen sollten. Sicherheitshalber schickten sie einen Streifenwagen zu der angegebenen Adresse. Meier saß friedlich auf einem Stuhl. Aber er hatte sein gesamtes Blut verloren.«

»Na und?« Ich versuchte cool zu wirken. »Ich sehe so gewöhnlich aus, daß meine Personenbeschreibung auf jeden dritten männlichen Münsteraner zwischen dreißig und fünfzig zutrifft.«

»Aber nicht jeder dritte männliche Münsteraner ist Leibwächter der Stadtkämmerin.«

Ich besaß die Fähigkeit, bessere Argumente auch dann zu erkennen, wenn sie nicht von mir stammten.

»Sei bloß vorsichtig!« riet Stürzenbecher, als wir in seinem grauen Dienstaudi zum Polizeipräsidium fuhren. »Der Alte steht mächtig unter Druck. Wenn er ein Wasserkessel wäre, würde er längst flöten. Die Medien grillen ihn auf kleiner

Flamme. Der Innenminister hat bereits sein Unverständnis darüber geäußert, daß die Ermittlungen so schleppend vorankommen. Und nicht zuletzt hat er sich durch seinen Auftritt im Rathaus selbst ins Knie geschossen.«

»Wie bist du eigentlich mit heiler Haut davongekommen?« wunderte ich mich. »Du hast Lewandowski doch das Foto geliefert.«

Stürzenbecher winkte ab. »Natürlich hätte er mir gerne die Sterne von der Schulter gerissen. Aber erstens darf er es gar nicht, mein Personalchef ist immer noch der Polizeipräsident von Münster. Und zweitens habe ich vorgesorgt. In der Lagebesprechung vor dem Rathausdesaster habe ich ausdrücklich zu Protokoll gegeben, daß ich es für falsch halten würde, zum jetzigen Zeitpunkt mit dem Foto an die Öffentlichkeit zu gehen.«

Lewandowski ließ mich eine Stunde warten. In höheren Polizeikreisen nannte man das wahrscheinlich psychologische Verhörtaktik. Dann kam er mit einem Kometenschweif von Untergebenen hereingestürmt. Zu meiner Beruhigung befand sich auch Stürzenbecher darunter.

»Herr Wilsberg!« schmetterte er mir entgegen. »So sieht man sich wieder. Da haben Sie sich ja böse reingeritten.«

»In was?« fragte ich scheinheilig.

»Einmal könnte man es ja noch als Zufall durchgehen lassen, daß Sie als Letzter mit dem Ermordeten gesprochen haben. Aber zweimal? Das kauft Ihnen kein Untersuchungsrichter ab.«

»Es ist die Wahrheit«, sagte ich schlicht.

Er pflanzte seinen Hintern auf den Schreibtisch, so daß ich zu ihm aufblicken mußte.

»Es wäre besser, Sie würden ein Geständnis ablegen. Wir können die Sache aber auch als Indizienprozeß durchziehen. Ich denke, wir haben ganz gute Karten.«

»Huh«, machte ich. »Sie wollen mir Angst einjagen.«

»Das brauche ich gar nicht. Ihnen geht auch so der Arsch auf Grundeis.«

»Sie haben nichts gegen mich in der Hand«, stellte ich fest.

»Da täuschen Sie sich gewaltig. Sie haben Ihre Fingerabdrücke in Meiers Büro hinterlassen. Und wir haben Meiers telefonische Aussage.«

»Ich gebe ja zu, daß ich bei Meier war.«

»Was wollten Sie von ihm?«

»Ich habe ihn vor dem Mörder gewarnt und ihm geraten, sich an die Warendorfer Polizei zu wenden.«

»Wie kamen Sie darauf, daß Meiers Leben in Gefahr war?«

»Dazu möchte ich keine Aussage machen.«

»So kommen wir nicht weiter, Herr Wilsberg.« Er hibbelte auf dem Schreibtisch herum.

Langsam bekam ich vom ständigen Hochgucken eine Nackenstarre. »Würde es Ihnen etwas ausmachen, sich auf einen Stuhl zu setzen? Ich weiß, daß man sich unterlegen fühlt, wenn man zu einem Gesprächspartner aufblicken muß. Aber der Trick ist so alt, daß ein erfahrener Mann wie Sie darauf verzichten kann.«

Einer der Paladine im Hintergrund kicherte, und Lewandowski sprang wie von einem Skorpion gebissen auf den Boden. »Werden Sie bloß nicht komisch, Wilsberg!«

»Herr Wilsberg, wenn ich bitten darf!« Ich massierte meinen Nacken. »Ich dachte nur daran, daß physiotherapeutische Maßnahmen von der Krankenkasse nicht mehr bezahlt werden.«

Lewandowski setzte sich widerstrebend. »Kennen Sie den Mörder?«

»Nein.«

Der Oberrat kraulte seinen Nasenrücken und tat so, als sei ihm eine Idee gekommen. »Mal angenommen, nur mal angenommen, der Mörder hat Sie aus irgendeinem Grund in der Hand. Vielleicht erpreßt er Sie, oder er ist ein alter Freund von Ihnen. Also denken Sie, Sie müßten ihn schützen, um sich selbst zu schützen. In Wirklichkeit geraten Sie jedoch immer tiefer in den Sumpf, je länger Sie uns hinhalten. Ich garantiere Ihnen, wenn Sie uns den Namen nennen und wir den Mann überführen können, kommen Sie mit zwei, höchstens drei Jährchen davon. Andernfalls ...«

»Ich weiß nicht, wer der Mörder ist.«

»Herrgott nochmal«, brauste Lewandowski auf. »Falls Sie es nicht selbst waren, muß Ihnen der Mörder doch gefolgt sein.«

»Nicht unbedingt«, widersprach ich. »Er befand sich nur zur selben Zeit wie ich in Warendorf.«

»Und woher wußten Sie, daß Meier ermordet wird?«

»Ich wußte es ja gar nicht. Ich habe lediglich vermutet, daß eine gewisse Gefahr bestehen könnte.«

»Fakten.« Der Oberrat knallte gebieterisch seine Hand auf den Tisch. »Hören Sie auf, um den heißen Brei herumzureden! Entweder Sie liefern uns Entlastungsmaterial, oder ich lasse Sie in Beugehaft schmoren, bis Sie schwarz werden.«

»Als Privatdetektiv unterliege ich der beruflichen Schweigepflicht. Im Interesse meiner Klientin.«

Er atmete tief durch. »Möchten Sie vielleicht einen Anwalt?«

»Nein, danke. Solange ich nur vorläufig verhaftet bin, muß ich das Honorar selbst bezahlen. Und das kann ich mir nicht leisten.«

Er lachte empört. »Hör sich einer das an!« Der nächste Satz war an die hinter ihm sitzenden Untergebenen gerichtet. »Er glaubt tatsächlich, daß wir ihn freilassen.«

Einige Polizisten wackelten pflichtschuldig mit den Köpfen.

»Ja«, sagte ich gelassen. »Weil Sie genau wissen, daß Sie mir keinen Mord anhängen können.«

»Herr Wilsberg!« Nach den Drohungen kam die väterliche Masche. »Wir haben es mit vier schrecklichen Morden zu tun. Morde, die alle Merkmale eines psychopathischen Verbrechens aufweisen. Derjenige, der das getan hat, ist krank.« Er schaute mich erwartungsvoll an. Ich ihn auch.

»Eine normale Gefängnisstrafe kommt in solchen Fällen nicht in Frage«, troff es salbungsvoll aus ihm heraus. »Sie müssen nicht mit gewöhnlichen Verbrechern in einer Zelle sitzen. Ich werde dafür sorgen, daß Sie in eine schöne Klinik kommen.«

Ich lachte. »Soll das ein Angebot sein?«

»Es ist mein voller Ernst.«

»Es stimmt«, sagte ich. »Ich bin krank.«

Seine Augen leuchteten triumphierend.

»Allerdings nicht geisteskrank. Ich habe Neurodermitis.«

Das Leuchten erlosch.

»Und wenn ich nicht bald meine Medikamente bekomme«, setzte ich nach, »haben Sie eine Menge Ärger am Hals.«

Hilfesuchend wandte er sich nach hinten: »Neurodingsbums, ist das gefährlich?«

Stürzenbecher räusperte sich. »Kommt darauf an.«

»Und warum sagt mir das keiner?«

Sürzenbecher kam nach vorn und tuschelte mit seinem Chef. Kurz darauf hatten Stürzenbecher und ich das Vernehmungszimmer für uns allein.

Augenzwinkernd formulierte der Hauptkommissar für das installierte Mikrofon: »Ich bringe Sie jetzt in die Zelle. Dann können Sie Ihre Medikamente nehmen.«

Wir schwiegen, bis Stürzenbecher die Zellentür von innen geschlossen hatte.

»Nett, daß du mich von dieser Nervensäge erlöst hast«, bedankte ich mich.

»Gern geschehen. Und nun reden wir mal Tacheles, Wilsberg! Was ist damals in der KPD/ML/O vorgefallen?«

»KPD/ML/O? Klingt wie ein nordkoreanischer Gesangsverein.«

»Verscheißer mich nicht, Wilsberg! Ich kann Zeitung lesen. Und du glaubst doch wohl nicht, daß ich für dich diesen Lars Merten ausfindig mache, ohne eigene Erkundungen anzustellen. Und siehe da: Merten hat zur selben Zeit an der Uni Münster studiert wie Dietzelbach, Hennekamp, Holthausen und – Jutta Rausch. Punkt eins. Punkt zwei: Nachdem ich die kryptische Andeutung in den *Münsterschen Nachrichten* gelesen habe, besuche ich meine Kollegen im ehemaligen Politischen Kommissariat. Die haben eine Menge Archivmaterial gesammelt: Ermittlungen wegen verbotener Büchertische, Verunglimpfung des Staates und seiner Organe, Flugblätter, Fotos von Demos. Und – du ahnst vielleicht, wen ich da unter dem Transparent der KPD/ML/O über die Salzstraße marschieren sehe?«

Ich nickte.

»Sie waren alle Mitglieder der KPD/ML/O« redete sich Stürzenbecher in Fahrt. »Und ich würde eine Clara Schumann darauf verwetten, daß auch Ulf Meier dem Verein angehörte.«

Da ich mein Schweigegelöbde bereits einmal gebrochen hatte, kam es auf ein zweites Mal auch nicht mehr an. Ich erzählte Stürzenbecher die ganze Geschichte.

Als ich geendet hatte, blieb er stumm sitzen, den Kopf auf die Hand gestützt.

»Wenn ich dich richtig verstehe«, sagte er schließlich, »haben wir drei Verdächtige: die Psychotherapeutin, den Geisteskranken und den Fraktionsvorsitzenden.«

»Das ist das Problem«, gab ich zu. »Katja Imhoff traue ich die Morde am wenigsten zu, Lars Merten ist nicht in der Lage, einen Mord zu planen, und welches Motiv sollte Heiner Kleine-Langen haben, seine ehemaligen Genossen zu eliminieren?« Inzwischen hatte ich eine neue Idee, aber die erschien mir so abwegig, daß ich mich vor Stürzenbecher damit nicht lächerlich machen wollte.

»Haben wir den Mörder, haben wir auch das Motiv.« Der Hauptkommissar stand auf. »Ich denke, wir werden uns zuerst den Fraktionsvorsitzenden vorknöpfen.« Er ging zur Tür. »Ich halte dich auf dem laufenden.«

»Eine Bitte habe ich noch«, hielt ich ihn auf. »Stell Jutta Rausch und Conny Guttweller unter Polizeischutz! Ich möchte nicht, daß noch jemand stirbt. So wie es aussieht, komme ich hier in den nächsten Tagen wohl nicht heraus?«

Stürzenbecher grinste. »Da kannst du einen drauf lassen. Du bist Lewandowskis große Hoffnung.« Er zögerte, »Oder fällt dir etwas ein, das dich entlastet? Hast du vielleicht auf dem Weg von Warendorf nach Münster einen Anhalter mitgenommen?«

»Nein. Aber ich habe getankt. In Telgte.«

»Tankquittung?«

Ordentlich wie ich war, befand sich die Tankquittung im Portemonnaie.

Stürzenbecher nahm das Stück Papier. »Ich werde sehen, was sich machen läßt. Richte dich in der Zwischenzeit schon mal gemütlich ein!«

XV

Ich verbrachte einen ruhigen Abend. Niemand besuchte mich, und ich ging auch nicht aus. Das Bett war für meinen Geschmack etwas schmal, und ich konnte nicht sofort einschlafen, nachdem das Licht gelöscht wurde. Beim frühmorgendlichen Wecken hatte ich das Gefühl, erst kurz zuvor eingenickt zu sein. Das klebrige Weißbrot, das mir der uniformierte Zimmerkellner zum Frühstück brachte, schaffte es ebenfalls nicht, meine Stimmung zu heben. Aus verschiedenen Gründen, die sich wunderbar ergänzten, war ich völlig mies drauf.

Stürzenbecher mußte so etwas geahnt haben, als er gegen halb acht vorbeischaute. »Du siehst aus, als würde dir unsere Hotelsuite nicht gefallen.«

»Sagen wir es mal so«, wollte ich nicht ungerecht erscheinen, »das *Oriental* in Bangkok liegt knapp drüber, aber das *Chelsea Hotel* in New York schlagt ihr um Längen.«

»Ich werde das Kompliment weitergeben«, lächelte Stürzenbecher. »Übrigens wird das Zimmer für einen neuen Gast gebraucht. Du darfst deine Sachen packen.«

Mein Blutkreislauf kam spontan auf Touren. »Wieso das?«

»Du hast ein unglaubliches Schwein. Der Tankwart in Telgte erinnert sich an dich. Und der Zeitpunkt, zu dem du angehalten hast, hätte nicht günstiger sein können: genau zwischen dem Anruf von Meier bei der Polizeistation in Warendorf und dem Eintreffen der Streife.«

»Als der Mörder zugeschlagen hat«, ergänzte ich. »So etwas nennt man Timing.«

Stürzenbecher begleitete mich bis zur Straße.

»Meine Pistole«, erinnerte ich ihn.

Er reichte sie mir. »Soll ich sie nicht lieber für dich aufbewahren? Dann muß ich sie dir nicht dauernd abnehmen.«

»Wenn ich das nächste Mal in dein Büro komme, treibe ich den Mörder vor mir her«, versprach ich.

Da stand ich nun in der frischen Morgenbrise, die eiskalte Luft von der Nordsee herüberschaufelte, und überlegte, was ich mit meiner neugewonnenen Freiheit anfangen sollte. Ein klärendes Gespräch mit Jutta wäre nicht verkehrt, dachte ich. Ich schlug den Trenchcoatkragen hoch und stapfte gegen den Wind zu der Wohnung an der Promenade. Um diese Zeit mußte die Kämmerin noch zu Hause sein.

Auf der gegenüberliegenden Straßenseite parkte ein grünweißer Polizeiwagen mit braun-grünen Insassen. Wenigstens hatte Stürzenbecher Wort gehalten. Im Gegensatz zu mir.

Was mich Jutta deutlich spüren ließ, als sie die Tür öffnete. Statt einer Begrüßung sagte sie bitter: »Was hast du getan, Georg? Du vernichtest meine Karriere.«

»Einen weiteren Mord hätte ich mir persönlich übelgenommen«, verteidigte ich mich.

»Ach, Quatsch!« fauchte sie. »Wozu bist du mein Leibwächter?«

»Ich war nicht da.«

»Na und? Eine Nacht komme ich auch alleine zurecht.«

»Und was ist mit Conny?«

»Conny, Conny. Die muß auf sich selbst aufpassen.«

»So geht das nicht, Jutta«, blieb ich beherrscht. »Ich spiele nicht mit Menschenleben.«

»So? Tust du nicht?« Sie war immer noch wütend. »Es war ein Fehler, daß ich dich gemietet habe. Deine Recherchen haben überhaupt nichts gebracht. Und zu allem Überfluß rennst du zur Polizei und plauderst Geheimnisse aus. Von einem Angestellten erwarte ich mehr Loyalität.«

»Ganz so war es nicht. Die Polizei hat mich verhaftet, weil ich wieder einmal in der Nähe war, als jemand ermordet wurde.«

»Ich hab's gehört«, sagte sie knapp.

»Ulf Meier ist bereits das vierte Opfer und zum ersten Mal kein Politiker. Das bedeutet ...«

»Erzähl mir nicht, was ich längst weiß«, würgte mich Jutta ab.

»Dann weißt du sicher auch, was es bedeutet, wenn ich

ruhig zugucke, wie noch jemand ums Leben kommt. Juristisch nennt sich das unterlassene Hilfeleistung und ist strafbar.«

»Na schön.« Sie taxierte mich mit einem kühlen Blick. »Ich brauche dich nicht mehr, Georg. Ich habe ja jetzt Polizeischutz. Schreib mir bei Gelegenheit auf, was ich dir schuldig bin!«

Soweit das Pflichtprogramm. Es war annähernd so hart ausgefallen, wie ich es mir vorgestellt hatte. Aber ich war nicht derart geknickt, daß ich mich an die Zentralheizung verkriechen und Jans und Tamaras Liebesgestöhn zuhören wollte. Jutta konnte mich zwar von ihrer Lohnliste streichen, aber sie konnte mir nicht verbieten, auf eigene Rechnung zu arbeiten. Denn der Mistkerl von Mörder rückte mir immer näher. Wahrscheinlich hatte er mich gesehen, als ich in *Carlos' Café* mit Dirk Holthausen sprach. Und ziemlich sicher hatte er beobachtet, wie ich aus der Werbeagentur von Ulf Meier kam. Er kannte mich, und vielleicht hatte er es sogar darauf angelegt, mir den Mord an Meier in die Schuhe zu schieben. Also nahm ich mir vor, ihn auch mal zu überraschen. Falls sich der Verdacht bestätigte, den ich insgeheim hegte, würde sich vielleicht bald eine Gelegenheit ergeben.

Axel Feldhaus wohnte in einem schlichten dreistöckigen Miethaus im Hansaviertel. Er lebte allein und mußte um diese Tageszeit eigentlich der Kämmerin zu Diensten sein. Zur Sicherheit und um den Schein zu wahren, drückte ich ausgiebig auf seine Klingel. Dann erst nahm ich mir die Nachbarwohnungen vor.

Bei einer älteren Dame, die auf der selben Etage wie Feldhaus wohnte, hatte ich Glück.

»Davon weiß ich ja gar nichts«, sagte sie, meinen sauberen grauen Kittel musternd.

Ich studierte das Formular, das ich auf ein Klemmbrett geschoben hatte. Es stammte aus der unerschöpflichen Sammlung von Formularen, die niemand versteht, vermutlich nicht einmal die, die sie ausfüllen.

»Eindeutig das heutige Datum«, stellte ich fest. »Der Termin ist kurzfristig zustandegekommen, umzugsbedingt, nehme ich an.«

»Herr Feldhaus will ausziehen?«

»Normalerweise wären wir mit dem Ablesen der Heizung erst Ende des Jahres dran. Aber bitte! Ich bin nur der Techniker. Ich bekomme von meinem Chef die Adressen und fertig. Wahrscheinlich hat Herr Feldhaus den Termin vergessen. So etwas passiert uns häufig.«

»Was machen wir denn da?« Die grauhaarige Dame schien unsicher. »Für den Notfall hat Herr Feldhaus einen Schlüssel bei mir deponiert. Aber ...«

Ich blätterte in meinen Unterlagen. »Wenn es heute nicht klappt, können wir frühestens in einem Monat wiederkommen.«

Das überzeugte sie endgültig. Sie holte den Schlüssel und schloß die Tür zu Feldhaus' Wohnung auf. Während ich die Zähler suchte und die Zählerstände notierte, hielt sie scharfäugig Wache. Beim Hinausgehen blieb ich an der Tür stehen und ließ sie das Formular quittieren. So konnte ich unbemerkt eine unscheinbare, wenngleich wirkungsvolle Folie ins Schloß kleben.

Anschließend hatte sie Schwierigkeiten, die Tür abzuschließen. Nach dem dritten erfolglosen Versuch riet ich ihr, es aufzugeben. Bis zur Rückkehr von Herrn Feldhaus würde schon niemand einbrechen.

In neuer Verkleidung brauchte ich nur eine Stunde zu warten, bis die alte Dame das Haus verließ, um ihre Einkäufe zu tätigen. Dann klapperte ich, in einen Bundeswehrparka gehüllt und ein Einkaufswägelchen vor mich herschiebend, die Haustüren in Feldhaus' Straße ab, wobei ich jeweils einen Stapel Zeitungen hinterließ. Die Zeitungen, von der kostenlosen und ungelesenen Art, wie sie jeden Tag kübelweise in den Hausfluren abgekippt wird, hatte ich an einem Verteilertreffpunkt geklaut.

Diesmal schellte ich ganz oben. »Zeitungen« brüllend, knallte ich einen Haufen Papier auf den Treppenabsatz, schloß geräuschvoll die Tür von innen, schlich den Kellerabgang hinunter und versteckte mich unter der Treppe.

Fünf Minuten später nahm ich Feldhaus' Apartment zum zweiten Mal in Augenschein. Was ich im ersten Durchgang nur flüchtig betrachtet hatte, nahm ich mir jetzt gründlicher vor. Zum Glück war die Wohnung singlegerecht: eine kleine Küche, ein Wohn-Arbeitszimmer, ein Schlafzimmer, ein Badezimmer – zu wenig Platz, um Leichen oder größere Geheimnisse zu verstecken. Außerdem war Feldhaus ein ordentlicher Mensch, es lagen keine Abfall-, Kleider- oder Altpapierhaufen herum. Dafür mangelte es der Einrichtung an Kreativität und Gestaltungswillen – eben ein Junggesellen-Apartment.

Zuerst durchsuchte ich die Küche, kontrollierte von Olivenöl bis Fertigsuppen alle verschließbaren Gefäße. Das Bemerkenswerteste an der Küche war die Fernsehzeitschrift, die aufgeschlagen auf dem Küchentisch lag. Im aktuellen Programm hatte Feldhaus die *Mini Playback Show* angestrichen, die Lieblingssendung aller Päderasten. Allerdings interessierte mich Feldhaus' sexuelle Orientierung im Moment weniger.

Das Badezimmer und das Schlafzimmer brachten auch nichts. Die schnieken Aufschneiderklamotten des Referenten hingen ordentlich im Kleiderschrank, die Schubladen offenbarten, daß der Mann sogar seine Unterwäsche bügelte. Unter dem Bett herrschte eine staubige Leere.

Der Schreibtisch im Wohnzimmer lieferte zumindest eine Bestätigung für Tamaras Testanruf. Auf ihm lagen Kopien von KPD/ML/O-Materialien: Flugblätter, Direktiven des Politbüros, Protokolle von Sitzungen, Mitgliederlisten. Einige Blätter, die handschriftliche Anmerkungen enthielten, steckte ich ein. Dann grub ich in den Schubläden, Aktenschränken und Kommoden, fegte die Bücher aus den Regalen und nahm die Möbel auseinander. Doch das, was ich am dringendsten suchte, Latexhandschuhe und ein Töpfchen mit Goldfarbe, fand ich nicht.

Die beiden Polizisten im Vorzimmer der Kämmerin musterten mich fachmännisch. Frau Hanewinkel war über den Beziehungsstreß zwischen Jutta und mir bereits auf dem laufenden: »Frau Rausch hat wenig Zeit. Ich glaube nicht, daß sie Sie empfangen will.«

»Sagen Sie ihr, ich hätte Neuigkeiten!«

Jutta trug heute ein gedecktes Grau, das gut zu der Zornesröte in ihrem Gesicht paßte. »Du willst Geld, stimmt's? Hast du die Rechnung aufgestellt?«

»Noch nicht.« Ich setzte mich auf den Besuchersessel. »Ich habe einen deiner Aufträge ausgeführt. Du wolltest doch wissen, wer dich bei den *Münsterschen Nachrichten* verpetzt hat. Es war dein allerliebster Referent, Axel Feldhaus.«

»Beweise?«

»Erstens ein Kontrollanruf. Und zweitens habe ich das hier in seiner Wohnung gefunden.« Ich reichte ihr die Kopien, die ich eingesteckt hatte.

Jutta erkannte sofort ihre Bedeutung. »Tatsächlich. Das ist Axels Handschrift. Dieses Arschloch! Wie bist du in seine Wohnung gekommen?«

»Betriebsgeheimnis.«

»Du bist eingebrochen.«

»Ich glaube nicht, daß Axel Anzeige erstatten wird. Das Diebesgut ist für ihn höchst kompromittierend.«

Jutta griff zum Telefon. »Er kann sich seine Papiere abholen.«

»Warte mal!« stoppte ich sie. »Ich möchte dir eine neue Theorie erläutern.«

»Ich habe einen Termin bei der Industrie- und Handelskammer.«

»Sag ihn ab!«

Jutta beauftragte Frau Hanewinkel, dem Geschäftsführer der IHK mitzuteilen, sie sei leider kurzfristig erkrankt.

»Die Theorie ist etwas gewagt«, begann ich. »Da gibt es einen jungen Mann, der unsterblich in eine ältere Frau verliebt ist. Die Frau erhört ihn, allerdings nur kurzfristig. Dann stößt sie ihn zurück. Der junge Mann bleibt in der Nähe der Frau, steigt mit ihr die politische Leiter hinauf. Allmählich wandelt sich seine Liebe in Haß. Er fühlt sich ausgenutzt. Er sinnt auf Rache. Er schmiedet Mordpläne. Doch er ist auch ein cleverer junger Mann, der nicht gern die nächsten zwanzig Jahre seines Lebens im Gefängnis verbringen möchte. Da stößt er durch Zufall auf die unrühmliche Vergangenheit der Frau. Plötzlich sieht er die Gelegenheit, seinen teuflischen Plan umzusetzen. Er bringt zwei, drei, vier Menschen um. Die Spuren weisen zuerst auf politische Racheakte hin. Dann sorgt der junge Mann dafür, daß die Vergangenheit der Frau bekannt wird. Niemand, so hofft er, wird darauf kommen, daß der fünfte Mord, der Mord an der Ex-Geliebten, der eigentliche Zweck des Ganzen ist. Wo kann man einen Mord aus Eifersucht besser verstecken, als in einer Mordserie, die scheinbar von einem durchgeknallten Psychopathen verübt wird?«

Jutta dachte eine Weile nach. »Klingt etwas konstruiert«, sagte sie schließlich. »Ziemlich viel Aufwand, um eine ältere Frau zu beseitigen, die nicht sonderlich attraktiv ist.«

»Wer sagt, daß du nicht attraktiv bist?«

»Ach, komm schon, Georg! Wenn mich Axel hätte umbringen wollen, hätte er dazu früher günstigere Gelegenheiten gehabt.«

»Und was ist mit dem Material, das er über dich gesammelt hat?«

»Fragen wir ihn doch selbst.« Sie griff erneut zum Telefon.

Das Gesicht des Referenten verdüsterte sich, als er mich erblickte. »Ich dachte, *der* kommt nicht mehr.«

»Etwas mehr Höflichkeit, wenn ich bitten darf«, wies ihn Jutta zurecht.

Ein höhnisches Grinsen blitzte auf. »Verstehe. Ihr habt euch wieder versöhnt.«

Die Kämmerin ging nicht darauf ein. »Was sagt dir der Name KPD/ML/O?«

Er spielte den Unwissenden. »Ist das eine südamerikanische Befreiungsbewegung?«

»Du weißt von nichts?«

»Nein«, beharrte er.

»Und was ist das hier?« Sie zeigte ihm die Kopien mit seinen handschriftlichen Anmerkungen.

Die Keule traf ihn unvorbereitet. Feldhaus taumelte zwei Schritte zurück und stieß gegen die Tischkante. Sein Kopf pendelte hin und her.

»*Er* war das«, würgte er hervor. »Wilsberg hat sich von Anfang an zwischen uns geschoben.«

»Wie meinst du das?« fragte Jutta erstaunt.

»Mach mir nichts vor! Ich habe euch beobachtet. Du hast gesagt, du wolltest deine Ehe nicht gefährden, deshalb müßten wir unsere Beziehung beenden. Ich habe das akzeptiert, solange wir uns vertrauten. Aber das du mit *dem* da deine Ehe aufs Spiel setzt, konnte ich nicht ertragen. Schau ihn dir doch mal an! Abgetragene Klamotten aus der Grabbelkiste. Ein mieser kleiner Schnüffler. Wenn er mit einer Schachtel vor dem Bauch auf der Ludgeristraße ...«

»Es reicht!« schrie Jutta. »Halt den Mund!«

Feldhaus hielt den Mund.

»Wer hat dir die KPD/ML/O-Papiere gegeben?«

Er richtete sich auf. Ein Teil seiner arroganten Selbstsicherheit kehrte zurück. »Heiner Kleine-Langen. Er will dich absägen, liebste Jutta. Natürlich ohne sich die eigenen Finger schmutzig zu machen. Er hat mir die nächste freiwerdende Amtsleiterstelle angeboten. Am Anfang bin ich nur zum Schein darauf eingegangen. Ich wollte wissen, was er in der Hand hat, damit ich dir den Rücken freihalten kann. Aber dann habe ich mir überlegt, daß es vielleicht gar keine so schlechte Idee ist.«

»Scheißkerl!« schnaufte Jutta. »Du bist fristlos entlassen. Und glaub nicht, daß ich dir ein positives Zeugnis schreibe.«

»Vielen Dank, Frau Kämmerin!« Er verbeugte sich ironisch. »Ich wollte ohnehin kündigen. Du bist doch eine politische Leiche. Wie lange kannst du dich noch im Amt halten? Eine Woche? Einen Monat?«

»Raus!« sagte Jutta mit zusammengebissenen Zähnen.

»Einen Moment noch!« Ich stand auf und trat ganz nahe an Feldhaus heran. »Wo waren Sie gestern morgen?«

Er guckte seelenruhig an mir vorbei. »Wieso glaubt *er*, daß ich seine Fragen beantworte?«

»Wo hast du das Goldtöpfchen versteckt?«

Seine Ahnungslosigkeit wirkte echt. »Sind Sie jetzt völlig plemplem geworden? Ich spiele nicht mit Modellflugzeugen.«

»Wann gestern morgen?« fragte die Kämmerin vom

Schreibtisch aus.

»Genau um elf Uhr fünfzehn.«

»Da war mein sauberer Referent hier im Raum, zusammen mit mir und dem Vorsitzenden der Kaufmannschaft.«

»Dann wären wohl alle Fragen geklärt«, sagte Feldhaus und knallte die Tür.

Unschlüssig schlenderte ich durch die Innenstadt. Ich kam am Fürstenberghaus vorbei und an der Statue des Ministers, die ein Witzbold mal wieder rot angemalt hatte. Hier war das alte Universitätsviertel. Ich hatte lange keine Wandsprüche mehr gelesen, und ich wunderte mich, daß viele sehr vertraut klangen: *Zusammenlegung von Helmut und Annette!* und *Schluß mit dem Kolonialismus in der Westsahara!* Neben den politischen gab es allerdings erheblich mehr Nonsenssprüche als zu meiner Zeit, *Runter mit den Bierpreisen!* und ähnlicher Schwachsinn.

Eine Fußgängerbrücke führte über das Rinnsal namens Aa, das sich nach den Regengüssen der letzten Tage zu einer Flußbreite von einem Meter aufgebläht hatte. Nicht weit von hier befand sich die Universitätsbibliothek, und Schwärme von Studenten schoben mit Büchern beladene Fahrräder über den roten Sandweg. Ich kam mir auf einmal sehr alt und nutzlos vor. Vielleicht hatten meine Kritiker, allen voran Imke, doch recht, wenn sie behaupteten, ich sei niemals mehr als ein äußerst mittelmäßiger Detektiv gewesen. Alle Spuren, die ich verfolgte, lösten sich in Luft auf. Und dabei hatte ich mir gerade in diesem Fall vorgenommen, nicht zu versagen.

Abrupt drehte ich mich um und ging zum Domplatz zurück. In der Nähe der Lambertikirche fand ich im *Café Sonderausgabe* einen freien Tisch. Manchmal half die Methode, die Gehirnzellen sich selbst zu überlassen. Die besten Einfälle kamen mir stets dann, wenn ich keine erwartete.

Ich bestellte einen Cappuccino und rauchte eine süße Cadiz-Zigarre. Ich beobachtete gestreßte Einkäuferinnen, die kamen und gingen, und gelangweilte Lebenskünstler, die gelangweilt Zeitung lasen. Ich bestellte noch einen Cappuccino, rauchte noch eine Zigarre und wartete weiter auf den Einfall. Jenseits der Glasfront bewegte sich ein unablässiger Menschenstrom die Salzstraße hinauf und hinab.

Plötzlich, während ich nach draußen starrte und angestrengt an nichts dachte, sah ich einen Mann im blauen Mao-Hemd und grüner Militärjacke. Neben ihm ging ein hoch aufgeschossener Jüngling mit Pferdeschwanz. Zweifellos handelte es sich um Lars Merten und seinen Zivi.

Blitzschnell legte ich einen Geldschein auf den Tisch und sprintete den beiden hinterher. Auch wenn ich nicht wußte, was die Beschattung bringen sollte, war jede action besser als Selbstvorwürfe.

Die beiden gingen Richtung Servatiiplatz. Ich folgte ihnen in gehörigem Abstand.

»Hallo, Georg!« sagte eine Stimme neben mir.

Fast wäre ich über Conny und ihren Sohn gestolpert.

»Langsam kriege ich Komplexe, weil du mich ständig übersiehst.«

»Conny! Du, ich bin in Eile. Ich ...«

»Eins wollte ich dich noch fragen: Hast du wirklich geglaubt, daß ich mich von *Global Artists* schmieren lasse?«

»Nein, natürlich nicht«, stammelte ich. »Ich muß jetzt aber ... Ich ruf dich an.«

»Du kannst es auch bleiben lassen«, rief sie mir wütend nach.

Ich legte einen Zwischenspurt ein und sah gerade noch, wie sich Merten vor dem Salzhof von dem Zivi trennte. Der Zivi ging geradeaus, Merten verschwand im Salzhof.

Na sowas, dachte ich, Merten ist also gar nicht so hilflos, wie Doktor Liesenkötter denkt. Vorsichtig, jederzeit bereit, hinter einem Kleiderständer zu verschwinden, schlich ich durch die Kaufhalle im Erdgeschoß des Salzhofes. Und dann entdeckte ich Lars Merten. Er stand vor einem öffentlichen Fernsprecher und telefonierte.

Nachdem er sein kurzes Telefongespräch beendet hatte, verließ Merten das kombinierte Kaufhaus-Museum durch einen Nebenausgang, der zur Winkelstraße führte. Offenbar schien er sich recht gut zurechtzufinden. Mit zügigem Schritt überquerte er die Promenade und wandte sich nach rechts, zum Hauptbahnhof.

Vor dem Hauptbahnhof traf er den Zivi, der bereits an einer Bushaltestelle wartete. Kurz darauf stiegen sie in einen Bus, der sie, wie ich dem Display an der Frontseite entnahm, zurück zum *Stift Kerßenbrock* bringen würde.

Vorher hatte Lars Merten noch etwas sehr Merkwürdiges getan. Er hatte mehrere Geldscheine aus der Tasche gezogen und sie dem Zivi in die Hand gedrückt.

In meiner Wohnung war es erstaunlich still. Jan und Tamara hatten sich nach Dänemark abgesetzt. Sie würden dort die nächsten Tage in der Ferienwohnung von Tamaras Eltern verbringen, hatte Jan auf einen Zettel geschrieben, der auf dem Küchentisch lag.

Ich stopfte eine Pfeife und dachte weiter nach. Diesmal zielgerichteter. Dann rief ich Stürzenbecher an.

Der Hauptkommissar war in Eile. »Ich habe gerade den Haftbefehl für Kleine-Langen bekommen«, verkündete er geschäftig.

»Ach«, sagte ich.

»Er war zur Tatzeit in Warendorf. Angeblich um einen Druckereikunden zu besuchen.«

Bevor ich weitere Fragen stellen konnte, legte Stürzenbecher auf .

Ich paffte ein paar Züge und wählte die nächste Nummer. Nach der zwanzigsten Wiederholung eines blechernen Klavierstücks hatte ich Doktor Liesenkötter am Apparat. Ich erzählte ihr, daß ich Merten und den Zivi in der Stadt getroffen hätte. »Aber sagen Sie mal«, wurde ich vertraulich, »woher hat Merten eigentlich das viele Geld? Er hat mit Scheinen nur so um sich geworfen.«

»Das kann nicht sein«, lachte sie. »Merten verfügt nicht über Geld. Er ist vor vielen Jahren entmündigt worden, ein normaler Vorgang bei einer derartigen Erkrankung.«

»Ja, aber ...«

»Vielleicht hat der Zivi ihm einen Schein zugesteckt. Manchen unserer Patienten macht es Freude, selbst zu bezahlen.«

»So wird es gewesen sein«, stimmte ich ihr zu.

XVI

Ich saß in meinem Auto und wartete. Es war ein trister Herbstabend, die Wolken hatten ihre Individualität aufgegeben und sich zu einer grauen Masse vereint, die trübe den Himmel umspannte. Allerdings beobachtete ich mit meinem Fernglas nicht den Himmel, sondern die Vorgänge auf der anderen Straßenseite. Viel zu sehen gab es nicht, im *Stift Kerßenbrock* aß man früh zu Abend und ging früh zu Bett, jedenfalls der Teil der Bewohner, der sich nicht ganz freiwillig dort aufhielt. Die Tagschicht des Pflegepersonals und die Ärzteschaft hatten die Klinik bereits verlassen, die meisten mit dem Auto, die anderen mit dem Linienbus, der gegenüber der Zufahrt hielt. Jetzt standen nur noch ein paar vereinzelte Wagen auf dem Parkplatz, und die Bushaltestelle war verwaist.

Ich gähnte. Ein langweiliger und kalter Abend drohte, der Privatdetektivalltag hatte mich eingeholt. Dabei bezahlte mich niemand für die Warterei, ich saß völlig freiwillig hier. Natürlich hätte ich es Stürzenbechers Geschick überlassen können, den Mörder zu überführen. Nur war ich dummerweise davon überzeugt, daß er mal wieder den falschen erwischt hatte. Eine Frau in Weiß huschte von einem Gebäude zum anderen. Sollte sich bis Mitternacht nichts ereignen, waren sechs vergeudete Stunden der Preis, den mich mein Hochmut kostete.

Im Radio lief eine Sendung über Ballonfahrer im Münsterland. Das Münsterland war berühmt für seine Ballonfahrer. Kaum ein Wochenende im Sommer, an dem nicht die knallbunten Heißluftballons am Himmel hingen. Ballonfahrer berichteten von ihren Erlebnissen mit Hochspannungsleitungen und wütenden Stieren. Auch die Gretchenfrage wurde angesprochen, wieso man diese Art von höhenkollererregender Fliegerei als *Fahren* bezeichnete. Wie vorauszusehen, gab es darauf keine vernünftige Antwort. Es hatte irgendwas mit Tradition und Nostalgie zu tun. Die ersten Zeppeline waren ebenfalls gefahren und nicht geflogen.

Ich rieb mir die Augen. In der letzten halben Stunde hatten sich drei Menschen über die gepflasterten Fußwege des Stiftes bewegt. Ein leichter Nieselregen setzte ein. Ich steckte mir einen Zigarillo an und blies den Rauch zum Fenster hinaus. Dann hörte ich ein Motorgeräusch. Ein Auto näherte sich der Straße. Fluchend riß ich das Fernglas an die Augen. Auf dem Beifahrersitz, neben dem hochgewachsenen Jüngling, saß Lars Merten.

Sie fuhren Richtung Innenstadt. Da es bereits dämmerte, ließ ich Abstand Abstand sein und klemmte mich dicht hinter ihre Rücklichter.

Der Zivi parkte auf der großen Freifläche vor dem Schloß. Zusammen mit Merten nahm er die Fußgängerunterquerung, die unter der vierspurigen Straße hindurchführte. Auf der anderen Straßenseite begann das Universitätsviertel. Gruppen von Studenten und mit Taschen bepackte Einkäufer machten die Verfolgung einfacher. Seit der größten Reform der liberalkonservativen Regierung, der Änderung des Ladenschlußgesetzes, hatte sich das Aussterben der Innenstadt auf zwanzig Uhr verschoben.

Die beiden stiegen zum Dom hinauf und überquerten den Domplatz. Leider war ich zu weit entfernt, um mitzubekommen, worüber sie sich angeregt unterhielten. Am Eingang zum Prinzipalmarkt blieb Merten stehen. Er griff in die Hosentasche und drückte das, was er dort fand, dem Zivi in die Hand. Nach meiner Beobachtung vom Mittag war ich sicher, daß es sich um Porträts berühmter Deutscher handelte. Der Zivi winkte Merten zu und verschwand hinter der rechten Häuserecke.

Merten wandte sich nach links. Dreihundert Meter Luftlinie oder zehn Minuten Fußweg entfernt befand sich die Wohnung der Kämmerin.

»Hallo, Lars!« Ich hatte einen kleinen Umweg gemacht und mich hinter der Säule eines Kaufhauses versteckt.

Seine Selbstbeherrschung war bemerkenswert. Er schrak nicht zusammen, sein Blick blieb ratlos. Nur ein Anflug von Ärger huschte über das Gesicht. »Ich kenne Sie nicht.«

»Ich habe dich vor zwei Tagen im *Stift Kerßenbrock* besucht.«

»Sie müssen mich verwechseln.« Er ging weiter.

Ich holte ihn ein. »Deine Amnesienummer ist wirklich bühnenreif. Wenn sogar Ärzte und Pfleger darauf hereinfallen. Die perfekte Tarnung für einen Mörder.«

»Ich weiß nicht, wovon Sie reden«, brummte er. »Lassen Sie mich in Ruhe!«

»Sonst rufst du die Polizei? Dann mußt du denen aber erklären, wieso du hier allein herumläufst, obwohl du nach Meinung von Doktor Liesenkötter dazu gar nicht in der Lage bist.«

Er blieb stehen. »Noch einmal: Ich bin nicht der, für den Sie mich halten.«

»Doch. Der bist du. Ich bin dir vom *Stift Kerßenbrock* aus gefolgt.«

Die Augen erloschen, das Gesicht wurde kraftlos. Er hatte seine Niederlage akzeptiert. »Du hast recht«, sagte er mit brüchiger Stimme. »Ich bin Lars Merten. Was willst du?«

»Warum hast du vier Menschen getötet?«

»Sie hatten es nicht anders verdient.«

»Niemand hat den Tod verdient.«

»Das ist humanistisches Gerede«, sagte er sachlich. »Wer die Idee der Revolution verrät, muß die Konsequenzen tragen. Auch Mao ist während der Kulturrevolution mit seinen Gegnern nicht zimperlich umgesprungen. Und Lenin hat gesagt ...«

»Schau dich doch mal um!« forderte ich ihn auf. »Wir leben nicht mehr im Jahr 1977. Die Welt hat sich verändert. Es gibt keine Revolutionäre mehr. Nicht einmal die Idee einer Revolution.«

Er schaute sich tatsächlich um. »Ich weiß. Vor einigen Monaten begann ich zu begreifen, was geschehen ist. Die Revisionisten in Moskau haben kapituliert, in Peking hat der Rechtsabweichler Deng Xiaoping die Macht übernommen, der Kapitalismus hat auf der ganzen Linie gesiegt.« Er faßte sich an die Stirn. »Vom Gegner habe ich nichts anderes erwartet. Aber daß meine Genossen zum Klassenfeind überlaufen ...«

»Rechtfertigt ihre Ermordung?«

Ein Lächeln machte sich auf seinem Gesicht breit. »Ich bin verrückt«, erklärte er. »Das ist medizinisch erwiesen. Ich muß nicht ins Gefängnis.«

»Aber auf deinen nächsten Ausgang wirst du ein bißchen warten müssen.« Ich schob die rechte Hand unter den Trenchcoat. »Komm! Wir gehen zur Polizei.«

Er rührte sich nicht vom Fleck. »Und wenn ich mich weigere?«

»Das würde ich dir nicht raten. Ich bin bewaffnet.«

Er beobachtete meine Hand und fragte sich vermutlich, ob ich bluffte. Ich ließ ihn kurz die Pistole sehen. »Vorwärts!«

»Wohin?«

»Zur Wache am Alten Steinweg.«

Die Einkaufsstraße war jetzt menschenleer. Ich blieb einen halben Schritt hinter ihm und behielt die Hand an der Waffe. Nach allem, was er getan hatte, durfte ich mir über seine Skrupel keine Illusionen machen.

Wir gingen schweigend. In wenigen Minuten würden wir den Alten Steinweg erreicht haben. Ich war zufrieden mit mir. Einmal hatte ich alles richtig gemacht.

Merten stolperte über einen Fahrradständer, humpelte im Kreis und rieb sich das Bein. »Au! Helfen Sie mir!« Er streckte mir seine linke Hand entgegen.

Es war ein Reflex. Bevor ich darüber nachdachte, hatte ich seine Hand ergriffen. Mit der linken zwar, aber trotzdem kam er dicht genug heran, um mir seine rechte ins Gesicht zu schlagen. Ich war so überrascht, daß ich die Pistole losließ. Und als ich sie endlich unter dem Trenchcoat hervorzog, lag ich nach einem Magentreffer und einem Kopfstoß bereits auf dem Rücken. Merten kniete auf mir, und das war die erheblich bessere Position. Mit seinem ganzen Körpergewicht drückte er den Arm, der die Waffe hielt, zu Boden. Im letzten Moment entschied ich mich dafür, sie wegzuschleudern. Das erschien mir immer noch besser, als sie ihm zu überlassen. Andererseits hielt ihn jetzt nichts mehr davon ab, meinen Kopf zu packen und auf den Asphalt zu knallen.

Die Folge war ein überwältigender Schmerz, verbunden mit Übelkeit und einem Dröhnen, als ob ich unter einem Flugzeugmotor liegen würde. Heiße Luft streifte mein Gesicht. Ich blinzelte und sah eine verschwomme weiße Kugel. In der Kugel öffnete sich ein schwarzer Spalt. Die Stimme klang verzerrt und unnatürlich laut: »Du bist ein mieser kleiner Agent des Kapitals. Mit Leuten wie dir hat das Proletariat kein Mitleid.«

Ich antwortete in zwei Worten: »Leck mich!«

Statt die Diskussion fortzusetzen, wiederholte er das, was er mit meinem Kopf gemacht hatte. Bevor ich das Bewußtsein verlor, sah ich einen gütigen Mao zwischen den Wolken schweben.

Nach einer derartigen Behandlung aufzustehen ist komplizierter als sich hinzulegen. Ich brauchte unendlich lange, bis ich die Hände bewegen konnte. Der Rücken und die Beine waren eiskalt, den Kopf mochte ich nicht drehen. Dann tastete ich mit den Händen das Gesicht ab. Es fühlte sich feucht und glitschig an. Ich öffnete die Augen und sah, daß es sich um Blut handelte. Platzwunden, diagnostizierte ich. Der Gedanke, daß ich lebte, gab mir Hoffnung. Der zweite Gedanke war weniger hoffnungsvoll. Er beschäftigte sich mit dem, was Merten wohl gerade machte. Das brachte mich dazu, mich ächzend auf die Seite zu drehen. Soweit ich das beurteilen konnte, war die Datenübertragung zwischen Gehirn und Muskeln noch intakt. Ich befühlte den Hinterkopf. Er schien ebenfalls nur leicht beschädigt zu sein.

Ich kniete mich hin und mußte mich übergeben. Wo blieben eigentlich die helfenden Hände, die einen Verletzten auf die Beine stellten? In weniger als zwanzig Meter Entfernung sah ich Passanten vorübergehen. Sie schauten interessiert zu mir herüber. Vermutlich hielten sie mich für einen besoffenen Penner, der die Gelegenheit nutzen würde, ihre saubere Kleidung zu besudeln.

Nach dem Kotzen fühlte ich mich besser. Der Kopfschmerz war schier unerträglich, aber die Übelkeit ließ nach. An einem Abfalleimer zog ich mich hoch. Ich torkelte zur Promenade. Dort standen mehrere Telefonzellen.

Tatsächlich fand ich eine, die Bargeld akzeptierte. Ich steckte mein letztes Markstück in den Schlitz und wählte.

»Rausch«, sagte eine Frauenstimme.

Ich atmete auf und krächzte.

»Was soll das? Ich steh nicht auf Wichsern, die sich am Telefon einen runterholen.«

»Georg«, flüsterte ich lauter. »Merten. Mich niedergeschlagen. Auf dem Weg zu dir.«

»Georg, bist du das?«

»Ja. Polizeischutz verständigen. Du bist in Gefahr.«

»Mein Polizeischutz? Der ist längst abgezogen worden. Stürzenbecher hat mich angerufen und gesagt, daß sie den Mörder verhaftet hätten.«

»Unsinn. Merten ist der Mörder.«

»Merten? Wie kommst du darauf?«

»Bitte, Jutta! Wir haben keine Zeit. Verbarrikadier dich. Ruf die Polizei an! Sie sollen sofort ...«

Durch das Telefon hörte ich einen Knall. Jutta stieß einen erstickten Schrei aus. Dann war die Verbindung unterbrochen.

Stürzenbecher anrufen, dachte ich. Das Portemonnaie glitt mir aus den Fingern und fiel auf den Boden der Zelle. Knieend rutschte ich herum, bis mir einfiel, daß ich das letzte Kleingeld vertelefoniert hatte. Das Aufstehen klappte von Mal zu Mal besser. Taumelnd lief ich zurück auf die Straße. »Kleingeld«, schrie ich. »Ich brauche dringend Kleingeld. Ich muß die Polizei anrufen.«

Die wenigen Spaziergänger machten einen großen Bogen um mich.

»Geh zum Krankenhaus!« Ein älterer Mann legte schützend den Arm um die ondulierte Frau an seiner Seite. »Laß dich erstmal verarzten!«

Ich begriff, daß es zwecklos war. Halb trabend, halb stolpernd machte ich mich auf den Weg zu Juttas Wohnung.

Anstelle des Schlosses klaffte ein Loch in der Tür. Ich lehnte mich gegen den Türrahmen und versuchte, Luft zu bekommen. Als mein Atem leiser war als ein vorbeifahrender Güterzug, schob ich mich vorsichtig in den Flur. Aus dem

Wohnzimmer kam ein Geräusch. Ein Schleifen, dann ein Klacken. Keine Stimmen. War sie tot?

Ich hielt den Atem an und schaute hinein. Jutta lag bewegungslos am Boden, Merten beugte sich über sie. Er hatte ihre rechte Hand ergriffen, in der anderen hielt er ein kleines Döschen. Die Goldfarbe. Und noch etwas sah ich: Auf dem Tisch, zwei Schritte von ihm entfernt, lag meine Pistole.

Ich nahm die restliche Energie zusammen und stürzte zum Tisch. Im gesunden Zustand hätte ich es geschafft. Aber so, wie er mich zugerichtet hatte, blieb ich erheblich unter meiner Bestzeit. Und er reagierte schnell. Sobald er mich bemerkte, ließ er Hand und Dose fallen und hechtete zum Tisch.

Im Rennen um die Pistole war ich der Verlierer. Als ich ankam, schlossen sich seine Finger um den Griff. Doch ich hatte von ihm gelernt. Mit aller Kraft hämmerte ich meine Faust auf seine Hand. Er jaulte auf. Ein zweiter Schlag, und die Pistole segelte unter das Sofa. Soweit zum Thema Waffengleichheit.

Was danach kam, war weniger erfreulich. Er erholte sich schnell von dem Punktverlust und krallte sich in meinem Hals fest. Ich verlor das Gleichgewicht, kippte nach hinten. Natürlich war er fitter als ich, beweglicher als ich, sehr wahrscheinlich auch brutaler als ich. Ich versuchte ihn abzuschütteln, strampelte, schlug. Allmählich wurden meine Arme lahmer. Ich bekam keine Luft mehr. Seine Finger drückten wie eine Klammer auf meinen Hals. Nicht schon wieder, dachte ich, als es schwarz wurde.

Da knallte es über mir. Die Klammer lockerte sich. Ich schnappte nach Sauerstoff. Eine Flüssigkeit, die merkwürdigerweise nach Rotwein roch, tropfte auf mein Gesicht. Ächzend schob ich Merten, der jetzt schlapp auf mir lag, zur Seite.

»Das ist ein 89er Chianti«, sagte Jutta. »Ich hoffe, du weißt das zu schätzen.«

Ich blieb eine Weile liegen und genoß das Gefühl, am Leben zu sein. In der Zwischenzeit füllte sich der Raum mit Menschen. Ich erkannte Stürzenbecher, der von einigen uniformierten Polizisten begleitet wurde.

»Du hast schon mal besser ausgesehen«, begrüßte er mich freundlich.

»Danke«, gurgelte ich. Beim Sprechen tat mir der Hals weh.

Stürzenbecher sammelte die Pistole ein. »Du kannst ja doch nicht damit umgehen. Ich werde sie Kommissar Knellbusch zurückgeben.«

Ich lehnte meinen Kopf gegen das Sofa. »Das ist eine Masche von dir, immer ein paar Minuten zu spät zu kommen.«

Der Hauptkommissar runzelte die Stirn. »Was willst du? Als der Anruf kam, war ich gerade in der Kantine.«

»Welcher Anruf?«

»Frau Rausch hat es noch geschafft, uns zu verständigen. Selbstverständlich habe ich keine Sekunde gezögert, den Einsatzbefehl zu geben.«

»Wahnsinnig beruhigend«, murmelte ich.

Er hockte sich neben mich. »Zum Glück hattet ihr die Lage einigermaßen im Griff.«

»Im Griff«, echote ich empört. »Um ein Haar hätte er mich umgebracht.«

»Du bist eben kein Profi. Das wirkt sich in solchen Situationen negativ aus.«

»Lassen Sie ihn in Ruhe!« mischte sich Jutta ein. »Er hat versucht, mir das Leben zu retten.«

Stürzenbecher tätschelte mein verklebtes Haupthaar. »Das war keine Kritik. Wilsberg versteht schon, wie ich das meine.«

»*Ich* habe den Mörder gefunden, nicht du«, fuhr ich ihm in die Parade.

Er grinste. »Finden alleine reicht nicht.«

»Jetzt reicht's aber«, maulte Jutta. »Sie haben sich in diesem Fall wahrlich nicht mit Ruhm bekleckert.«

»Ach, wissen Sie«, er drehte sich zu ihr, »Ruhm ist nicht mehr mein vorrangiges Berufsziel. Ich bin froh, daß es keine weiteren Opfer gegeben hat. Dabei sollten wir es belassen.«

»Was für ein Schlußwort!« stöhnte ich.

Ein Notarzt und mehrere Sanitäter komplettierten die Szenerie. Der Arzt untersuchte zuerst Merten, dann mich. Anschließend schafften sie Merten auf einer Bahre hinaus.

Ich sollte auf einer zweiten Bahre folgen, doch ich behauptete, daß meine Genesung keine stationäre Behandlung erfordere. Der Arzt war nicht damit einverstanden, aber das war mir egal.

Als alle verschwunden waren, half mir Jutta auf das Sofa. Sie gab mir ein paar Aspirin, zog mir das Hemd aus, wusch und desinfizierte meine Wunden und verklebte sie mit Pflastern.

Ihr Mund berührte meine nackte Brust. Es war ein angenehmes Gefühl. Das erste seit sehr langer Zeit. Dann lockerte sie den Hosengürtel. Ich spürte, wie sich ihre Hand zu einem weiter unten gelegenen Körperteil vortastete.

»Was soll das werden?« fragte ich.

»Pscht!« Sie legte einen Finger auf meinen Mund. »Ich finde, nach einem Beinahe-Tod ist es besonders schön.«

Wilsberg-Krimis von Jürgen Kehrer

Und die Toten läßt man ruhen
Der erste Wilsberg-Krimi – Vom ZDF verfilmt
ISBN 3-89425-006-2
»Dramaturgisch perfekt bis aufs I-Tüpfelchen« (Leo's Magazin)

In alter Freundschaft
Der zweite Wilsberg-Krimi – Vom ZDF verfilmt
ISBN 3-89425-020-8
Eine minderjährige Ausreißer-Punkie und ein bestohlener Disco-Chef

Gottesgemüse
Der dritte Wilsberg-Krimi ISBN 3-89425-026-7
Wilsberg erlebt den Psychoterror einer fanatischen Sekte.

Kein Fall für Wilsberg
Der vierte Wilsberg-Krimi ISBN 3-89425-039-9
Dubiose Waffengeschäfte und ein Firmenchef mit Doppelleben

Wilsberg und die Wiedertäufer
Der fünfte Wilsberg-Krimi ISBN 3-89425-047-X
»Kommando Jan van Leiden« fordert vom Bischof eine halbe Million.

Schuß und Gegenschuß
Der sechste Wilsberg-Krimi ISBN 3-89425-051-8
Wilsberg im Reality-TV. Nach Drehbeginn kommt es zu schweren Unfällen.

Bären und Bullen
Der siebte Wilsberg-Krimi ISBN 3-89425-065-8
Wilsberg soll Entführung aufklären – was verschweigt Willi?

Das Kappenstein-Projekt
Der achte Wilsberg-Krimi – Vom ZDF verfilmt
ISBN 3-89425-073-9
Wilsberg als Leibwächter der grünen Stadtkämmerin

Das Schapdetten-Virus
Der neunte Wilsberg-Krimi ISBN 3-89425-205-7
Wilsberg bewacht 100 Affen für medizinische Experimente.

Irgendwo da draußen
Der zehnte Wilsberg-Krimi ISBN 3-89425-208-1
Trieben Außerirdische die junge Corinna in den Tod?

Der Minister und das Mädchen
Der elfte Wilsberg-Krimi ISBN 3-89425-216-2
Ist der Sohn des Ministers in spe ein Vergewaltiger?

Wilsberg und die Schloss-Vandalen
Der zwölfte Wilsberg-Krimi ISBN 3-89425-237-5
Wer bedroht Schloss Isselburg? Wilsberg stößt auf die Leiche im Keller.

Wilsberg isst vietnamesisch
Der dreizehnte Wilsberg-Krimi ISBN 3-89425-262-6
Rätselhafte Mordserie in einem beschaulichen Stadtteil.

grafit

Krimis von Leenders/Bay/Leenders

Königsschießen
Der erste Krimi mit dem Klever K 1 ISBN 3-89425-029-1
»Das feucht-fröhliche Schützenfest in einem Dorf am Niederrhein endet jäh mit dem Mord am allseits beliebten Bäcker.« (Wiesbadener Kurier)

Belsazars Ende
Der zweite Krimi mit dem Klever K 1 ISBN 3-89425-037-2
Das tote Genie liebte schöne Lolitas, die Honoratioren lieben große Feste, und Astrid Steendijk liebt es spontan und intensiv.

Jenseits von Uedem
Der dritte Krimi mit dem Klever K 1 ISBN 3-89425-045-3
Ein toter Privatdetektiv, abgeschlachtete Zuchthengste und weitere rätselhafte Todesfälle führen Toppe bis weit hinter Uedem.

Feine Milde
Der vierte Krimi mit dem Klever K 1 ISBN 3-89425-057-7
Zwei tote Säuglinge in einem Kleinlaster und ein überfahrener Kripo-Mann.

Clara!
Der fünfte Krimi mit dem Klever K 1 ISBN 3-89425-071-2
Wasserleiche, religiöser Wahn und Toppes Wohngemeinschaft, - und alles dreht sich um Clara.

Eulenspiegel
Der sechste Krimi mit dem Klever K 1 ISBN 3-89425-210-3
Das K 1wird vernetzte Musterbehörde, und ein irrer Attentäter metzelt mit offensichtlich sexuellem Hintergrund.

Ackermann tanzt
Der siebte Krimi mit dem Klever K 1 ISBN 3-89425-225-1
Scheunenfeste, eine rätselhafte Ordnertruppe und Einbrüche, die der Polizei vorab gemeldet werden. Da muss Ackermann tanzen gehen ...

Die Schatten schlafen nur
Der achte Krimi mit dem Klever K 1 ISBN 3-89425-244-8
Nierswalde, die neue Heimat für Vertriebene, wird 50 Jahre später zum Alptraum für Aussiedler und Ermittler.

Internationale Kriminalromane

***Henk Apotheker:* Ayse ist weg**
Deutsche Erstausgabe ISBN 3-89425-511-0
Arnheim: Im ›Türkenviertel‹ verschwindet ein 4-jähriges Mädchen.

***Jean-Baptiste Baronian:* Im Sommer kam der Tod**
Deutsche Erstausgabe ISBN 3-89425-505-6
Brüssel: Ein dunkles Geheimnis erschüttert die sommerliche Vorstadt-Idylle.

***Sandrone Dazieri:* Ein Gorilla zu viel**
Deutsche Erstausgabe ISBN 3-89425-503-X
Mailand: Ein schizophrener Security-Mann ermittelt in der Punkerszene.

***Guillem Frontera:* Das Mallorca-Komplott**
Deutsche Erstausgabe ISBN 3-89425-507-2
Palma: Der Detektiv aus Barcelona wird zum Spielball eines Mafia-Bosses.

***Kirsten Holst:* Wege des Todes**
Deutsche Erstausgabe ISBN 3-89425-510-2
Jütland: Der Kampf um das Millionenerbe endet tödlich, aber stilvoll.

***Kirsten Holst:* Du sollst nicht töten!**
Deutsche Erstausgabe ISBN 3-89425-501-3
Jütland: Drei Mädchenmorde und ein toter Pastor

***Susan Kelly:* Und schlachtet das gemästete Kalb**
Deutsche Erstausgabe ISBN 3-89425-512-9
Tabubrüche, Altlasten und die tödlichen Geschäfte von Schlepperbanden

***Susan Kelly:* Tod im Steinkreis**
Deutsche Erstausgabe ISBN 3-89425-502-1
Hungerford: Ein grausamer Kindermord passiert beim Mittsommermarkt.

***Jaroslav Kutak:* Strafe muss sein**
Deutsche Erstausgabe ISBN 3-89425-508-0
Tschechien: Wurden die toten Gymnasiasten Opfer einer sexuellen Obsession?
Ausgezeichnet als bester tschechischer Kriminalroman 2000!

***Outi Pakkanen:* Macbeth ist tot**
Deutsche Erstausgabe ISBN 3-89425-509-9
Helsinki: Der Hauptdarsteller wird vor der Premiere erschlagen – wer tut so was?

***Felix Thijssen:* Cleopatra**
Deutsche Erstausgabe ISBN 3-89425-504-8
Amsterdam: Tote Frau unter dem Tennisplatz des niederländischen Exministers
Ausgezeichnet als bester niederländischer Kriminalroman 1999!

***Jac. Toes:* Auf der Strecke geblieben**
Deutsche Erstausgabe ISBN 3-89425-506-4
Arnheim/Zwolle: Eine vertuschte Politaffäre kommt ans Licht.

***Jacques Vettier:* In eigener Sache**
Deutsche Erstausgabe ISBN 3-89425-500-5
Nizza: Warum bedroht der Unbekannte die Untersuchungsrichterin?